FRANK GOYKE

ALTWEIBERSOMMER

Theodor Fontanes erster Fall

berlin.krimi.verlag
be.bra verlag

Bibliografische Information der Deutschen Nationalbibliothek

Die Deutsche Nationalbibliothek verzeichnet diese Publikation in der Deutschen Nationalbibliografie; detaillierte bibliografische Daten sind im Internet über http://dnb.d-nb.de abrufbar.

KulturBrauerei Haus 2, Schönhauser Allee 37, 10435 Berlin
post@bebraverlag.de
Lektorat: Gabriele Dietz, Berlin
Umschlag: Ansichtssache, Berlin, unter Verwendung eines Gemäldes von Matthias Koeppel, »Spandauer Zitadelle«, 1983, akg-images, Berlin; Abbildung einer Kavalleriepistole aus dem Jahr 1850 (Kunsthandel Seidel u. Sohn KG, Berlin)
Satz: psb, Berlin
Schrift: Stempel Garamond 10/14˙
Druck und Bindung: GGP Media, Pößneck
ISBN 978-3-89809-511-2

www.bebraverlag.de

Die wichtigsten existierenden und *fiktiven* Personen des Romans

Kriminalkommissar Aschinger
Major von Blohm, Herr auf Gnewikow
Wilhelm Briese, Schneidermeister
Melchior Briese, Schneider, sein Sohn
Theodor Fontane, Schriftsteller
Emilie Fontane, seine Frau
Theodor, Mete und Friedrich Fontane, ihre Kinder
Eduard Frölich, Amtsgerichtsrat in Neuruppin
Leutnant Graf Gensfleisch, ein ostpreußischer Junker
Anton und Werner Kaschke, Zwillingsbrüder und Fassadenkletterer
Emil und Margarethe Kaschke, ihre Eltern, Bauern in Buch
Doktor Friedrich Kölling, Arzt in Neuruppin
Heinrich Loewe, Landrat von Neuruppin
Adolph Menzel, Maler
Wolf Reuchlin, Schränker
Gotthelf Schadewald, sein Komplize
Friedrich Georg Schwartz von Blohm, Bau-Entrepreneur
Antonia Schwartz von Blohm, seine Frau
Königlich Preußischer Generalmajor Heinrich von Schweinitz
Martha Tassel, ein Hausmädchen
Rudolf Virchow, Mediziner und Berliner Stadtverordneter

Kriminalkommissar Völker, Politische Abteilung
Geheimer Regierungsrat Hermann Freiherr von Wangenheim, ein Freund
Marie von Wangenheim, dessen Frau
Kriminalschutzmann Wittlich
Graf Albert Julius von Zieten-Schwerin und Gattin

Erstes Kapitel

26. September 1873

Dem See war nicht anzusehen, wozu er fähig war. Trotz der Windstille war die Wasserfläche keineswegs spiegelglatt, sondern von Kräuselwellen bedeckt, über deren Ursprung es keinen Zweifel geben konnte: Der See lebte. Es bedurfte keines Windes, nicht einmal einer Brise, um ihn in Bewegung zu halten.

Der Mann, der auf der Rückbank des Ruderbootes saß, kannte den See seit seiner Kindheit, und er hatte ihn schon ganz anders erlebt.

Wenn im Frühjahr oder im Herbst Stürme eine Hetzjagd veranstalteten und an den Baumkronen zerrten wie ein Dorfpfarrer an den Haaren einer ungehorsamen Konfirmandin, verwandelte sich das jetzt harmlos erscheinende Wasser in eine Tollwütige. Es nahm dann das Aussehen von nachgedunkeltem Silber an, eine Spiegelung der bleischwarzen und tief hängenden Wolken, die es eilig hatten, dem Sturm zu entkommen. Hohe Wellen schlugen an die Ufer, und ein Kahn wie derjenige, in dem sich die Besucher über den See rudern ließen, war verloren.

An solchen Tagen blieben die Fischer in ihren Hütten und wussten namentlich im Frühjahr nichts zu tun: Die Netze hatten sie bereits während der Wintermonate geflickt, der

Holzvorrat genügte noch, bis endgültig die warme Jahreszeit anbrach, und das wenige Vieh, das sie hielten, weil die Fischerei allein sie nicht ernährte, wurde von der Frau und den Kindern versorgt. In diesen Mußestunden entstanden Geschichten. Sagen und Legenden wurden erzählt, die um den See und um die Menschen kreisten, die an seinen Ufern lebten.

Der Mann, der immer nur Schriftsteller hatte sein wollen, auch wenn ihn die Brotarbeit davon abhielt, liebte diese Überlieferungen und sammelte sie in seinem Gedächtnis und in seinen Notizen. Für ihn enthielten sie mehr Poesie als das hohle Gedröhn der Hofdichter und Publikumsliteraten.

Der Mann seufzte. Er war nicht allein in dem Boot, sondern wurde von seiner Frau begleitet. Sie saß neben ihm auf der Rückbank und ergriff nun mit beiden Händen seine Linke, schwieg aber, weil sie den Grund seines Seufzens zu kennen glaubte.

Der Mann hob den Blick und schaute dem Ruderknecht in das zerfurchte Gesicht. Fährmann Stoltze überquerte den Ruppiner See nun schon seit Jahrzehnten mit zahlenden Passagieren; man war beinahe geneigt zu sagen: seit der Vorzeit. Unter seiner Krone aus weißem Haar sah Stoltze unsterblich wie ein Gott aus – als brächte er nicht nur Leute von Neuruppin nach Wustrau, sondern vom Leben zum Tode, Rückfahrt ausgeschlossen.

»Na, Stoltze«, der Mann beugte sich ein wenig vor, »was halten Sie denn von diesem Herbst?«

»Tja«, erwiderte der Ruderer gedehnt. »Na ja, Herr Fontane. Über die Jahre …«

Jahrtausende, dachte Fontane.

»… erlebt man das eine oder andere. Mal reicht der Altweibersommer bis in den Oktober und die Mädchen gehen noch spät im Sommerkleid. Und im nächsten Jahr gibt es nur Regentage.«
»Sie haben wohl ein Herz für die Mädchen, Stoltze?«
»Ach, für mich alten Mann gibt's sie bloß zum Anschauen. In meinem Alter liebt man nur noch mit den Augen.«
»Jedenfalls ist es sehr schön hier«, sagte Emilie und drückte ihrem Mann fest die Hand. »Nicht wahr, Théodore?« Sie sprach seinen Namen französisch aus.
Er nickte. Schön war es wirklich. Die Bäume am Ufer des Ruppiner Sees hatten sich bunt gefärbt, und das Gelb und Rot der Blätter leuchtete vor dem blassblauen Himmel. Obendrein war es sehr still. Nur das Eintauchen der Ruder verursachte ein sanftes Geräusch. Ein paar Meter vom Ufer entfernt glitt ein Schwanenpaar durch das Wasser, und auch das Boot glitt, ja es schwebte geradezu über den See.
Die beiden Schwäne tauchten gelegentlich für einen fast beängstigend langen Zeitraum Kopf und Hals in das Wasser, sodass es aussah, als hätte man ihn ihnen abgeschlagen. Sie suchten nach Nahrung, und Fontane hatte das Gefühl, dass es ihm so erging wie ihnen: Für das tägliche Brot senkte auch er immer wieder den Kopf. Oder legte er ihn gar aufs Schafott? Gewiss, er hatte mehrere Reisebücher veröffentlicht, ebenso wie Bücher über die Kriege, in deren Glut das unheilige Deutsche Reich Preußischer Nation geschmiedet worden war; seit drei Jahren schrieb er Theaterkritiken für die *Vossische Zeitung*, die von den Schauspielern gehasst, vom Publikum jedoch geliebt wurden, und einige seiner Balladen wurden nicht nur im Schulunterricht behandelt, sie hatten ihm auch zur Erwähnung in Literaturkompen-

dien verholfen. Aber ihm war doch klar, dass es für einen Menschen von Ambition nichts Niederdrückenderes gab als die Abhängigkeit der Armut, und dass es sich, selbst wenn man ein Poetenherz im Leibe hat, doch eher ohne Balladen, aber mit Geld, als mit Balladen, aber ohne Geld leben ließ.

Er war jetzt vierundfünfzig und hatte noch immer nicht erreicht, was er erreichen wollte, nämlich ein freier Schriftsteller zu sein und nichts anderes als das. Die Jahre verrannen, und gerade der Herbst, der trotz seiner lebendigen Farben nicht verhehlen konnte, dass die Blätter starben, erinnerte ihn daran.

Emilie beugte sich zu ihm und sprach leise und mit unüberhörbarer Besorgnis in sein Ohr: »Woran denkst du, Théodore?«

»Ich betrachte den See und denke nichts.«

»Das ist nicht wahr. An der Nasenspitze sehe ich dir an, dass du an Schwermut laborierst. Ist es wegen deiner Mutter?«, wollte Emilie wissen.

»Auch.« Fontane betrachtete das Schwanenpaar und spürte, wie rau seine Stimme klang. Er wagte nicht, seine Frau anzuschauen.

Nach einer fast zweimonatigen Sommerfrische in Thüringen hatte er sich mit Emilie noch einmal auf die Reise begeben, wenn auch nur nach Neuruppin. Er hatte vor, Material für die dritte Auflage von *Die Grafschaft Ruppin* zu sammeln, die er in den kommenden Wochen ergänzen und neu fassen wollte. Das war sein vordringliches Ziel, aber er musste sich selbst einräumen, dass er auch vor dem lärmenden, noch immer vom Börsenfieber erfassten und von Gestank erfüllten Berlin geflohen war.

Noch vor vier Jahren hatte er in Neuruppin seine Mutter besuchen können. Jetzt musste er sich auf den Friedhof beim Ruppiner Tor bemühen, wenn er ihr nahe sein wollte. Am Vormittag, bevor sie den Kahn bestiegen, hatte er gemeinsam mit Emilie das Grab aufgesucht, und wie immer hatte es ihn deprimiert.

Plötzlich zerriss ein Schuss die friedliche Stille.

Fontane erschrak so heftig, dass er aufsprang. Emilie schrie auf, nicht des Knalles wegen, sondern weil sie immer noch die Hand ihres Mannes hielt und beinahe mit hochgerissen worden wäre. Der Kahn geriet gefährlich ins Wanken.

Stoltze, den nichts so leicht aus der Ruhe brachte, rückte nach rechts, um die Bewegung des Bootes auszugleichen. Die Schwäne flogen davon; die Stille nach dem Schuss war so tief, dass man den Schlag ihrer Flügel hören konnte.

»Pardon!« Fontane schüttelte den Kopf, atmete tief und setzte sich wieder. »Ich war nur ... der Schuss ... er kam so unerwartet. Man wird wohl jagen.«

»Nee, nee«, entgegnete Stoltze. »Jagen tut man in der Dämmerung. Vielleicht hat sich ein Fuchs auf eines der Anwesen gestohlen. Machen Sie sich man keine Sorgen.«

»Théodore, alles in Ordnung?«, wollte Emilie wissen. Ihr schmales Gesicht, gerahmt von langem, aufgestecktem schwarzen Haar war blass.

»Ja.« Fontane wischte ein Stäubchen von seinem Reisemantel. »Aber der Schreck sitzt mir noch in den Gliedern.«

»Gleich haben wir festen Boden unter den Füßen.« Emilie deutete über den Bug des Bootes hinweg zum Ufer.

Fontane spürte das Klopfen seines Herzens noch bis in die Fingerspitzen, aber er empfand seine übermäßige Reaktion als unangemessen, wenn nicht gar albern. Stoltzes Erklärung klang einleuchtend. Doch jagten nicht auch Füchse erst in der Dämmerung?

Vor ihnen, am Südzipfel des Sees, grüßte die Wasserseite von Schloss Zieten die Reisenden. Die Fassade des Gebäudes war weiß gestrichen und leuchtete kalt in der tief stehenden Herbstsonne. Die Bäume im Schlosspark trugen gelbe, rote und braune Blätter, der kurz geschorene Rasen, der sich vom Schloss bis an die Anlegestelle erstreckte, war von einem satten Grün. Nahe beim Schilf schwammen ein paar Stockenten.

Der Park war menschenleer und auch das Schloss wirkte auf den ersten Blick verlassen. Trotz der angenehmen Temperaturen waren alle Fenster geschlossen, zumindest jedenfalls die seeseitigen, und auf dem Balkon an der Stirnseite des Seitenflügels stand nur ein einsamer Tisch. Da Fontane sich dem Schlossherrn brieflich angekündigt und der Graf ihm mitgeteilt hatte, er sei herzlich willkommen, konnte der Eindruck von Leere nur ein trügerischer sein, aber trotzdem erregte der Anblick in ihm eine eigentümliche Stimmung: Er stellte sich vor, wie er mit Emilie am Arm durch verlassene Gänge und Räume irrte, wie sie nach dem Gesinde und dem Grafen riefen, aber nichts fanden außer mit dicken Staubschichten bedeckte Möbel. Wieder entrang sich ihm ein leiser Seufzer, aber diesmal sagte Emilie nichts.

Stoltze legte sich kräftig in die Riemen. Wenn Fontane den Kopf so weit hob, dass er das Wasser nicht mehr sehen konnte, wirkte es, als würde sich nicht der Kahn dem Anwesen, sondern als würden sich Schloss und Park mit beachtlicher Geschwindigkeit dem Boot nähern.

Schon war die Wasserbrücke erreicht. Stoltze holte die Ruder ein und griff nach einem Hanfseil, das in einer Schlinge endete. Geschickt warf er die Leine um einen Holzpflock, klammerte sich mit seiner knorrigen Linken an eine Planke des Stegs und zog das Boot so heran, dass es längsseits zu liegen kam.

Fontane erhob sich als Erster. Nicht ohne Mühe kletterte er aus dem schwankenden Boot auf den Anleger und reichte dann seiner Frau die Hand, um ihr beim Ausstieg behilflich zu sein.

Emilie war mit einem Bein bereits auf die Planken gestiegen, das andere befand sich noch im Boot, und in diesem Moment bewegte sich der Kahn ein Stück vom Steg fort. Stoltze zog ihn sofort wieder näher. Emilie nahm noch einmal Schwung, Fontane hielt sie fest, und einen Moment später stand sie sicher neben ihm.

Er blickte zum Schloss. Ihre Ankunft war nicht verborgen geblieben. Die Tür über der schmalen Freitreppe stand nun offen und ein groß gewachsener Mann trat aus der Tür, stieg leichtfüßig die Treppe hinab und kam auf seine Gäste zu: der Besitzer von Schloss und Gut Wustrau, Graf Albert Julius von Zieten-Schwerin. Angetan mit Tweedsakko, Hemd und Vorhemd sowie Knickerbockers, sah er eher wie ein englischer Lord als wie ein märkischer Landadeliger aus. Als er die Anlegebrücke betrat, breitete er gastfreundlich die Arme aus.

»Willkommen auf Gut Zieten, meine Gnädigste«, rief er, sich sofort an Emilie wendend, beugte den Kopf und küsste ihr die Hand. »Es ist mir eine Ehre, Sie zum ersten Male auf meinem bescheidenen Anwesen begrüßen zu dürfen.«

»Meine Frau«, stellte Fontane vor, obwohl er dem Graf natürlich seine Begleitung angekündigt hatte. Die überschwängliche Begrüßung machte nicht nur Emilie, sondern auch ihn verlegen. »Sie bemühen sich selbst, Herr Graf?«

»Mein lieber Fontane, ich möchte behaupten, dass es mir ein außerordentliches Vergnügen bereitet, Sie persönlich an meinem Seehafen in Empfang zu nehmen.« Von Zieten-Schwerin lächelte. Er hatte graue Augen und ein offenes, freundliches Gesicht. »Es fehlt natürlich die Militärkapelle. Aber die Wahrheit ist: Mein Kammerdiener liegt mit einer kapitalen Grippe im Bett. Wir mussten noch in der Nacht nach dem Arzt schicken. Pardon, gnädige Frau! Darf ich Ihnen meinen Arm leihen?«

Emilie nickte und hakte sich unter. Stoltze hatte mittlerweile das Gepäck aus dem Boot geladen und Fontanes englische Reisetasche stand neben Emilies Lederkoffer auf dem Steg. Fontane reichte dem Fährmann eine Münze und sagte ihm Lebewohl. Dann schickte er sich an, Tasche und Koffer aufzunehmen.

»Aber ich bitte Sie!« Der Graf von Zieten-Schwerin schüttelte den Kopf. »Das können wir getrost dem Jungen überlassen. So ungeschickt ist er nicht, dass er mit Ihrer Bagage in den See stürzen wird. Êtes-vous d'accord?«

Fontane nickte. Während von Zieten und Emilie der Freitreppe entgegenschritten, so musste man ihr Defilee wohl nennen, folgte er ihnen in einigem Abstand. Emilie trug eines der gerade in Mode gekommenen Kapotthütchen, die man eher als Scheitel- denn als Kopfbedeckung bezeichnen musste, und Fontane entdeckte ein paar graue Haare in ihrem Nacken. Wieder empfand er einen Stich ins Herz.

Kurz vor der Treppe drehte er sich noch einmal um. Stoltze war schon gute fünfzig Meter vom Ufer entfernt und hob die Hand zu einem letzten Abschiedsgruß. Fontane winkte zurück. Das Schwanenpaar schwamm gemächlich am Ufer entlang.

»Sie hatten eine angenehme Reise?«, erkundigte sich der Herr des Hauses bei Emilie. Mit seinen achtunddreißig Jahren war er aus Fontanes Sicht noch ein junger Mann.

»Ja, ausgezeichnet«, erwiderte sie.

»Das freut mich.« Der Graf deutete durch die geöffnete Tür in die Vorhalle. »Ich habe auf der Terrasse decken lassen. Es ist so ein wunderbares Wetter, man kann noch draußen sitzen. Sie werden sicher nichts gegen einen kleinen Imbiss einzuwenden haben?«

»Wenn es Ihnen keine Umstände macht.«

»Gewiss nicht. Die Köchin ist ja nicht krank. Und der Junge muss bedienen. Da lernt er es endlich einmal.«

»Und die Frau Gemahlin?«, fragte Fontane, der selbstredend wusste, dass von Zieten-Schwerin seit vielen Jahren mit der Baronesse Constance von Derschau verheiratet war. »Wird sie den Imbiss mit uns einnehmen?«

»Bedaure, das ist unmöglich. Meine Frau weilt auf dem elterlichen Gut in Kurland. Wegen des herrliches Wetters, so teilte sie mir in ihrem letzten Brief mit, verlängert sie den Aufenthalt bis zum Oktober.«

Von Zieten-Schwerin stieg die altmodische Treppe aus Eichenholz hinauf, die bei jedem Schritt ächzte und knarrte. Emilie ging an seiner Seite, Fontane hielt sich weiter hinter ihnen. Er kannte das Schloss und hatte es in einem Kapitel der *Grafschaft*, das in der *Kreuzzeitung* erschienen war, beschrieben. Mit dem Blatt hatte er längst gebrochen, aber für die Buchausgabe wollte Fontane auch an den Abschnitt über Schloss und Gut Wustrau noch einmal den Federhalter ansetzen.

»Voilà!« Der Graf öffnete eine zweiflügelige Tür, die zum Saal führte. Eine Reihe von fünf Fenstern spendete dem Raum großzügig Licht. Emilie trat ein und hob den Blick zu der vergoldeten Stuckdecke.

»Wunderschön!«, rief sie. »Théodore, das musst du sehen.«

Fontane kannte auch den Saal bereits, und er wusste, dass seine Frau Herrenhäuser über alles liebte. Ihre Jugendfreundin Johanna Treutler hatte den Besitzer des Zuckerrübengutes Neuhof bei Liegnitz geheiratet, und Emilie verbrachte dort oft ausgedehnte Sommerfrischen. Manchmal, in Zeiten einer Krisis, warf sie Fontane vor, dass er zu wenig verdiene, und sprach dann vom herrschaftlichen Leben ihrer Freundin, die ein großes Gesinde kommandieren konnte, während sie alles selbst besorgen musste; nur die Wäsche gab sie zu einer Waschfrau oder zu Spindler.

»Bitte, sich nach rechts zu wenden«, sagte Graf Albert Julius. Er zeigte auf eine Tür, über der sich ein Ölbild befand, die Kopie eines niederländischen Meisters. »In dem Zimmer dort starb der letzte Zieten.«

»Aber Sie sind doch auch ein Zieten«, entgegnete Emilie.

»Nicht eigentlich.« Der Graf lächelte. »1854 starben die Zieten aus. Der letzte echte Zieten ernannte mich testamentarisch zu seinem Erben. Mich, einen Schwerin. Fünf Jahre später wurde ich unter dem Namen Zieten-Schwerin in den Grafenstand erhoben. Ich kam dazu praktisch wie die Jungfrau zum Kinde. Bitte!« Der Graf öffnete die Tür zu einem sehr schlicht eingerichteten Raum, der nur über ein einfaches Bett verfügte, über einen Tisch mit Waschschüssel und einen Stollenschrank. »Die Zieten waren Soldaten«, erklärte er. »Für sie war ein Feldbett schon Luxus.«

»Aber das Gut«, wagte Emilie einen Einwand.

»Natürlich, das Gut. Sie waren auch hervorragende Landwirte. Das Gut wirft einiges ab. Es ist wohlorganisiert. Schon der berühmte alte Zieten hat Wert auf einen gebildeten Verwalter gelegt, einen Mann, der die Landwirtschaft studiert hat. Wert gelegt auf Wissenschaft.«
»Und darauf legen Sie sicher auch Wert?«
»Selbstverständlich.« Der Graf nahm Emilies Arm. Fontane beobachtete es mit einem gewissen, vermutlich bloß kindischen Unbehagen. »Ich verwalte das Gut selbst«, fuhr von Zieten fort. »Doch nun wollen wir speisen.«

Der Junge, von dem der Graf bereits gesprochen hatte, trug einen Frack, der ihm um einiges zu groß war und wohl von dem kranken Diener stammte. Mit viel Wasser hatte er sein störrisches rötliches Haar in Fasson gebracht. Er mochte vierzehn oder fünfzehn sein, fuhr ständig mit den Fingern zwischen den hohen Kragen und seinen Hals, weil der Kragen scheuerte. So ein Bengel rannte lieber in abgeschnittenen Hosen und barfuß über die Felder, als dass er seine Herrschaft und ihre Gäste bediente. Nur weil sein Vater krank war, hatte er sich in den Frack kleiden müssen. Und nur deshalb wartete er auf Befehle.
Die Terrasse befand sich nicht an der Wasserfront des Schlosses, sondern an dessen nordwestlichem Flügel, sodass man zwar in den Park schauen konnte, sich aber vorbeugen musste, wenn man rechterhand den See erblicken wollte. Eine Freitreppe führte auch hier in den Lustgarten, ein Pavillon, der mit dem Schloss verbunden war, begrenzte die Terrasse nach links.
Zwischen der Flügeltür und der Treppe stand ein Gartentisch, den drei Stühle aus weiß gestrichenem Metall um-

gaben. Der Tisch war gedeckt: Ein frisch gestärktes weißes Tischtuch mit blauer Bordüre harmonierte mit weißem Porzellan, das ebenfalls einen blauen Rand hatte. Mit Veilchen hatten die Porzellanmaler die Teller, Tassen und Terrinen verziert.

»Voilà!« Graf Albert Julius rückte Emilie den Stuhl zurecht. »Johannes«, wandte er sich an den Jungen, »trage nun die Krabbensuppe auf!«

»Jawohl, gnädiger Herr.« Der Knabe machte einen Diener, blieb aber stehen.

»Und warum gehst du nicht?«

»Die Schuhe drücken. Ich hab schon Blut im Schuh.«

»Wie beim Aschenbrödel?«

»Genau, gnädiger Herr.«

»Wessen Schuhe sind denn das?«

»Von Papa, gnädiger Herr. Aber meine Füße sind schon viel größer als seine. Und sie wachsen noch.«

»Es ist doch aber so«, sagte von Zieten-Schwerin, »dass du uns kaum im Frack, aber ohne Schuhe bedienen kannst.«

»Nein, Herr.«

»Was also tun wir?«

»Ich hole die Suppe humpelnd.«

»D'accord. Und morgen kommst du ins Bureau und holst dir Geld für neue Schuhe.«

»Danke, Herr Graf.« Der Knabe verschwand.

»Sie haben sich nun aber doch in Unkosten gestürzt«, sagte Emilie. »Krabbensuppe …«

»Rechnen Sie nicht mit einem Hauptgericht. Es gibt nur Kanapees. Nach der Suppe. Und die ist exzellent. Zubereitet aus frischen brandenburgischen Krabben und mit einem Schuss Wein verfeinert.«

Der Junge kam zurück – ohne Suppe. Aufgeregt, offenbar spürte er die drückenden Schuhe nicht mehr. Ihm folgte ein hagerer Mann von mittlerer Größe, der wie der Hausherr ein Tweedsakko trug, äußerst besorgt aussah und sich vor dem Grafen verbeugte.

»Mein Jagdpächter«, stellte von Zieten ihn vor. »Was gibt es?«

»Wir haben einen Toten im Wald zwischen Wustrau und Altfriesack gefunden. Sieht nach Selbstmord aus.«

»Der Schuss!«, rief Fontane spontan und schaute zu seiner Frau.

»Welcher Schuss?«, fragte der Graf.

»Wir haben auf dem See einen Schuss gehört.«

»Der Mann hat sich tatsächlich erschossen«, meinte der Pächter. »Mit einer Jagdpistole.«

»Johannes!« Der Graf war aufgestanden und wandte sich an den Knaben. »Trage Sorge dafür, dass der Landrat und der Amtsrichter in Neuruppin verständigt werden.«

»Aber wie, gnädiger Herr? Soll ich anspannen lassen?«

»Ja, für uns. Du nimmst das Boot.«

»Aber meine Füße ...«

»Häng den Frack an den Nagel und die Schuhe sonstwohin. Mach, dass du fortkommst. Den Landrat und den Amtsrichter, hast du verstanden?«

»Natürlich, Herr.« Der Junge lief davon. Trotz des Blutes in den Schuhen humpelte er nicht.

»Wo ist es passiert?«, wollte der Graf von seinem Pächter wissen.

»Jagen dreiundzwanzig.«

»Da brauchen wir keinen Wagen«, sagte von Zieten. »Gnädigste«, wandte er sich an Emilie, »Sie erlauben, dass wir uns dieser Sache annehmen und Sie sowie Ihren Herrn Gatten für den Moment verlassen?«

»Ich würde mir die Sache selbst gern anschauen«, erwiderte Fontane. Es gehörte zum Beruf des Schriftstellers, sich auch den schrecklichen Dingen nicht zu verweigern.

»Aber es ist kein schöner Anblick«, sagte der Jagdpächter.

Der Knabe trug unterhalb der Knie abgeschnittene Hosen und war barfuß, als er ins Boot sprang, um nach Neuruppin zu rudern. Er sah sehr glücklich aus. Fontane nickte ihm zu. Der Jagdpächter gesellte sich zu ihm.

»Hermann Krage«, stellte er sich vor.

»Fóntan«, erwiderte Fontane gedankenlos. »Théodore Fóntan.«

Krage runzelte die Stirn.

»Franzose?«, erkundigte er sich in einem Ton, als hätte er eigentlich fragen wollen: Erbfeind?

»Nein, nein.« Fontane hätte sich dafür verfluchen können, dass er es bevorzugte, seine Namen französisch auszusprechen, eine Marotte, oder, wie es die Engländer ausgedrückt hätten: ein Spleen. »Meine Familie stammt aus der französischen Kolonie Berlins.«

»Also Hugenotte. Dann sind Sie ja gut protestantisch wie jeder anständige Preuße.«

»Mhm«, brummte Fontane. Seine Vorfahren waren Calvinisten gewesen und Luther war ihm seit jeher suspekt; seiner Ansicht nach hatte der Reformator nichts anderes in die Welt gebracht als neue Dogmen, Unduldsamkeit, Hexenprozesse und langweilige Nüchternheit. Doch behielt er seine Anschauung lieber für sich. »Theodor Fontane«, korrigierte er sich.

»Der Graf sagte, Sie seien Schriftsteller?«
»Ja, das bin ich. Im Moment verdiene ich mein Brot allerdings mehr mit der Zeitungsschreiberei als mit dem Verfassen von Romanen. Doch das wird sich ändern«, sagte Fontane im Brustton der Überzeugung und übertönte damit die Zweifel, die ihn manchmal für Wochen aufs Krankenbett warfen.
»Ich für meine Person lese gern Gustav Freytag«, erklärte Krage. Bevor der Pächter Fontane nach seiner Meinung über Freytag fragen konnte, erschien der Graf auf der Freitreppe.
»Ich habe Ihre Frau Gemahlin in die Bibliothek geleitet und die Köchin angewiesen, sie mit Kaffee und Gebäck zu traktieren«, sagte er. »Mit fast schlafwandlerischer Sicherheit hat die Gnädigste sogleich Ihr Werk *Der Krieg gegen Frankreich* entdeckt. Man wird Sie dafür schelten, Fontane. Wie können Sie nur dem Feind so viel Gerechtigkeit widerfahren lassen?«
»Er hat sie verdient.«
»Das sagen Sie mal dem Kriegsminister. Oder dem Herrn Ministerpräsidenten, von Ihrer Majestät ganz zu schweigen.« Von Zieten-Schwerin warf seinem Jagdpächter einen kurzen Blick zu. »Nun aber los, Krage. Sie übernehmen die Tête.«
Krage nickte, dann führte er Fontane und den Grafen von Wustrau in Richtung auf Altfriesack, ein Fischerdorf, das ebenfalls an der Südspitze des Ruppiner Sees gelegen war. In der *Grafschaft Ruppin* hatte Fontane es erwähnt, ohne näher auf den Ort einzugehen. Die Altfriesacker waren bekannt für ihre Sagen. Auch den Selbstmörder würde man vermutlich bald in eine Legende verwandeln, womöglich eine, in der der Teufel eine Rolle spielte.

»Wissen Sie denn, wer der Tote ist?«, fragte Fontane den Pächter.
»Nein. Mir ist er nicht bekannt.«
»Niemand aus der Gegend?«
»Eher nicht. Aber ich habe nicht so genau hingeschaut.« Krage bog nach rechts von der Chaussee, die Wustrau mit Altfriesack verband. Nun ging es wirklich in den Wald.
Der Weg war schmal, sodass sich die drei Männer nur im Gänsemarsch fortbewegen konnten. Er zwang sie hin und wieder zu einer Verbeugung vor niedrigen, über den Pfad ragenden Ästen; ohnehin war es ratsam, den Kopf gesenkt zu halten, um nicht über eine der vielen Wurzeln zu stolpern, die sich aus dem Boden hervorgewagt hatten.
Schließlich führte der Weg auf eine kleine, grasbewachsene Lichtung.
»Dort.« Krage blieb stehen und deutete auf eine Wildschweinsuhle. Sein Gesicht hatte sich entfärbt. Irgendwo hoch über ihnen pickte ein Specht nach Käfern.
Obwohl er an den Kriegsschauplätzen, die er in den letzten Jahren besucht hatte, viele verstümmelte Leichen gesehen hatte, fühlte sich Fontane äußerst unwohl.
»Da dies mein Wald ist, werde ich als Erster nähertreten«, sagte der Graf mit gesenkter Stimme.
Behutsam einen Fuß vor den anderen setzend, begab er sich an den Rand der Suhle. Er schaute hinein – und wandte sich sofort wieder ab. Für einen Moment schloss er die Augen und atmete tief durch.
»So schrecklich?«, entfuhr es Fontane.
Der Graf nickte. »Ein Schuss in die Schläfe«, konstatierte er. Er sprach so leise, als wolle er die Ruhe des Toten nicht stören. »Ersparen Sie sich den Blick in die Grube.«

Fontane zögerte. Schließlich nahm er jedoch all seinen Mut zusammen und trat an die Vertiefung im Waldboden heran. Es war feucht auf ihrem Grund und die Wildschweine hatten den Schlamm um und um gewühlt. Dort wo sich die Tiere normalerweise suhlten, lag ein Mann auf dem Bauch, das Gesicht halb im Schlamm. Um seinen Kopf hatte sich eine Blutlache gebildet, mit schmutzigem Wasser vermischt, die schwach rötlich glänzte. Nahezu absurd war der Umstand, dass der Mann einen Frack und Lackschuhe mit leicht gerundeten Spitzen trug.
Etwa einen Meter neben ihm lag eine Jagdpistole. Fontane bemerkte sofort, dass es sich um eine ungewöhnliche und kostbare Arbeit handeln musste: Der Griff war mit dünnen Silberplatten beschlagen, die der Büchsenmacher mit einer Treibarbeit versehen hatte. Was diese Gravuren darstellten, konnte er allerdings nicht erkennen, da er auf Abstand hielt. An den Rand der Grube zu treten hatte bereits genug Kraft gekostet, hinein würde er sich nicht begeben. Obwohl kein Waffenkenner, schätzte Fontane das Alter der Pistole auf etwa hundert Jahre; eher ein Sammlerstück, das die Wand im Salon eines Gutshauses zierte, als dass man sie für einen Fangschuss benutzte. Dass sie funktionstüchtig war, bewies der Leichnam.
Noch etwas fiel Fontane auf: Die Gräser auf der Lichtung waren in einem großen Bogen um die Suhle herum niedergetreten. Gerade die Größe der Fläche war es, die ihn verwunderte. Wildschweine konnten das Gras nicht heruntergetrampelt haben, da sie ihre Suhlen erst in der Dämmerung aufsuchten. So musste diese breite Schneise von dem Selbstmörder stammen, der ja womöglich seine tödliche Entscheidung lange überlegt hatte und dabei auf und ab gegangen

war. Das zumindest war eine Erklärung. Wie es aussah, hatte sich der Mann am Rand der Grube getötet und war dann mitsamt der Waffe hineingestürzt.

Fontane hörte den Pächter in seinem Rücken fragen: »Es ist doch Selbstmord, nicht wahr?« In seiner Stimme schwang ein leiser Zweifel mit. »Als ich den Schuss hörte, nahm ich an, dass ein Wilderer sein Unwesen treibt. Ich war also auf der Hut, schließlich hatte ich selbst keine Waffe bei mir, und mit diesen Leuten ist nicht zu spaßen. Vor zwei Jahren hat ein Wilddieb mir nichts, dir nichts eine Kräutersammlerin erschossen, die ihn auf frischer Tat antraf.«

Fontane wandte sich um. »Was wollen Sie damit sagen?«

Krage, noch immer bleich, entgegnete: »Wie gesagt, ich habe nicht so genau hingeschaut. Ein kurzer Blick in die Grube … dann bin ich stante pede zum Schloss.«

»Dafür müssen Sie sich nicht schämen«, erwiderte der Graf. »In meinen Wäldern stolpert man für gewöhnlich nicht über Leichen, und seit jenem traurigen Fall hat es keine Wilderei mehr gegeben. Jedenfalls ist mir nichts Gegenteiliges bekannt geworden.«

Der Jagdpächter schluckte. »Mir auch nicht«, sagte er.

Fontane schaute abermals auf den Toten und die Pistole. Er wollte nun doch die Gravuren etwas näher in Augenschein nehmen, da sie vielleicht etwas über den Besitzer verrieten. Er machte einen Schritt in die Grube hinein, versank mit den Stiefeln im Schlamm und beschmutzte sich den Aufschlag der Hose. Obwohl der Schuss die Hälfte des Kopfes weggerissen hatte, war noch etwas vom Gesicht des Opfers übrig geblieben, und plötzlich hatte Fontane das entsetzliche Gefühl, den Mann zu kennen. Sofort sprang er zurück auf festen Boden. Er atmete schwer.

Den Mann kannte er tatsächlich.
»Aber mein Herr!« Der Graf eilte auf Fontane zu und fasste ihn unter die Arme. Auch Krage kam hinzu. Er hielt den Kopf von der Suhle abgewandt. »Herr Fontane, mein Gott!«
»Nichts. Es ist nichts.« Fontane richtete sich auf. »Der Mann ... das ist Friedrich Georg Schwartz«, flüsterte er.
»Sie kennen ihn?« Der Graf schaute ihn fassungslos an. Noch immer pochte der Specht.
»Recht gut sogar. Er hat wie ich bei der Centralpressestelle des Preußischen Ministeriums des Innern gearbeitet. Vor Jahren. Er ist natürlich älter geworden, aber ...« Fontane verstummte.
»Schwartz, sagten Sie?«
»Friedrich Georg Schwartz, ja.«
»Der Schwartz von Gnewikow?«
Fontane blickte den Graf verwundert an. »Von Gnewikow? Nein. Aus Berlin.«
»Ich glaube, ich weiß, wer er ist.« Von Zieten rieb sich das Kinn. »Die Vornamen sagen mir nichts, aber der Familienname. Ein gewisser Schwartz hat sich im Juli mit Antonia Freifrau von Blohm auf Gnewikow vermählt, was einige Zeit Gesprächsstoff in der Gegend bot. Sie wissen schon, ein Bürgerlicher und eine Frau von Familie, für manchen ist das fast Gotteslästerung.«
»Schwartz hat eine Freifrau geheiratet? Das passt zu ihm.«
»Wenn es dieser Schwartz dort in der Suhle ist ... Ich persönlich kenne ihn nur vom Hörensagen, aber so viele seines Namens wird es in der Umgebung wohl nicht geben, und Gnewikow ist nicht weit. Seltsam.« Der Graf schaute noch einmal an Fontane vorbei in die Grube. »Was macht ein sol-

cher Mann im Frack und mit Lackschuhen im Wald? Er ist für einen Empfang gekleidet, nicht für einen Waldspaziergang.«

Unwillkürlich trat von Zieten einen Schritt zurück.

»Das ist in der Tat verwunderlich. Schwartz hat in der Gründerzeit eine enorme Karriere gemacht. Kurz nach dem Sieg über Frankreich hat er die Arbeit bei der Centralpressestelle an den Nagel gehängt und sich aufs Spekulieren verlegt.«

»Da war er nicht der Einzige«, meinte der Jagdpächter.

»Das ist wohl wahr. Ich weiß nicht genau, woher er das Kapital hatte …«

»Na ja, das Kapital lag ja quasi auf der Straße«, behauptete Krage.

Fontane schüttelte den Kopf. »So einfach ist es nun auch wieder nicht. Schwartz hat natürlich Aktien ausgegeben, wie es ja selbst kleine Mühlenbesitzer für gigantische Unternehmungen taten. Seines heißt BEFABAG. Die Abbreviatur steht für Berlinische Familienhaus Bau AG. Sie wissen, Herr Graf, dass man die Mietskasernen in Berlin euphemistisch Familienhäuser nennt?«

»Nun, auch auf Gut Wustrau liest man Zeitung«, sagte von Zieten-Schwerin. »Außerdem halte ich mich gelegentlich in der Hauptstadt auf.«

»Verzeihung, ich wollte wirklich nicht …«

Der Graf winkte ab. »Er hat diese grässlichen Häuser gebaut? Beziehungsweise bauen lassen?«

»Blockweise. In ganz großem Stil. Und ich habe mich immer gefragt, wie der Mann es geschafft hatte, quasi über Nacht zum Millionär zu werden. Ich weiß, anderen ist es auch gelungen, aber Schwartz? Ich kannte ihn als mittelmäßigen Duckmäuser, mit anderen Worten: als den idealen Preußen.«

»Na, na!« Von Zieten lächelte zwar, aber dieses Lächeln geriet ihm ein wenig schief. »Ich fühle mich auch als guter Preuße, halte mich aber weder für mittelmäßig noch für einen Duckmäuser.«

»Das unterscheidet den guten vom idealen Preußen«, entgegnete Fontane, und auch über sein Gesicht huschte ein Lächeln.

»Millionär war der Mann also?«, fragte der Graf.

»Mehrfacher. Er befand sich auf dem Höhepunkt seines Erfolgs. Die Geschäfte liefen prächtig, jedenfalls wenn man der Presse Glauben schenkt.«

»Und warum bringt sich ein solcher Mensch um?«

»Genau das«, sagte Fontane, »frage ich mich auch.«

Zweites Kapitel

»Unglaublich.« Amtsgerichtsrat Frölich schob seine Brille zurecht. Gemeinsam mit Landrat Heinrich Loewe und dem Arzt Doktor Friedrich Kölling war er soeben am Ort des Geschehens eingetroffen. Er hatte einen oberflächlichen Blick auf den Toten geworfen – und auch er hatte ihn erkannt.
»Ich weiß nicht, was ich sagen soll. Ausgerechnet Freiherr Schwartz von Blohm schießt sich in den Kopf? Ein Mann, der alles hatte? Geld, Glück und eine Frau von Familie? Un-glaub-lich!«
Nachdem Johannes den Landrat und den Richter aufgesucht und diese nach dem Arzt geschickt hatten, waren die drei Männer im Landauer des Landrates aufgebrochen und hatten, da sie im Wald eines Führers bedurften, wohl oder übel den Jungen mitnehmen müssen; eher übel, dachte Fontane, als er dessen schmutzige Füße betrachtete. Johannes hatte es vermieden, sich der Grube zu nähern. Stattdessen lehnte er an einem Baum und trat von einem Bein auf das andere, denn mittlerweile war die Dämmerung hereingebrochen und der Boden kühlte rasch aus. Auch die Luft war keineswegs mehr so angenehm mild wie am Tage.
»Man wird nach Gut Gnewikow schicken müssen«, sagte der Landrat. »Der Major wird außer sich sein, dass er keine drei Monate nach der Hochzeit seinen Schwiegersohn verloren hat.«

»Und die Gattin erst«, bemerkte der Arzt, der hier nur eines noch hatte tun können: das Offensichtliche bestätigen. »Ihr Mann hat sie durch seine Tat zur Witwe gemacht.«
»Mit einer Jagdpistole, die dem Vater gehört«, sagte der Richter und nestelte an seiner Brille. Auch er hatte offenbar eine Marotte. Fontane fand ihn aus Gründen, über die er sich in dieser unerfreulichen Situation noch keine Rechenschaft ablegte, nicht sonderlich sympathisch. Aber das war eher ein vages Gefühl.
»Sie kennen die Waffe?«, fragte von Zieten-Schwerin.
»Die Waffe und den Toten, Herr Graf.« Der Gerichtsrat deutete eine knappe Verbeugung an.
»Dass Sie den Mann kennen, weiß ich. Sie verkehren ja auf Gnewikow.«
»Ich war sogar bei der Hochzeit«, entgegnete Frölich, und es klang, als wäre er stolz darauf.
Fontane warf einen Blick auf Johannes, der schon einigermaßen verfroren aussah. Dem Anschein nach erging es dem Jungen wie ihm: Die Neugierde hielt ihn fest, aber zugleich fühlte er sich überflüssig. Darüber hinaus verpflichtete ihn das Dienstbotenverhältnis seines Vaters, so lange auszuharren, bis der Graf anderes befahl. Fontane hätte ihm gern geholfen, aber er wusste nicht wie. Denn so entgegenkommend und freundlich der Graf war, er war der Herr. Und pflichtvergessenes Personal riskierte in Preußen eine Haftstrafe.
»Wie ist es denn möglich, dass Sie diese Pistole kennen?«, erkundigte sich von Zieten.
»Sie hing über dem Kamin im Salon.« Der Amtsgerichtsrat trat einen Schritt näher zu von Zieten-Schwerin. Er war ein kleiner, wohlbeleibter und glatzköpfiger Mann, und

vielleicht waren es seine engstehenden und fast farblosen Augen, die auf Fontane so abstoßend wirkten. »Es ist eine sehr wertvolle flämische Arbeit. Der Major hätte sie nie aus der Hand gegeben. Niemals.«

»Aber da sie über dem Kamin hing, war sie doch für jedermann im Hause zugänglich?«, mischte sich nun der Landrat ein. Er war, wenn man seine Position bedachte, noch jung, wohl nicht einmal vierzig, und musste, ebenso wie der Graf, auf den Gerichtsrat hinabsehen. »Ein Platz an der Wand ist schließlich kein verschließbarer Waffenschrank.«

»Nun, es hat sie ja auch einer genommen.« Frölich blickte zur Suhle. »Ich kann es immer noch nicht fassen. Ausgerechnet der Freiherr ein Selbstmörder!«

Graf Albert Julius deutete auf Fontane. »Unser Schriftsteller aus Berlin hat übrigens eine Zeit lang mit diesem Schwartz zusammengearbeitet«, erklärte er. Alle Blicke richteten sich nun auf Fontane. Dem war es ausgesprochen unangenehm, plötzlich im Mittelpunkt der Aufmerksamkeit zu stehen, aber besonders peinlich war es ihm, *unser Schriftsteller aus Berlin* genannt zu werden.

»Der Herr sind Schriftsteller?« Frölich spielte wieder an seiner Brille. Sein abschätziger Blick verursachte Fontane einen leichten Schauder, aber daran konnte auch die zunehmende Kälte schuld sein. Sie lieferte Fontane denn auch einen Vorwand, rasch wieder von sich abzulenken.

»Ja, das bin ich«, sagte er, »aber wenn die Herren eine Bemerkung gestatten: Der Junge«, er wies auf Johannes, »ist schon blau gefroren. Wenn der Herr Graf erlauben, man sollte ihn nach Hause schicken.«

»Ja, natürlich.« Der Graf nickte. »Meine Herren!« Er wandte sich an Landrat, Amtsgerichtsdirektor und Arzt. »Verlassen wir diesen unwirtlichen Ort, an dem wir ja doch nichts mehr ausrichten können. Vom Herumstehen werden wir nicht klüger, sondern holen uns einen Schnupfen oder gar eine Influenza. Darf ich Sie auf einen bescheidenen Imbiss nach Schloss Wustrau bitten? Ein warmes Getränk findet sich selbstredend auch.«

»Ja, warum nicht?« Frölich warf einen fragenden Blick auf seine Begleiter. Die nickten. »Herr Graf, wir nehmen dankend an.«

Der Dankbarste in der Runde war Johannes. Der Graf hieß ihn zum Schloss laufen und drei weitere Gäste ankündigen, und der Knaben rannte los, um sich beim Laufen die Füße zu wärmen. Der Pächter allerdings musste noch ausharren.

»Krage«, sagte von Zieten-Schwerin, »beschaffen Sie sich im Dorf einen Wagen und ein paar Männer, und dann tragen Sie Sorge, dass der Leichnam in die Wustrauer Kirche geschafft wird.«

»Zu Befehl, gnädiger Herr!« Auch Krage machte sich auf den Weg.

»Gut. On y va?«

»Avec plaisir«, sagten die Herren beinahe wie aus einem Munde.

Als sie nach dem Marsch durchs Unterholz den Weg und schließlich die Chaussee erreicht hatten, wo der Landauer des Landrates stand, zeigte sich, wie unangenehm übermäßige Höflichkeit bei Kälte werden konnte. Auch Fontane wollte nun endlich ins Warme, aber so schnell gelang das nicht. Landrat Loewe offerierte dem Grafen in seinem Viersitzer den noch freien Platz, was dieser jedoch ablehnte,

weil sein Gast dann allein zum Schloss hätte gehen müssen. Daraufhin erklärte sich der Landrat bereit, Fontane zu begleiten, und wollte die Zügel schon Frölich reichen, da mischte sich auch noch Doktor Kölling ein. Nach dem schrecklichen Erlebnis, meinte er, würde ihm ein kleiner Abendspaziergang sicher nicht schaden, also könne auch er gut und gerne *unserem Schriftsteller aus Berlin* zur Seite stehen. Fontane wiederum betonte höflich, dass er den doch eigentlich recht kurzen Weg kenne und sich in der Dämmerung nicht fürchte.
Am Ende wurde dann entschieden, dass man im Wagen ja zusammenrücken könne und auf einer Bank sicher auch drei Männer Platz hätten – zumal auf dem wirklich kurzen Weg.
Fontane, der mittlerweile tatsächlich fror, drückte sich zwischen Arzt und Landrat, und nun endlich setzte sich der Wagen in Bewegung. Der Landrat lenkte.
Nach dem langen Palaver herrschte erst einmal Schweigen – die Etikette hatten die fünf Männer mehr erschöpft als die Zeit am Tatort. Aber so ist Preußen nun einmal, dachte Fontane enerviert, die Frage, wer vor wem durch eine Tür gehen darf, konnte Ministerien beschäftigen.
Es war der Landrat, der das Schweigen brach.
»In Berlin geht es wohl zur Zeit drunter und drüber?«, fragte er Fontane neben sich. Der hasste eine zu enge menschliche Nähe und bevorzugte eine gewisse Distanz. Allerdings entwickelte der erzwungene Körperkontakt eine Wärme, die ihn in einen angenehmen Dämmerzustand versetzt hatte. Nun schrak er auf.
»Wie meinen?«
»Dieses Fieber, von dem wir hier ja nur am Rande mit-

bekommen.« Der Landrat berührte die Kruppe seines Braunen mit der Reitpeitsche. Es war eine fast zärtliche Geste und das Pferd zog sofort an.

»Fieber?« Fontane wusste nicht, worauf der Mann hinauswollte.

»Das Gründungsfieber«, präzisierte der Landrat. Sein korrekt gestutztes, aber sehr volles gelbliches Haar ließ Fontane mit einem Mal an das Tier denken, dessen Namen er trug. Fontane fuhr sich über die Augen.

»Sie sprechen von der Spekulationswut? Von diesem Aktienwahn?«

»Genau davon.« Der Landrat schaute Fontane von der Seite an. »Ist Ihnen nicht gut?«

»Doch, doch.« Fontane nahm eine leichte Wein- und Knoblauchfahne wahr, die von dem links neben ihm sitzenden Arzt auszugehen schien. »Ich bin nur ein wenig abgespannt.«

»Ja, das ist verständlich.« Der Landrat strich erneut mit der Gerte über die Kruppe seines Pferdes. Das Tier schien diese Berührung zu lieben, es bleckte das Gebiss und lief schneller.

»Das Spekulieren, die Jagd nach Geld, der Hochmut, wenn es erjagt ist, und die Verehrung dessen, der es erjagt hat, dieser ganze Kultus des Goldenen Kalbes war für mich lange Zeit die große Krankheit des englischen Volkes«, entgegnete Fontane. »Ich habe das in meinen Jahren in London selbst beobachten können.«

»Sie waren drüben?« Loewe sah ihn mit einer Mischung aus Bewunderung und Argwohn an. Fontane wäre es bei Weitem lieber gewesen, der Landrat hätte sich auf die dunkle Chaussee konzentriert.

»In den Fünfzigerjahren. Ich habe die Deutsch-Englische Correspondenz aufgebaut und geleitet. Ich weiß nicht, ob Sie Geheimrat Doktor Metzel kennen, den Bureaudirektor des Preußischen Herrenhauses?«

»Nur dem Namen nach.«

»Er hat mir diesen Aufenthalt in London ermöglicht, weshalb ich ihm zu höchstem Dank verpflichtet bin. Seit Anfang 1855 war Doktor Metzel Chef der Centralstelle für Presseangelegenheiten ... als auch unser Toter dort angestellt war.«

»Und was haben Sie in London gemacht?« Loewes Argwohn, der sich weniger gegen seinen Gesprächspartner als vielmehr gegen England und die Engländer richtete, war verflogen und ehrlichem Interesse gewichen.

»Ich sollte den Inhalt der englischen Zeitungen sowohl in betreff der Fakta als der Ansichten und Auffassungen der Sachlage nach zusammenfassen, zwei- oder dreimal je Woche in räsonierenden Artikeln nach Berlin für ein weiteres Verständnis der Sprache der englischen Blätter sorgen sowie Erläuterungen und Erklärungen über englische Zustände, Gesetze und Einrichtungen geben. Ob man im Ministerium und in der Regierung meine Artikel überhaupt zur Kenntnis nahm?« Fontane hob die Schultern. »Man hatte sicher bessere Spione, namentlich bei der Gesandtschaft.«

»Ich weiß auch nicht, welche Wirkungen meine Berichte haben«, sagte der Landrat mit einem feinen Lächeln. »Vermutlich verschwinden sie in der Registratur, um für die Ewigkeit aufbewahrt zu werden. Das immerhin!« Nach diesen Worten widmete er sich wieder Zügel, Pferd und Weg. Rechterhand war bereits Schloss Wustrau zu sehen, in dem einige Fenster hell erleuchtet waren. Das warme Licht der Kronleuchter tauchte den Park in einen diffusen Schein, verwandelte Bäume, die schon Laub verloren hatten, in schwarze Gerippe und ließ erkennen, dass vom See her Nebel an das Ufer kroch.

»Sie gestatten, verehrter Herr?« Es war der Amtsgerichtsrat, der den Gesprächsfaden aufnahm. »Mir ist nicht ganz klar ... Der Herr Landrat hat Sie nach den Verhältnissen in Berlin gefragt, und Sie antworteten mit England.«

»Ich muss um Verzeihung bitten.« Fontane schlug den Kragen seines Mantels hoch. Kaum etwas fürchtete er so sehr wie Krankheiten, selbst ein gewöhnlicher Schnupfen machte ihm Angst. »Mein Denken ist manchmal etwas sprunghaft und gerät schnell vom Hundertsten ins Tausendste. Was ich sagen wollte: Ich habe die Spekulationswut lange Zeit für eine *maladie anglaise* gehalten. Nachdem die französischen Reparationszahlungen flossen, wurde aber auch Deutschland angesteckt. Und hier hat diese Krankheit noch viel schlimmere Formen angenommen als auf der Insel. Sie hat den gesamten Gesellschaftskörper vergiftet. Um das Gift zu entfernen, braucht es einen gewaltigen Aderlass.«

»Der bereits begonnen hat«, warf von Zieten-Schwerin ein. »Jedenfalls im Habsburgerland, und Wien ist nicht so weit, wie wir uns gern weismachen.«

»Damit könnten Sie recht haben«, sagte Fontane.

Der Hengst wurde unruhig.

»Er wittert den Hafersack«, sagte der Landrat.

»Wie heißt er eigentlich?«, wollte Fontane wissen.

»Hansi.«

»Pardon?«

»Er heißt Hansi.«

»Aber das ist ja eher, wenn Sie gestatten, der Name für einen Kanarie.«

»Mein Gott, ich habe ihm den Namen nicht gegeben. Er hieß bereits so, als ich ihn kaufte. Und was wollen Sie? Er ist folgsam, und das erwarte ich von einem Gaul. Namen sind Schall und Rauch. Der Lieblingshengst meines Vaters, auch ein Brauner, hieß offiziell Achim von Hohenheim und inoffiziell – für uns Kinder – Pferd. Er gehorchte nur, wenn man ihn Pferd rief. Das Adelsprädikat war ihm egal.«

Drittes Kapitel

Der Landrat lenkte den Wagen bis vor die Freitreppe, während der Graf das Tor hinter ihnen schloss und die wenigen Meter zu Fuß zurücklegte. Gerichtsdirektor und Arzt stiegen aus, Fontane schickte sich an, ihnen zu folgen. Er hatte den Fuß noch nicht auf den Tritt gesetzt, da wurde bereits ein Flügel der Tür geöffnet und Emilie lief heraus; sie musste das Knirschen des Kieses in der Bibliothek vernommen haben.

»Théodore! Wie konntest du nur!«, sagte sie mit kaum verhohlenem Vorwurf in der Stimme. »Ohne deinen Shawl!« Sie teilte die Sorge ihres Mannes um dessen Gesundheit, die, wie er wusste, aber nur ungern zugab, an Hypochondrie grenzte.

»Aber Emilie!« Fontane blieb peinlich berührt stehen. »Vor den Herren! Und vor allem: vor den Honneurs!«

Die holte der Graf rasch nach, indem er Emilie mit Loewe, Frölich und dem Doktor bekannt machte, die sie mit einem förmlichen Handkuss begrüßten. Dann begab man sich gemeinsam ins Haus.

»Wie war es?«, wollte Emilie von ihrem Mann wissen.

»Entsetzlich. Übrigens ist es … Schwartz.«

»Wer?«

»Friedrich Georg Schwartz.«

»Der von der Centralstelle? Der Baulöwe?«, fragte Emilie perplex.

»Eben jener.« Fontane ergriff sie beim Arm. »Komm, gehen wir hinein.«
»Und hat er sich wirklich selbst gerichtet?«
»Dem ersten Anschein nach ja. Es gibt aber ein paar Merkwürdigkeiten …«
»Das Merkwürdigste ist doch wohl der Grund«, sagte Emilie. »Schwartz war erfolgsverwöhnt und reich. Warum tötet sich ein solcher Mann?«
Die Köchin, eine kleine, korpulente Frau, die von ihrer Leiblichkeit, wie Fontane fand, ausgezeichnet zum Amtsgerichtsdirektor gepasst hätte, erwies sich als äußerst flink. Der Junge hatte die Gäste eben angekündigt, nun trug sie schon Geschirr, Besteck und Tischtuch in den Salon und richtete dort die Tafel, während der Graf im Vorzimmer einen Aperitif anbot. Er ließ es sich nicht nehmen, den Portwein selbst einzuschenken. Seine Gäste hatten sich an den Kamin gesetzt, in dem ein Feuer Wärme spendete.
»A santé!« Der Graf erhob sein Glas.
»A votre santé!«, entgegnete Landrat Loewe.
»Merci.« Die Männer leerten ihr Glas. Emilie nippte nur.
»Wenn Sie gestatten, Herr Fontane«, Gerichtsdirektor Frölich stellte das Glas neben der Miniaturkopie des Apoll von Belvedere auf den Kamin und ruckte an seiner Brille, »ich würde gern eine Frage an Sie richten.«
»Eine amtliche?«, wollte Fontane wissen.
»Nun«, Frölich blickte zum Grafen, »da diese Zusammenkunft einen eher privaten Charakter trägt, würde ich meine Frage als halb amtlich bezeichnen.«
Nichts anderes hatte Fontane erwartet. In Preußen war seit dem Tod des großen Friedrich alles nur noch halb: halb

reformerisch und halb reaktionär, halb moralisch und halb zynisch, halb Fisch und halb Fleisch. In all dieser Halbheit gab es nur ein Ganzes, nämlich den Sieg der schlechteren Hälfte.
»Bitte«, sagte Fontane, obwohl er eigentlich müde war und nicht Rede und Antwort stehen mochte.
»Unser Toter war, wie Sie sagten, Beamter der Centralstelle für Presseangelegenheiten bei der preußischen Regierung«, begann Frölich.
»Nicht Beamter«, berichtigte Fontane sogleich. »Er war ein kleiner Angestellter, ebenso wie ich.«
»Und das war Anfang der Fünfzigerjahre?«
»Ich trat am 1. November 1851 bei der Centralpressestelle ein, als Schwartz bereits dort arbeitete. Er war ein junger Mann, höchstens zwei, drei Jahre älter als ich. Ehrlich gesagt, ist er mir als eher blasser Mensch in Erinnerung geblieben. Man brauchte allerdings für die dortige Tätigkeit auch nur Sitzfleisch und keine Phantasie.«
»Sie haben praktisch Zeitungsartikel ausgeschnitten?« Frölich nickte, als von Zieten ihm nachschenken wollte.
Fontane musste lachen. »So kann man es auch nennen. Wir haben alle möglichen Aufsätze für den Minister exzerpiert. Ich fürchte, es waren genau die Artikel, die er beim Frühstück bereits gelesen hatte.«
»Aber so ganz sinnlos kann Ihre Tätigkeit doch nicht gewesen sein«, mischte sich der Doktor ins Gespräch. »Immerhin gab sie zumindest Ihnen und dem Freiherrn Schwartz damals Lohn und Brot.«
Fontane quittierte diese Bemerkung nur mit einem Schulterzucken; für ihn war es die sinnloseste Beschäftigung der Welt gewesen.

»Als Schwartz allerdings noch kein Freiherr war«, sagte der Landrat.
»Darauf will ich hinaus«, sagte Frölich und rückte seine Brille zurecht. »Ein kleiner Angestellter der preußischen Regierung steigt in die höchsten Kreise der Gesellschaft auf. Wie nur ist ihm das gelungen? Er muss doch mehr gehabt haben als Sitzfleisch? Irgendein Talent?«
»Na, na, Vorsicht! Wir sprechen immerhin vom Schwiegersohn des Majors von Blohm, und der ist alter märkischer Adel.«
»Was mich daran erinnert, dass ich ihm unbedingt eine Nachricht zukommen lassen muss«, sagte der Graf. »Das muss gleich nach dem Essen geschehen. Josefa?«
Erst als der Graf sie ansprach, bemerkte die Runde, dass die Köchin wieder da war. Sie bewegte sich trotz ihrer Korpulenz ungemein geräuschlos, und Fontane fragte sich, ob wohl die Treppe unter ihren Füßen knarrte.
»Es ist aufgetragen, gnädiger Herr.«
»Danke, Josefa.« Von Zieten nickte der Runde zu. »Ich bitte die Herrschaften zu Tisch.«
An der kleinen Tafel kam Fontane gegenüber den Neuruppinern zu sitzen, während seine Frau zwischen ihm und dem Grafen Platz nahm. Eine Zeit lang löffelte man schweigend die Krabbensuppe, die auch den größten Gourmet überzeugt hätte. Fontane jedenfalls war begeistert.
»Ausgezeichnet«, sagte er.
»Nicht wahr?« Der Graf lächelte.
»Geradezu erlesen«, sagte der Amtgerichtsdirektor.
Eine Weile war nichts zu hören als das Geräusch der Löffel, die in die Suppe fuhren. Dann ächzte die Treppe, dass man es bis ins Vorzimmer vernahm, und Krage trat ein.

»Der Herr Graf gestatten?«
»Natürlich, Krage.«
»Alles ist nach Ihrem Befehl besorgt«, sagte der Pächter. »Der Tote ist in der Wustrauer Kirche aufgebahrt. Der Pfarrer hat ein wenig ... weil es doch ein Selbstmörder ist. Aber ich konnte ihn überzeugen.«
»Danke, Krage. Und überhaupt schickt Sie mir der Himmel. Spannen Sie an und fahren Sie nach Gnewikow. Der Major von Blohm muss vom Tod seines Schwiegersohns in Kenntnis gesetzt werden.«
Krage wurde blass. »Allein?«
Der Graf runzelte die Brauen. »Nein, Sie müssen nicht allein fahren. Nehmen Sie den Jungen mit, für den ist das ein Abenteuer. Oder einen von meinen Bauern.«
»Kein Bauer fährt nachts und bei Nebel durch den Wald zwischen Wustrau, Altfriesack und Gnewikow«, sagte der Pächter zögernd.
»Ich habe schon einmal eine weiße Frau gesehen, gnädiger Herr«, sagte da die Köchin, die eben wieder in den Raum getreten war. »Sie schwebte über dem See.«
»So wie Nebel überm See schwebt.« Der Graf war sichtlich verärgert. »Soll ich also selbst nach Gnewikow fahren?«
»Wenn der Herr Graf nicht dringlich anders befehlen«, brachte Krage mit gesenktem Haupt hervor.
Von Zieten-Schwerin winkte ab. »Schon gut, Krage. Gegen Gespenster ist selbst ein Zieten machtlos.«
»Der Herr Graf mögen mir verzeihen«, sagte der Pächter kläglich, verbeugte sich und ging hinaus.
Eine Weile herrschte Schweigen. »Um auf Ihre Frage nach Schwartzens Aufstieg zurückzukommen, Herr Gerichtsrat«, sagte Fontane schließlich und legte den Löffel aus der

Hand, »eine sichere Erklärung habe ich natürlich nicht. Aber als nach dem Krieg der Geruch des großes Geldes in der Luft lag, haben doch viele Witterung aufgenommen, und man konnte den Leuten fast alles verkaufen. Dieser Aktienrummel grenzte ja an Wahnsinn. Das Wichtigste waren ein gut aufgemachter Börsenprospekt voller Vorschusslorbeer und gute Beziehungen zur Journaille, damit diese die Aktien in die Höhe schrieb. Und solche Beziehungen zur Presse hatte Schwartz gewiss.«

Der Amtsgerichtsrat beugte sich vor. Sein Gesicht hatte sich gerötet, aber daran konnte auch der Wein schuld sein.

»Sie wollen doch nicht behaupten, dass der Schwiegersohn des verehrten Majors von Blohm ein Betrüger ist? Oder dass er die Presse bestochen hat?«

»Vorgekommen sind solche Dinge«, erwiderte Fontane nur.

»Aber die Unternehmungen von Schwartz sind, soweit mir bekannt, doch außerordentlich erfolgreich?«

»Ja, das habe ich auch gehört«, sagte Fontane. »Aber ich frage mich mit banger Sorge, was wohl geschieht, wenn die Blase platzt? Wenn wir Wiener Verhältnisse bekommen? Wird dann nicht alles in den Abgrund stürzen? So wie der Eisenbahnkönig Strousberg, den es vom größten Reichtum wohl an den Bettelstab gebracht hat?«

Frölich ruckte wieder an seiner Brille, erwiderte aber nichts.

»Ich nehme an, Sie werden einen Bericht über unseren Todesfall aufsetzen«, wandte sich von Zieten an den Gerichtsrat. »Und für heute, meine Herren, möchte ich die Tafel aufheben. Sie haben noch ein gutes Stück Weg vor sich.«

Die drei Herren erhoben sich und verabschiedeten sich von Emilie; der Graf und Fontane begleiteten sie zum Landauer. Von Zieten gab ihnen zwei Blendlaternen mit, damit sie den Weg nicht verfehlten. Der Wagen setzte sich in Bewegung und nach wenigen Augenblicken waren die Laternen schon nicht mehr zu sehen. Fontane schlang sich den Schal enger um den Hals.

»Äußerst ungemütlich«, meinte der Graf. »Und das nach einem so schönen Tag. Aber dennoch, ich muss nach Gnewikow. Der Major wird höchst beunruhigt über das Ausbleiben seines Schwiegersohnes sein.«

»Die Tochter nicht?«

»Wissen Sie, bei allem, was man so hört, war das wohl keine Liebesheirat«, entgegnete der Graf. »Aber gehen Sie nur rasch ins Haus, bevor Sie sich erkälten.«

»Herr Graf, ich begleite Sie. Trotz weißer Frauen und anderer Gespenster.«

»Sind Sie sicher? Zu dieser Stunde?« Von Zieten-Schwerin blickte Fontane skeptisch an. »Obgleich ich gestehen muss, dass es mir nicht unangenehm wäre.«

»Sie können mir ja berichten, wie diese Hochzeit zustande kam«, sagte Fontane. Er ging rasch ins Schloss und bat die Köchin, Emilie Bescheid zu geben, dann eilte er nach draußen zurück. Der Graf hatte inzwischen zwei weitere Laternen beschafft, und gemeinsam begaben sie sich zur Remise. Es roch nach feuchter Erde und nicht minder feuchtem Laub.

»Major Friedrich Johann von Blohm, der derzeitige Besitzer von Gnewikow, hat nach dem Krieg gegen Dänemark den Dienst quittiert und der großen Welt den Rücken gekehrt«, begann der Graf. »Mit anderen Worten: Seit einigen Jahren widmet er sich nur seinen Gütern und seinen Passionen wie der Jagd oder dem Sammeln von Waffen und alten Handschriften. Ich kann mir kein Urteil über seine Fähigkeiten als Offizier erlauben, aber als Landwirt ...« Von Zieten-Schwerin schwieg einen Moment. »Er versteht so gar nichts von Ackerbau und Viehzucht. Das müsste er auch nicht, wenn er sich nur auf einen fähigen Verwalter und auf das Wissen seiner Bauern verlassen würde. Aber er mischt sich in alles ein, und da, wo er das Regiment führt, sind seine Befehle Gesetz. Drei Verwalter haben in den vergangenen fünf Jahren gekündigt. Gut Gnewikow ist nicht nur hoffnungslos überschuldet, es ist regelrecht bankrott.«

Fontane begriff sofort. »Das Gut war ruiniert. Der Major hätte verkaufen müssen, wenn er überhaupt einen Käufer für seine verschuldeten Liegenschaften gefunden hätte. Und da erscheint plötzlich gleich einem Deus ex machina ein reicher Bauspekulant und hält um die Hand seiner Tochter an. Geldadel will sich mit Blutadel vermählen, eine Mesalliance zwar, doch der Major riecht frisches Kapital. Er zweifelt nicht, dass Schwartz seinem Schwiegervater unter die Arme greifen wird. Der Einsatz ist hoch: seine Tochter. Doch es winkt die Rettung des Gutes.«

»So sagt man jedenfalls, und es wird etwas Wahres daran sein.« Von Zieten hatte seine Laterne auf den Boden gestellt, um den Kutschstall zu öffnen, hielt jedoch inne und deutete zum Parkausgang. »Vielleicht sehe ich auch schon Spukgestalten, aber sind da nicht Lichter im Wald?«

Fontane blickte zum Forst hinüber. Und tatsächlich, dort waren ein paar flackernde Lichtpunkte zu erkennen, die sich im Nebel bewegten. Die Hunde im Dorf schlugen an.

Der Graf nahm seine Laterne wieder auf. »Kommen Sie, lassen Sie uns nachschauen, wer so spät noch auf dem Weg nach Wustrau ist.«
Fontane zog den Schal enger und folgte ihm.
»Mir scheinen das Sturmfackeln zu sein.« Der Graf sperrte einen Torflügel auf und schritt voran. Das Spektakel, das die Hunde veranstalteten, hatte offenbar die ersten Dorfbewohner geweckt, denn man sah in einigen der flachen Häuser Lichter angehen.
Es waren tatsächlich Sturmfackeln. Aus dem Wald, der wie eine dunkle, plane Fläche wirkte, schälten sich nach und nach drei Männer heraus, die jeder einen Schweißhund an der langen Leine führten. Nach ein paar weiteren Schritten blieb der Graf abrupt stehen.
»Major von Blohm«, sagte er nur.
»Wer da?«
»Graf von Zieten-Schwerin.«
»Ach, Sie sind es.« Einer der Männer, ungewöhnlich groß und trotz seiner augenscheinlich gefütterten Joppe sehr dürr, gab seinen Hund in die Obhut eines Begleiters und kam näher. »Noch des Nächtens unterwegs, Graf?«
»Das Gleiche könnte ich Sie fragen, Major. Aber ich weiß, was Sie umtreibt.«
Freiherr von Blohm stand nun unmittelbar vor von Zieten, und Fontane konnte seine Züge betrachten, die von der Fackel beschienen wurden. Der Major hatte seine besten Jahre hinter sich. Sein Gesicht war eingefallen, die Mundwinkel senkten sich zum Kinn und tiefe Furchen ließen an einen frisch umgebrochenen Acker denken. Wie viele groß gewachsene Menschen hatte auch von Blohm einen runden Rücken.

»Sind Sie Hellseher, Graf?« Der Major streifte Fontane mit einem Seitenblick.
»Sie verzeihen.« Von Zieten machte eine Handbewegung zu Fontane hin. »Zunächst erlaube ich mir, Ihnen meinen Besuch vorzustellen. Herr Theodore Fontane, Schriftsteller und Kritiker aus Berlin.«
»Sie haben einen Schriftsteller im Haus?« Der Major musterte Fontane. Für einen Mann wie ihn war ein Schriftsteller wohl etwas Anrüchiges; er sammelte zwar alte Handschriften, aber sicher keine Romane; Romane verdarben die Sitten, vor allem die der Weibsleute. Mit einem leichten Kopfnicken, das wohl eine Höflichkeitsbezeugung sein sollte, stellte auch er sich vor: »Freiherr von Blohm.«
»Sehr angenehm«, sagte Fontane, doch der Major hatte seine Aufmerksamkeit bereits wieder dem Grafen gewidmet.
»Also«, wollte er wissen, »was haben Sie in Ihrer Glaskugel gesehen?«
Von Zieten blickte den Mann ernst an. »Sie vermissen Ihren Schwiegersohn.«
»Unmöglich.« Der Major kniff die Augen zusammen und schüttelte den Kopf. »Das können Sie nicht … oder …? Er ist bei Ihnen?«
»In gewisser Weise schon«, entgegnete der Graf. »Major, ich habe Ihnen eine traurige Mitteilung zu machen. Ihr Herr Schwiegersohn ist tot.«
»Tot?« Unwillkürlich nahm von Blohm seinen Filzhut ab und entblößte so sein kurz geschnittenes, farbloses Haar. Die Glocke des Kirchturms verkündete die elfte Abendstunde.
»Ich bedaure«, sagte der Graf.

Der Major betrachtete ratlos den Hut in seiner Rechten und setzte ihn wieder auf.
»Seine sterblichen Überreste befinden sich in der Kirche. Wenn Sie ihn sehen wollen, wecke ich den Pfarrer.«
»Natürlich«, murmelte von Blohm und schaute sich zu seinen Männern um. Die hielten respektvoll Abstand und hatten inzwischen die Hunde beruhigt. Auch im Dorf war es wieder still geworden.
»Wie ist er gestorben?«, fragte der Freiherr.
»Durch einen Pistolenschuss.«
»Jagdpistole? Antikes Stück?«
»Sie vermissen eine aus Ihrer Sammlung, nicht wahr?«
Von Blohm nickte.
Der Graf entgegnete nichts, sondern deutete in die Richtung, in der Fontane die Kirche vermutete. »Bitte, mir zu folgen!«
Auf dem Weg zum Gotteshaus gesellte sich von Blohm für einen Moment zu Fontane.
»Muss ich Sie kennen?«
Die Frage traf Fontane wie eine Ohrfeige.

Auch der Geistliche schien vom Bellen der Jagdhunde und von der Antwort der Dorfköter wach geworden zu sein, denn lange musste der Graf den Türklopfer nicht betätigen. Schon nach wenigen Minuten erschien ein müder älterer Mann, unter dessen Paletot das Schlafgewand hervorlugte. Bereitwillig, fast liebedienerisch holte er den Schlüssel, um die Kirche für seinen Patron und dessen Begleitung aufzuschließen.
Die Tür zu dem Gotteshaus befand sich auf der Kirchhofseite unter dem Turm. Der Pfarrer ging voran, um rasch ein

paar Kerzen zu entzünden, und als Fontane schließlich das Schiff betrat, machte er sich unwillkürlich klein: Die auf drei Seiten eingezogene Empore war so niedrig, dass er sich von ihr fast erdrückt fühlte.

Die Ausstattung war schlicht, wie von einer Dorfkirche nicht anders zu erwarten. Die Wände zierten ein paar Epitaphen für Angehörige der Patronatsfamilien, auch die Gedenktafel für die Gefallenen der Befreiungskriege fehlte nicht, doch im Kerzenschein waren diese Denkmale kaum zu erkennen. Auf zwei über Stellböcke gelegte Bohlen hatte man den in Tücher eingeschlagenen Leichnam provisorisch aufgebahrt. Offenbar hatte weder der Jagdpächter noch der Pfarrer, der ihm sicher zur Hand gegangen war, gewusst, was sie mit der Jagdwaffe anfangen sollten, also hatten sie diese einfach auf dem Toten abgelegt.

»Eine Tragödie«, beeilte sich der Geistliche zu versichern. »Und dann noch die Sünde des Selbstmords! Was Gott gegeben hat, darf der Mensch nicht nehmen.«

»Selbstmord, ja?« Der Major blickte kurz zum Grafen und trat dann als Erster an die sterblichen Überreste seines Schwiegersohns heran. »Hat sich die Kugel mit eigener Hand in den Kopf gejagt? Kaum zu glauben. Ausgerechnet er.«

Fontane und der Graf traten neben ihn und Fontane betrachtete die Pistole erstmals genauer. Die Gravur auf der sichtbaren Hälfte des Schaftes stellte eine mythologische Jagdszene dar: Zwei Männer in phantastischer Kleidung, die der Silberschmied womöglich für mittelalterlich gehalten hatte, hetzten mit ihrer Hundemeute ein Einhorn.

»Schöne Waffe, nicht?«, fragte der Major. »Gehört mir. Hing überm Kamin im Salon. Ist seit dem Abend verschwunden.«

Während er noch sprach, hatte er sich an den Tüchern zu schaffen gemacht, in die der Tote gewickelt war. Er legte den Kopf des Mannes frei, warf einen kurzen Blick darauf und machte auf dem Absatz kehrt.

»Ist er. Mein Schwiegersohn. Verstehe nichts.«

»Sie werden ihn mitnehmen wollen«, sagte der Graf.

»Ja. Soll auf Gnewikow die letzte Ruhe finden.«

»Da es sich empfiehlt, Ihren Schwiegersohn erst morgen zu überführen, schlage ich vor, dass Sie Quartier im Ort nehmen. Die Gästezimmer im Schloss sind leider belegt, aber der Herr Pfarrer wird Ihnen und Ihren Männern sicher ein Bett richten. Nicht wahr?«

»Sehr wohl, Herr Graf. Es wird mir ein Vergnügen sein«, versicherte der Geistliche.

»Schlafe auch auf Feldbett in Scheune«, erwiderte der Major knapp.

»So weit muss es nicht kommen. Bedenken Sie, wie leicht man sich in einer feuchten Nacht die Gicht holt. Wir sind beide nicht mehr die Jüngsten.«

»Nun gut.« Von Blohm wandte sich an den Pastor. »Bin Ihnen sehr zu Dank verpflichtet. Rufe meine Männer.« Er machte sich auf den Weg zur Tür, bedachte dabei Fontane mit einem Blick und fügte hinzu: »Bin erschüttert. Zutiefst erschüttert.«

Fontane spürte, dass er log.

Viertes Kapitel

27. September 1873

Als Fontane am nächsten Morgen erwachte, brauchte er eine Weile, bis er begriff, wo er sich befand. Der Raum war ihm fremd. Seine eher karge Einrichtung bestand aus einem Vertiko aus Nussbaum, aus einem Waschtisch mit Marmorplatte, auf dem eine Schüssel und ein Krug standen, aus einer Stollentruhe, ein Sammlerstück, einem schlichten runden Tisch, einem Polsterstuhl und aus dem Bett, in dem er lag. Dieses Bett hatte einen Himmel aus rotem Samt, der alt und etwas staubig wirkte wie auch die ebenfalls roten Samtvorhänge, die nur flüchtig zugezogen waren.

Nach der nächtlichen Visite in der Kirche hatte der Graf den Major zum Pfarrhaus begleitet. Fontane war gleich ins Schloss zurückgekehrt, nicht weil es ihm an Interesse mangelte, sondern weil er Emilie nicht länger allein lassen wollte. Der Graf hatte ihnen zwei Zimmer herrichten lassen; als Fontane nach Emilie geschaut und festgestellt hatte, dass sie über ihrer Lektüre eingeschlafen war, hatte er ihr das Buch sanft aus der Hand genommen, die Kerze gelöscht und war durch die Verbindungstür in sein Zimmer gegangen.

Er schlug die Decke zurück und richtete sich auf. Sein Schlaf war unruhig gewesen. In seinen Träumen hatte er Schwartz gesehen, manchmal den jungen Mann bei der Centralstelle, dann wieder den Toten aus der Wildschweinsuhle. Beide hatten sie mit ihm gesprochen, auch der Tote. Fontane konnte sich nicht mehr erinnern, was er gesagt hatte, sondern nur noch an die Bewegungen des Mundes in dem zerfetzten Gesicht.

Der schlechte Schlaf war der Grund für seinen Kopfschmerz.

Durch den Spalt zwischen den Vorhängen fiel ein fahler Lichtschein in das Zimmer. Es war fast völlig still, also vermutlich noch sehr früh; nur hin und wieder unterbrach das Trällern eines Vogels die morgendliche Ruhe.

Sehr langsam erhob er sich, schlüpfte in seine Pantoffeln und trat zum Fenster. Mit einem Ruck zog er die Vorhänge auseinander und schaute hinaus.

Als wäre der nächtliche Nebel nur eine Erfindung der Phantasie gewesen, zeigte sich der Morgen wie der Beginn eines Sommertages. Zwar dämmerte es erst, noch herrschte Zwielicht. Die Sonne stand offenbar sehr niedrig, wenn sie überhaupt schon am Horizont sichtbar war, und in das Blau des Himmels war noch sehr viel Weiß gemischt, aber er war wolkenlos und würde nun von Minute zu Minute blauer werden.

Fontanes Blick fiel auf die gelb getünchte Kirche. Die Ortschaft rechts davon erwies sich als typisches Angerdorf mit einem weiten Platz im Zentrum, um den sich die Gehöfte gruppierten. Die Bauern waren längst auf den Beinen. Eine Frau, das Haar unter einem Kopftuch verborgen, überquerte mit zwei Milchkannen den Anger. Vor einem hölzernen Tor, das weit geöffnet war, stand ein Fuhrwerk, und ein Mann führte zwei Pferde am Zügel vom Hof. Ein kleines

Mädchen saß auf dem Wagen und ließ die Beine baumeln. Am Fuß einer Linde hockte eine graue Katze, die angespannt in das Geäst starrte. Ein paar Hühner scharrten im Sand, beobachtet von einem Hahn, der immer wieder den Kopf nach der Katze drehte.

Fontane strich sich über die Schläfen und genoss dieses Bild ländlichen Friedens, das sich so wohltuend abhob vom ruhelosen und stets angespannten Berlin. Immer wieder befiel ihn eine heftige Sehnsucht nach einem einfachen Leben fernab des Getümmels einer Stadt, die sich anschickte, sich zur Metropole aufzublähen. Zugleich jedoch war ihm klar, dass er auf dem Lande nicht glücklich werden würde, vor allem hier in der Mark Brandenburg nicht, auf die sich seine preußischen Vokabeln des Langweiligen, Ledernen, des Tristen und Öden besonders treffend anwenden ließen.

Seufzend wandte er sich ab, wusch sich in der Schüssel und kleidete sich an. Er nahm Notizbuch, Federhalter und Tintenfass aus der Reisetasche, schlug das Notizbuch auf und trug das Datum ein. Um zwei Kapitel gedachte er seinen Aufsatz *Die Grafschaft Ruppin* zu ergänzen, eines über das Neuruppiner Gymnasium und dessen abscheulichen früheren Rektor, und eines über das Regiment No. 24, und er wollte die Zeit vor dem Frühstück nutzen, um wenigstens die ersten Sätze zu Papier zu bringen – immer das Schwerste bei einem neuen Text.

So recht schien ihm nichts zu gelingen. Der Anfang ließ sich nicht erzwingen, außerdem wollte der Kopfschmerz nicht weichen. Seine Gedanken schweiften ab und kreisten immer wieder um Schwartz. Je länger er darüber nachsann, desto unwahrscheinlicher kam ihm ein Selbstmord vor. Er passte einfach nicht zu einem Mann von Schwartzens Kaliber, der mit beiden Beinen im Leben stand, noch dazu in einem angenehmen Leben. Vielleicht hatte er eine schwere Krankheit gehabt und sie geheim gehalten? Das wäre sicher ein Motiv für einen Freitod. Doch warum hatte er dann so elegante Kleidung, aber diesen wenig standesgemäßen Ort gewählt? Und was hatte es mit dem niedergetretenen Gras auf sich?

Fontane stand auf, ging zur Verbindungstür und schaute in Emilies Zimmer. In Berlin, wo die gesamte Verantwortung für den Haushalt auf ihren Schultern ruhte, pflegte sie früh aufzustehen, aber heute schlief sie noch.

Leise machte er die Tür zu, betrachtete Federhalter und Notizbuch und beschloss, einen Spaziergang zu machen.

Im Schloss traf er niemanden an. Er verließ es auf der dem Dorf zugewandten Seite und überquerte den Anger, denn er wollte das Grabmal des letzten Zieten aus der Wustrauer Linie besuchen, das sich, wie er wusste, auf dem Friedhof neben der Kirche befand. Friedrich Christian Emil war der Sohn des alten Zieten, jenes berühmten Husarengenerals unter Friedrich dem Großen, und er war mehr als vierzig Jahre Landrat des Ruppiner Kreises gewesen.

Auf dem Friedhof stieß Fontane unvermutet auf von Blohm. Der Major stand mit gesenktem Haupt vor dem großen Findling auf dem Grab des letzten Wustrauer Zieten. In der Joppe wirkte der Gutsherr wie ein Bauer; nur der breitkrempige Filzhut, den er nicht abgenommen hatte, passte nicht zu der bäuerlichen Kleidung. Der Stein, unter dem man Friedrich Christian Emil zur letzten Ruhe gebettet hatte, befand sich an prominenter Stelle nahe beim Kirchturm und war sorgfältig geschieden von den Gräbern der Untertanen. Es hieß, der Graf und Landrat habe selbst

dafür Sorge getragen, dass er genau hier aufgestellt würde. Fontane hustete. Der Major drehte sich um.
»Ach, der Schriftsteller«, sagte er und verzog den Mund. »Dachte immer, Männer ihrer Zunft schliefen bis in die Puppen.«
Fontane lüftete den Hut. »Guten Morgen, Freiherr von Blohm.«
»Mhm, ja, excusez-moi! Habe mich zu einer Unhöflichkeit hinreißen lassen!« Von Blohm dachte nicht daran, ebenfalls den Hut abzunehmen.
»Ich wollte Sie nicht in Ihren Gedanken stören.«
»Ach was, Gedanken! Habe ihn gekannt.« Der Major deutete auf den Grabstein. »Neben seinem Vater war er ein Zwerg. Nicht nur körperlich klein – deshalb dieser Riesenstein –, auch sonst ... alberner Gesell. Kleinlich, geizig und unfähig, dem Ruhme seines Hauses auch nur ein Kleinstes hinzuzufügen.«
Fontane konnte dem nicht widersprechen, also schwieg er. Den letzten Satz beschloss er sich zu merken.
»Was treibt Sie denn so früh schon um?«, fragte von Blohm.
»Ich mache meinen Morgenspaziergang. Außerdem habe ich schlecht geschlafen. Frische Luft sollte mir gut tun.«
»Ja, an frischer Luft besteht auf dem Lande kein Mangel.« Von Blohm betrachtete Fontane von Kopf bis Fuß. »Habe auch kein Auge zugetan. Mein Schwiegersohn ... so hätte er nicht sterben sollen.«
»Wie dann?« Fontane war selbst überrascht, wie leicht ihm diese Frage über die Lippen ging.
»Bitte?«
»Wie hätte er dann sterben sollen?«

Die Augen des Majors verengten sich. Er starrte Fontane an, brauchte jedoch nur ein paar Sekunden, um sich zu fassen.
»Gar nicht. Hätte gar nicht sterben sollen. Jedenfalls nicht vor der Zeit.«
»Waren Sie denn ... glücklich ...«, Fontane stockte, sein Gaumen war ganz trocken geworden, »... mit diesem Schwiegersohn?«
»Sie meinen, weil er ein Mann ohne Adelsprädikat war? Ein Spekulant? Weil er sich mit fremder Leute Geld eine goldene Nase verdient hat? Weil er keinen Stammbaum hatte, keine Skrupel und keine Moral?«
Fontane erschrak.
»Sie denken also, was alle denken?«, fuhr von Blohm aufgebracht fort. »Dass ich meine Zustimmung zu der Heirat allein des Geldes wegen erteilt habe? Denken Sie das?«
»Nun ...« Fontane machte einen Schritt rückwärts.
»Und wenn es so wäre?«
»Dann müsste man Ihre Tochter wohl bedauern.«
Der Major senkte den Blick und betrachtete das Laub zu seinen Füßen. »Bedauern? Vielleicht. Aber sie hat im Überfluss geschwelgt. Jeden Wunsch hat Schwartz ihr erfüllt.«
»Er hat Ihre Tochter verwöhnt?«
»So kann man es sagen. Antonia erwartet, von jedermann verwöhnt zu werden ... Wollen Sie über die Sache schreiben?« Von Blohm stieß mit einer heftigen Bewegung seines rechten Fußes in einen Laubhaufen und verstreute die Blätter auf dem Weg. »Unterstehen Sie sich, mein Vertrauen zu missbrauchen!«
Vermutlich war ihm zu Bewusstsein gekommen, dass bürgerliche Skribenten alles aufsaugten, was man ihnen erzählte, um es später in Romanen auszubreiten.

»Ich habe weder das eine noch das andere vor«, erklärte Fontane, »ich will weder darüber schreiben noch Ihr Vertrauen ausnutzen. Es ist nur ... Ich habe Schwartz gekannt. Deshalb mein Interesse.«
»Ich weiß. Der Leutnant hat es mir gesagt.«
»Welcher Leutnant?«, fragte Fontane konsterniert.
»Der Graf. Hat es nur zum Leutnant gebracht. Ganz und gar unsoldatischer Mensch. Haben Sie ihn heute schon gesprochen?«
»Ich hatte noch nicht die Gelegenheit.«
»Gehen wir ein Stück. Das Bett im Haus des Pfarrers war zu klein und unbequem, ich brauche Bewegung.«
Ohne eine Antwort abzuwarten, verließ Blohm den Friedhof. Fontane folgte ihm, gespannt, was er zu hören bekommen würde.
»Um mir die Abende nicht sauer werden zu lassen, gebe ich im Herbst einmal pro Monat eine Soirée.« Der Major lenkte seine Schritte vom Anger weg zum Ortsausgang. »Es ist nur ein kleiner Kreis, der sich auf Gnewikow versammelt. Der Pfarrer Bosmichel von Neuruppin vermag ausgezeichnet auf dem Flügel zu konzertieren und seine Tochter hat einen schönen Sopran. Gestern sollte die erste Soirée dieser Saison stattfinden, mit *Der Rose Pilgerfahrt* von Schumann, und sie war insofern eine Première, als Schwartz, nunmehr zur Familie gehörig, dabei war. Er bestand darauf, mir zur Ehre Abendgarderobe anzulegen. So sind die Parvenüs. Friedrich Georg Schwartz, der sich für einen von Blohm hielt, wollte vornehmer und herrschaftlicher auftreten als der eingefleischteste Aristokrat. Wie alle Aufsteiger und Neureichen. Mein Gott, er trug die Nase so hoch, dass man dem Wetter dafür danken muss, dass es nicht in sie hinein-

regnen konnte.« Der Major verzog abfällig den Mund. »Mir blieb nur übrig, seinem Beispiel zu folgen. Es war zwar noch früh, aber ich begab mich auf mein Zimmer, um mich umzukleiden. Zuerst erwog ich, meine Uniform anzulegen, mit allen Orden, Spangen und Schnüren. Aber damit hätte ich mich zweifellos lächerlich gemacht, denn schließlich war ich nicht zum Ball beim Kaiser bestellt, sondern befand mich in meinem eigenen Hause; ein Frack sollte es da auch tun. Ich band gerade das Chemisett zu, als ich Stimmen vom Tor her vernahm. Erregte Stimmen, wie bei einem Streit. Ich trat also ans Fenster und sah meinen Diener Franz, der gerade zwei Besucher abfertigte. Im wahrsten Sinne des Wortes, denn er erteilte ihnen eine Abfuhr.«

»Sie kannten diese Männer nicht?«, fragte Fontane.

»Ich konnte sie nicht kennen, da ich solchen Gesellen nie zu begegnen pflege«, erwiderte von Blohm. »Es waren Prolétaires, Monsieur, Männer der untersten Klasse. Ihre Kleider waren nicht nur staubig, was auf eine längere Reise schließen ließ, es waren auch die gewöhnlichen und namenlosen Röcke der Gasse. Je me fais comprendre?«

»Ich habe eine Vorstellung von dem, was Sie meinen«, erwiderte Fontane. Sie hatten das letzte Gehöft von Wustrau erreicht, bei dem die Straße nach Fehrbellin begann. Von Blohm blieb stehen und schaute sich um. Fontane hatte den Eindruck, dass er sich vergewissern wollte, wo sie sich befanden; er hatte einfach irgendeine Richtung eingeschlagen. Schließlich zuckte er mit den Achseln und setzte den Weg fort.

»Franz rapportierte mir am Abend, dass diese beiden Männer die Frechheit besessen hätten, Einlass zu begehren«, sagte er. »Ich kümmerte mich nicht weiter um die Angelegenheit und widmete mich wieder dem Ankleiden. Schwartz ging währenddessen mit Antonia im Park spazieren. Er muss dabei etwas von der Auseinandersetzung am Tor mitbekommen haben, denn anders ist nicht zu erklären, dass er Antonia stehen ließ, zum Tor eilte und sich einmischte. Franz meldete mir später, dass die Männer offenbar gerade ihn sprechen wollten. Ich habe dafür keine Erklärung. Mein Schwiegersohn mag ein windiger Geschäftemacher gewesen sein, aber mit solchen Leuten gab auch er sich gewiss nicht ab.«

»Auch kleine Leute haben ihr Geld in Aktien gesteckt«, gab Fontane zu bedenken.

»Das ist mir nicht entgangen.« Von Blohm deutete auf einen Feldweg, der von der Straße abzweigte und sich durch die brachliegenden Äcker bis zu einem Wald schlängelte.

Fontane nickte.

»Aber diese kleinen Leute haben die Bankschalter gestürmt, sie sind nie in unmittelbare Beziehungen zu den Männern der Börse getreten.«

»Ihr Schwiegersohn ließ sich auf ein Gespräch mit den beiden Männern ein?«

»Er schickte Franz fort, und was dann geschah … es bleibt ein Rätsel. Er muss mit ihnen gegangen sein, denn bei der Soirée vermissten wir ihn schon. Ich konnte aber unmöglich während des Vortrags Order geben, nach seinem Verbleib forschen zu lassen. Beim Essen wurden wir dann unruhig. Ich ließ erst einmal in der Umgebung des Herrenhauses suchen, dann in der Umgebung von Gnewikow. Schließlich kam Franz zu mir und teilte mir mit, dass eine meiner Jagdwaffen fehle. Nur Schwartz konnte sie mitgenommen haben. Aber warum?«

Fontane antwortete nicht. Er dachte nach. Der Rückweg verlief schweigend, erst bei der Kirche begann von Blohm wieder zu sprechen.

»Von den Geschäften meines Schwiegersohns habe ich nur eine vage Vorstellung. Was hat er denn getan? Abgerissen, eingeebnet, neu gebaut. Damit hat er sich zweifelsohne mehr Feinde als Freunde gemacht.«

»Und Sie meinen, dass zwei dieser Feinde sich auf den weiten Weg nach Gnewikow gemacht haben könnten, um …«

»Ach was. Woher können Leute wie diese Männer gewusst haben, dass er sich bei mir aufhält? Nein, es bleibt ein Rätsel.« Zum Abschied lüftete von Blohm nun doch den Hut. »Gehaben Sie sich wohl! Und grüßen Sie den Zieten.«

Mit großen Schritten strebte er dem Pfarrhaus zu. Fontane wandte sich zum Schloss.

»Das ist in der Tat seltsam«, sagte der Graf und betrachtete nachdenklich den Kaffee in seiner Tasse. Man saß auf der Terrasse beim Frühstück, die Taschen der Fontanes waren schon gepackt. »Sehr rätselhaft, da hat Major von Blohm schon recht.«

»Ich verstehe das nicht«, sagte Emilie. »Wenn sich Schwartz so viel auf seinen Adelstitel eingebildet hat, dann hat er auch mit Menschen von der Straße kein Wort gewechselt. Ganz davon zu schweigen, dass er sich von ihnen irgendwo hätte hinlocken lassen.«

»Und doch ist es so gewesen«, sagte Fontane. »Der Major hat keinen Grund, mir einen Bären aufzubinden.«

»Mehrere Personen am Tatort«, sagte der Graf, »das würde die große Fläche niedergetretenen Grases erklären.«

Fontane war überrascht. »Das haben Sie auch bemerkt?«
»Um der Wahrheit die Ehre zu geben: ich nicht. Krage hat mich vorhin darauf hingewiesen.«
»Aber warum hat Krage es nicht auch dem Gerichtsrat gesagt?«
»Sie konnten sich doch ein Bild von ihm machen. Krage ist ein unsicherer Mensch. Er spielt sich nicht gern in den Vordergrund und wollte sich in unser Gespräch nicht einmischen.«
»Wann geht der Omnibus von Ruppin?«, unterbrach Emilie die beiden..
»Um zwölf«, entgegnete Fontane.
»Ja, dann.« Von Zieten erhob sich. »Ich werde Ihnen brieflich vom Fortgang der Angelegenheit berichten.«

In Ruppin, wohin sie von Zieten persönlich mit der Equipage kutschierte, bestiegen sie den Pferde-Omnibus, der sie am späten Nachmittag in die Hauptstadt brachte. Die Gaslaternen verbreiteten schon ihr trübes gelbes Licht, als sie beim Ruppiner Hof in der Spandauer Straße ausstiegen. Fontane winkte eine Droschke zweiter Klasse herbei, mit der sie nicht zu ihrer Wohnung, sondern zu den Wangenheims in die Königin-Augusta-Straße fuhren, wo ihre Kinder für die Zeit der Reisen untergekommen waren.
Doktor Metzel, dem Fontane so viel verdankte, hatte ihm im Jahre 1853 die Stelle eines Privatlehrers im Hause Wangenheim vermittelt. Alle vierzehn Tage hatte er den beiden dreizehnjährigen Zwillingstöchtern Unterricht in allen Disziplinen zu erteilen, und aus diesen Begegnungen mit den Wangenheims war eine langjährige Freundschaft entstanden.

»Papa!« Das Dienstmädchen hatte gerade die Tür geöffnet, da warf sich die dreizehnjährige Mete schon ihrem Vater in die Arme. Friedrich, vier Jahre jünger, folgte ihr, und als Letzter erschien Theodor, der Älteste der drei. Marie von Wangenheim, die Frau des Hauses, lächelte angesichts des stürmischen Empfangs. Fontane stellte das Gepäck ab, nahm seine Tochter in den Arm und strich Friedrich über den Kopf. Der sechzehnjährige Theodor war für solche Zärtlichkeiten nicht mehr empfänglich.

»Ah, Monsieur et Madame Fontán«, sagte der Geheimrat von Wangenheim, der eben ins Entree trat. »Bienvenue à Berlin! Wie war die Reise?«

»Der Staub der märkischen Landstraßen klebt uns in den Poren«, erwiderte Fontane.

»Reisen macht hungrig«, sagte Marie von Wangenheim. »Wir haben noch ein kleines Nachtmahl gerichtet.«

»Aber das wäre doch nicht ...«, begann Emilie, aber der Geheimrat winkte sie schon in den Salon. Noch bevor Fontane und Emilie Platz nehmen konnten, sagte Theodor: »Vater, du warst doch in der Nähe. Hat sich da wirklich einer erschossen? Ein Millionär aus Berlin?«

»Wir haben gerade in der Abendzeitung davon gelesen, unter den telegrafischen Meldungen«, sagte der Geheimrat.

»Ich habe die Notiz entdeckt«, sagte Theodor stolz. Die Leidenschaft fürs Zeitungslesen hatte er von seinem Vater.

»Aber es ist ungehörig, davon vor den Kleinen zu sprechen«, wies Emilie ihn zurecht.

»Wir wissen das doch schon«, sagte Mete.

Emilie seufzte und wandte den Blick zum Kamin. Der Salon legte deutlich sichtbar Zeugnis ab von der Konfession der Freifrau. Zwischen den fotografischen Familienporträts hingen Madonnenbilder in allen Größen an den holzgetäfelten Wänden, auf der Anrichte, auf dem Blumentischchen und auf dem Klavier standen Plastiken verschiedener Heiliger. Marie von Wangenheim war katholisch. Sie hatte einen Protestanten zum Manne, aber dank ihres leidenschaftlichen Glaubens war aus ihm mittlerweile ein halber Papist geworden, wie er sich selbst scherzhaft nannte.

»Aber so setzen Sie sich doch endlich!« Der Geheimrat deutete auf die mit cremefarbenem Utrechter Samt bezogenen hohen Stühle.

»Was schreibt man denn in der Zeitung?«, wollte Fontane wissen.

»Nicht viel. Dass sich der bekannte Börsenkapitalist und Bau-Entrepreneur Schwartz von Blohm in einem Wald bei Wustrau im Landkreis Ruppin erschossen hat.«

»Théodore, lass das Thema doch ruhen«, bat Emilie. »Wir sind erschöpft von der Reise und …«

»Ja, natürlich.« Marie von Wangenheim sprang sofort auf. »Pardonnez-moi, Sie bedürfen einer Erfrischung.« Entschlossen eilte sie zu der mit einem granatroten Vorhang verhängten Tür, schlug die Portiere zur Seite und rief in die Diele: »Claire!«

Das Dienstmädchen, das Klara getauft worden war – aber so konnte man in einem vornehmen Haushalt einfach nicht heißen –, war sofort zur Stelle.

»Wie befehlen gnädige Frau?«

»Bereite eine Limonade, einen großen Krug, Claire! Und bring den kalten Braten.«

»Zu Befehl, gnädige Frau!« Claire wandte sich zum Gehen.

»Und Wein!«, rief Wangenheim. »Mein lieber Fontane, was halten Sie von einem Glas Châteauneuf-du-Pape?«

»Ein Glas gern«, entgegnete der mit einem Blick auf Emilie.

»Also, Claire, einen Châteauneuf-du-Pape. Je mehr Staub an der Flasche ist, desto besser.«

»Unsere Kinder haben sich wohl verhalten?«, wollte Emilie von der Freifrau wissen.

»Aber natürlich.« Marie von Wangenheim strahlte Mete an. »Sie waren wie immer ganz reizend, Ihre drei.«

»Nun sagen Sie doch mal, lieber Fontane, was ist da geschehen in Wustrau?« Auch der Geheime Rat war neugierig. Friedrich, Mete und Theodor blickten gespannt auf ihren Vater.

»Ich weiß es nicht genau. Ein Mann in den besten Jahren, hervorragend situiert und in den Adel aufgestiegen, schießt sich eine Kugel in den Kopf, mit einer antiken Jagdpistole seines Schwiegervaters. Die Frage nach dem Warum bleibt vielleicht für immer unbeantwortet.«

»Wie liefen denn seine Geschäfte?«

»Gut, dem Vernehmen nach.«

»Man hört und liest seit einigen Tagen merkwürdige Dinge«, berichtete von Wangenheim. »Bankdirektoren geben plötzlich in großformatigen Annoncen Erklärungen ab, dass es um ihre Häuser bestens bestellt und genug Kapital vorhanden sei. Und von der Börse heißt es immer nur: flau, schleppend, wenig Verkehr.«

»Théodore hat am Tatort auch etwas Merkwürdiges gesehen«, warf Emilie ein.

Marie von Wangenheim riss die Augen auf. »Sie waren am Tatort?«

»Es ergab sich, weil der Wald dem Grafen von Zieten gehört.«

In den Augen des Rats blitzte es kurz auf. »Und was haben Sie gesehen?«
Bevor Fontane antworten konnte, brachte Claire Braten und Wein. Der Geheimrat selbst schenkte ein, und Fontane nahm erst einmal einen Schluck.
»Nicht nur ich hatte den Eindruck, dass mehrere Personen am Tatort gewesen sein könnten«, sagte er dann. »Und heute Morgen erfuhr ich obendrein, dass zwei Männer Schwartz vom Herrenhaus seines Schwiegervaters abgeholt haben. Liegt da nicht die Annahme nahe, es könnte auch ein Tod von fremder Hand sein?«
»Faszinierender Gedanke«, sagte der Geheimrat.
»Hermann!« Marie von Wangenheim mischte sich ins Gespräch.
»Ja, meine Liebe?«
»Ob der Gedanke nun faszinierend ist oder nicht: Ihr solltet Rücksicht auf Emilie nehmen. Sie ist todmüde.«
»Nein, nein«, murmelte Emilie.
»Doch, doch«, sagte die Freifrau. »Und ich muss Emilie recht geben: Ein Thema für die Kinder ist das nicht. Sprechen wir ein Gebet für die arme Seele.«
Fontane seufzte.

Fünftes Kapitel

28. September 1873

Von der Reise und vor allem vom Wein bei den Wangenheims ermüdet, hatte Fontane ausgezeichnet geschlafen. Er hatte gut gefrühstückt und sogar schon mit der Arbeit an der *Grafschaft Ruppin* begonnen. Aufgeräumt saß er jetzt im Sessel und las die Zeitung, während Emilie die Reiseausgaben in ihr Wirtschaftsbuch eintrug.
Ein gehöriger Stapel der *Vossischen* hatte sich angehäuft, den er jetzt durchblätterte. Dabei stieß er rasch auf eine der großformatigen Erklärungen, von denen Freiherr von Wangenheim gesprochen hatte. Der Direktor der Preußischen Boden-Credit Actienbank wies wortreich ein Circulair zurück, das ein Geheimer Kommerzienrat Stephan schon am 5. August an das Kuratorium der Bank gerichtet und in dem er behauptet hatte, das Institut sei durch leichtsinnige Verwaltung der Geschäfte namentlich bei der Kreditgewährung in einen bedrohlichen Zustand geraten. Fontane konnte sich nicht erinnern, so etwas jemals gelesen zu haben. Vor allem fragte er sich, warum diese Erklärung in einem ganzseitigen Zeitungsinserat publiziert wurde. Es sah ganz danach aus, als sollte die Öffentlichkeit beschwichtigt werden.
Er schlug die Zeitung zu und erhob sich. Als er dem Blick seiner Frau begegnete und er ihren Gram über die Geld-

verlegenheiten der Familie erkannte, lächelte er schuldbewusst.
»Ich gehe gleich nachher in die Redaktion, um mit Kletke über die nächsten Kritiken zu sprechen«, sagte er.
»Das ist auch bitter nötig.«
Nach dem Essen schnappte sich Fontane in der Diele Mantel, Hut, Stock und natürlich den Schal und machte sich auf den Weg zur *Vossischen Zeitung*. Nachdem er mit Chefredakteur Doktor Kletke das Nötige besprochen hatte, begab er sich ins Archiv, um ein wenig in alten Nummern zu stöbern und sein Gedächtnis aufzufrischen.
Er stieß auf drei Artikel über Friedrich Georg Schwartz und dessen Unternehmen. Der erste vermeldete, dass die Aktien der BEFABAG schon ein paar Tage nach Gründung geradezu unglaubliche Kursgewinne erzielt hätten; der zweite handelte davon, dass Schwartz etliche Ziegeleien und Sägewerke erweben wollte. Der dritte dann hatte es in sich:
Ein Schneidermeister namens Wilhelm Briese und sein ältester Sohn Melchior waren Ende April in die Geschäftsräume der BEFABAG eingedrungen, hatten dort krawallt und Friedrich Georg Schwartz bedroht. Mehrere Schutzleute waren nötig gewesen, um die beiden zu überwältigen und auf die Stadtvogtei zu bringen.
Fontane schloss für einen Moment die Augen. Major von Blohm hatte die beiden Besucher auf seinem Gut zwar als *Prolétaires* bezeichnet, aber wer wusste schon, wen ein Herr von Stand darunter subsumierte. Außerdem konnte dieser Briese ein kleiner Hinterhofschneider sein, und damit stand er der Unterschicht so nahe, dass es kaum einen Unterschied gab.

Der Artikel weckte in Fontane Unruhe, ja Tatendrang: Er wollte unbedingt wissen, warum ausgerechnet ein Schneider in Schwartz' Geschäftshaus Krawall gemacht hatte. Doch kaum hatte er das Zeitungshaus verlassen, fragte er sich, warum er sich überhaupt um den toten Spekulanten kümmerte. Der Mann hatte ihm nicht nahe gestanden, im Gegenteil, Fontane hatte ihn nicht gemocht. Besser wäre es also, wieder an die Arbeit zu gehen und endlich ein bisschen mehr als die ersten Sätze über das Neuruppiner Gymnasium und vor allem den abscheulichen Rektor Thormeyer zu verfassen, und so schlug er den Heimweg ein.
Er kam nicht weit. Bereits an der nächsten Ecke beschloss er, dass es nichts schaden könne, dem Polizeipräsidium einen Besuch abzustatten. Zwar vermied ein vernünftiger Mensch nach Möglichkeit jeden Kontakt mit einer preußischen Behörde, wenn er nicht bei ihr arbeitete, aber Fontane hatte genau das schließlich einmal getan. Darauf oder auf seine Tätigkeit für die Presse konnte er sich notfalls berufen, wenn man ihn ansprechen würde.
Das Polizeipräsidium am Molkenmarkt war ein verwinkeltes und düsteres Gebäude, das jetzt, am späten Nachmittag, von zischenden Gaslampen mehr verdunkelt als erleuchtet wurde. Lange Korridore und steile Treppen führten zur Kriminalabteilung. Alle möglichen Leute beiderlei Geschlechts saßen auf hölzernen Bänken, und es war kaum zu unterscheiden, ob es Angeklagte, Zeugen oder Geschädigte waren. Es roch entsetzlich nach verbranntem Gas, Schweiß und Schimmel.
Schon auf der Straße hatte er sich zurechtgelegt, was er sagen würde, stünde er dem Kommissarius vom Dienst gegenüber. Dieser war aber dermaßen von Bittstellern in An-

spruch genommen, dass er nur mit halbem Ohr zuhörte. Nachdem Fontane erklärt hatte, er komme, weil er zu der Sache eines Radaus bei der Firma BEFABAG etwas beizutragen habe, rief der Beamte ihm enerviert zu: »Zimmer 309, dritte Tür links!«

Das war nicht zu verfehlen. Fontane klopfte und wurde sofort hereingerufen.

In einem unglaublich engen und niedrigen Raum, der fragen machte, ob es in einer Zuchthauszelle nicht bequemer war, saß ein gedrungener Mann hinter seinem Schreibtisch und blinzelte Fontane aus kleinen, müden Augen an. Der Mann war, obwohl sicher noch nicht weit über die Vierzig, bereits vollkommen ergraut. Er hatte eine derbe, bäurische Nase und buschige schwarze Brauen, doch was Fontane sofort in den Bann zog, war die Farbe seiner Augen. Bernstein war das einzige Wort, das ihm einfiel.

Vielleicht weil der Besucher gut gekleidet war, erhob sich der Mann.

»Ja, bitte? Was kann ich für Sie tun?«

»Tja«, Fontane geriet nun doch in Verlegenheit, »mein Name ist Fontane und …«

»Wie ist der werte Name?«

»Fontane.«

»Ach?« Das Gesicht des Mannes hellte sich auf. »Sind Sie mit dem Theaterkritiker verwandt?«

Fontane fiel aus allen Wolken. »Sie kennen meine Kritiken?«

»Sie sind es? Der Kritiker? Das ist ja …« Der Polizeibeamte war für einen Moment sprachlos, dann stellte er sich vor: »Aschinger. Kriminalkommissar Aschinger. Sind Sie Opfer eines Verbrechens geworden?«

»Nein, nein, ich …«
»Aber setzen Sie sich doch.« Aschinger deutete auf seinen Stuhl, denn einen zweiten gab es nicht.
»Es ist mir ein wenig peinlich, Sie von der Arbeit abzuhalten …«
Doch der Kommissar beharrte darauf, dass Fontane sich setzte, und lehnte sich mit verschränkten Armen an die Wand.
»Wollen Sie eine Kritik über das Theater in diesem Hause schreiben? Das würde sicher ein einziger Verriss der preußischen Regierung, die solche Zustände duldet. Sie duldet, wir erdulden.«
»Dass Sie meine Kritiken kennen …« Fontane konnte es immer noch nicht fassen.
»Ich bewundere sie sogar. Vor allem, wenn Sie einen Hofschauspieler, der sich für einen Riesen unserer Zeit hält, für einen Zwerg erklären. Aber nun sagen Sie mir doch, was führt Sie zu mir?«
Fontane berichtete von den Geschehnissen in Wustrau, davon, dass er gerade von dem Tumult in den Räumen der BEFABAG gelesen habe, und dass er sich für die Sache interessiere, weil er Schwartz kenne. Natürlich könne er zur Aufklärung des Falles wenig oder nichts beitragen, sein Interesse sei mehr – hier zögerte er kurz – persönlicher Natur.
»Und nun möchte Sie von mir erfahren, warum Vater und Sohn … wie war der Name?«
»Briese.«
»Warum sie das taten, was sie getan haben?«
Fontane nickte. Der Zufall hatte es gut mit ihm gemeint, er war an den Richtigen geraten.

»Wann war der Vorfall denn?«
»Ende April.«
»Hm, ich habe eine schwache Ahnung … Einen Augenblick, ich muss mir erst den Akt holen.« Der Kommissar verschwand, und er brauchte mehr als einen Augenblick, um zu finden, was er suchte. Als er zurückkehrte, hielt er die Akte aufgeschlagen und blätterte.
»Das war eine traurige Geschichte«, erklärte er. »Sie ist nicht lang, aber hier ist nicht der richtige Ort, sie zu erzählen. Was halten Sie von einem gut gekühlten Weißbier in einer angenehmeren Umgebung?«
Fontane zögerte. »Ich will Sie beileibe nicht von Ihrer Arbeit abhalten …«
»Gibt es ein Gesetz, das Polizeibeamten das Biertrinken verbietet? Ich habe sowieso gleich Feierabend. Warten Sie! Ich hole Paletot und Hut.«
»Aber ich möchte wirklich nicht …«
»Tun Sie nicht. Heute ist der erste ruhige Tag seit … ich weiß nicht. Wir hatten in der Nacht nur einen Mord im Milieu, und der ist schon so gut wie aufgeklärt. Nein, mein Herr, ich bin ganz froh, hier mal rauszukommen, ohne dass ein Tatort ruft.«

Aschinger hatte Fontane zu einer Bierschwemme geführt, die sich unweit des Molkenmarktes am Spreeufer befand und nicht gerade gehobene Ansprüche verriet. Den ungemütlichen und engen Räumen des Polizeipräsidiums war sie dennoch überlegen. Der Kommissar zog die Akte unter dem Paletot hervor, legte den Mantel ab und setzte sich an einen der runden Holztische. Fontane folgte seinem Beispiel. Ungefragt brachte der Wirt zwei Bierkrüge.

»Wie gesagt, eine traurige Sache.« Aschinger schlug den Akt auf und vertiefte sich abermals in die Lektüre. »Briese betrieb seine Schneiderwerkstatt auf dem Terrain nördlich der ehemaligen Akzisemauer, in der Gegend zwischen dem früheren Oranienburger und dem Hamburger Tor. In der Gartenstraße. Kennen Sie das Gelände?«
»Nennt man es nicht Neu-Vogtland?«
»Einen Teil davon, richtig. Die Kolonie Neu-Vogtland ist sozusagen der Kern des Gebietes. Kleine Häuser für die Kolonisten aus dem Vogtland, viele Gärten, aber es gibt auch schon erste Hühnerställe für kleine Leute. Sie wissen, was ich meine?«
»Mietskasernen«, sagte Fontane.
Aschinger nickte, hob seinen Krug und prostete ihm zu. Fontane nahm einen vorsichtigen Schluck, während Aschinger offenbar sehr durstig war. Fontane registrierte mit einer Mischung aus Anerkennung und Bestürzung, dass sich der Adamsapfel des Beamten beim Trinken nicht bewegte: Er konnte saufen wie Männer, die ein Major von Blohm als Prolétaires bezeichnet hätte.
Aschinger setzte den Krug auf die zerkratzte Tischplatte, winkte dem Wirt und fuhr fort: »Schwartz hat den Haus- und den Grundbesitzern ein riesiges Terrain abgekauft, um dort eine geradezu gigantische Mietskasernensiedlung zu errichten. Millionen muss er aufgewendet haben, und ich kann nur sagen: Was er da plante, hatte Züge von Größenwahn. Bedenken Sie aber, verehrter Herr Fontane, dass dort bereits Menschen lebten. Um deren Häuser abreißen zu können, mussten sie alle exmittiert werden. So auch der Schneider Briese und seine Familie, darunter der Sohn, der zugleich sein Geselle war.«

»Wer in dieser Gegend ein derartiges Gewerbe betreibt, ist nicht gerade ein königlich-preußischer Hofschneider«, mutmaßte Fontane, bevor er den nächsten, nun doch etwas größeren Schluck nahm.
Aschinger nickte. »Das allerdings nicht. Briese und sein Sohn besserten den Sonntagsstaat einfacher Leute aus, fertigten auch das eine oder andere Tauf- oder Hochzeitskleid an – für Leute, die jeden Pfennig umdrehen müssen. Sie können sich vorstellen, wie es um die Familie Briese bestellt war. Man kam über die Runden. Mehr war nicht zu erwarten.«
»Aber über die Runden kamen sie immerhin?«
»Bis man ihnen Wohnung und Werkstatt kündigte.« Aschinger wurde ernst. »Oder besser gesagt: Werkstatt und Wohnung. Denn die Werkstatt war viel wichtiger. Ohne Wohnung kann ein Handwerker leben, aber nicht ohne den Raum, in dem er seinen Lebensunterhalt erwirbt.«
Fontane umschloss den Bierkrug mit beiden Händen.
»Die Familie hat ihre Existenz verloren?«
»Zunächst weigerte sie sich auszuziehen.«
Der Wirt brachte Aschinger ein frisches Bier. Er schaute Fontane fragend an, und der nickte, obwohl sein Krug noch nicht einmal zur Hälfte geleert war.
»Aber das Recht war natürlich auf der Seite von Schwartz«, sagte der Kommissar. »Er hatte gekauft. Mit seinem Eigentum kann er machen, was er will.«
»Konnte machen, was er wollte«, korrigierte Fontane, dann trank er aus. Der Wirt, der ihn offenbar belauert hatte, trug in Windeseile das bereits gezapfte nächste Bier herbei. Fontane war mittlerweile bereit, auch ein drittes oder viertes noch zu akzeptieren. Zum ersten Mal in seinem Leben hatte

er, der Liebhaber von Polizeiberichten, die Gelegenheit, mit einem leibhaftigen Kommissar sprechen. Nur ein Dummkopf würde sich eine solche Chance entgehen lassen.

Aschinger wischte sich Schaum von der Oberlippe. »Es kam, wie es kommen musste. Schwartz hat dafür gesorgt, dass die Familie mit Polizeigewalt auf die Straße gesetzt wurde. Und damit nicht genug. Weil Briese in der Zeit des Eigentümerwechsels keine Miete gezahlt hatte …«, Aschinger tippte nachdrücklich auf die Akte, »… wurde wegen der Mietrückstände seine gesamte Habe gepfändet. Der Mann war nicht mehr in der Lage, seine Familie zu ernähren.«

»Und deshalb haben Briese und der Sohn in den Geschäftsräumen der BEFABAG einen Krawall vom Zaun gebrochen? Und Schwartz sogar bedroht?«

»Aus Verzweiflung«, sagte Aschinger. »Es war eine unüberlegte Handlung, keine Frage. Weder ihre Wohnung noch ihre Habe konnten sie auf diese Weise wiedererlangen. Aber sie hatten wohl das Gefühl, nicht einfach klein beigegeben, sondern sich zur Wehr gesetzt zu haben. Wenn auch mit untauglichen Mitteln.«

»Die sie ins Zuchthaus gebracht haben?«, fragte Fontane. Die Blume hatte sich aufgelöst und er trank von seinem Bier.

»Eigentlich wäre das der Lauf der Dinge gewesen.« Aschinger sah Fontane durchdringend an. »Aber wir haben so viele Fälle zu bearbeiten, da rutscht schon mal einer durch. Wissen Sie, die Familie hat ihre Existenz verloren – was kann es Schlimmeres geben? Manchmal, bei einem besonders krassen Fall von Ungerechtigkeit, kriege ich das Schielen.« Der Kommissar richtete seine Pupillen nach der Nasenspitze aus.

»Sie haben beiseite geschaut?«, fragte Fontane überrascht.
»Verraten Sie mich aber nicht.«
»Wie werde ich! Keine Sorge!« Fontane konnte nur den Kopf schütteln. Dieser Mann konnte unmöglich ein Preuße sein.
»Ich habe den Akt nicht an den Staatsanwalt, sondern gleich ins Archiv abverfügt«, sagte Aschinger und nahm erneut einen anständigen Hieb. Er wischte sich mit der rechten Hand die Oberlippe ab und legte die linke auf seine Unterlagen. »Das Zuchthaus bleibt Briese und Sohn erspart.«
»Woher stammen Sie, Herr Aschinger? Aus welcher Gegend dieser Welt?«
»Ich bin Berliner.«
»Von Geburt?«
»Von Geburt«, sagte der Kommissar.
»Das kann ich kaum glauben.«
Aschinger schmunzelte. »Weil mir ein paar preußische Tugenden oder Untugenden abgehen?«
»Ja.« Fontane drehte seinen Krug in den Händen. »Wo ist Briese mit seiner Familie denn untergekommen?«
Aschingers Miene verdüsterte sich. »Fast mittellos und ohne Obdach blieb ihnen nur übrig, sich in Barackia einzuquartieren.«
Fontane hatte von diesen Notsiedlungen am Stadtrand gehört, in denen vor allem Zuwanderer aus den ärmeren Gegenden Deutschlands hausten, die nach Berlin gekommen waren, um ihr Glück zu machen, aber nur das Unglück fanden. Die Berliner hatten für diese Elendssiedlungen rasch die Bezeichnung Barackia geprägt. Der Bodensatz der Gesellschaft hauste dort in aus Holz und Pappe zusammengezimmerten Hütten und sogar in Erdlöchern.

»Das ist ein Abstieg von unten nach ganz unten«, meinte der Kommissarius. »In Neu-Vogtland hatten die Brieses wenigstens ihr Auskommen. Kein großes, wahrhaftig nicht, aber immerhin. Jetzt leben sie im Schlamm.«

»Wo?«

Aschinger schlug die letzte Seite der Akte auf, fand aber nicht, was er suchte.

»Ich weiß, dass ich mir das irgendwo notiert habe. Sozusagen privat. Beim Tempelhofer Feld, glaube ich.«

»Ich würde gern ...« Fontane zögerte. Er nahm noch einen Schluck, auch auf die Gefahr hin, dass der Kriminalbeamte von ihm dachte, er müsse sich Mut antrinken. »Kann ich mit ihnen sprechen?«

»Sie vermuten, Briese und sein Sohn könnten Schwartz auf dem Gewissen haben? Der Selbstmord ist nur vorgetäuscht?«

»Es wäre eine Möglichkeit«, sagte Fontane.

»So gerissen sind die beiden nicht«, sagte Aschinger im Brustton der Überzeugung. »Außerdem: Woher sollten sie gewusst haben, dass sich Schwartz in ... Wie hieß dieses Nest?«

»Gnewikow.«

»Woher also könnten sie gewusst haben, dass er sich dort aufhielt? Und gesetzt den Fall, sie hätten es irgendwie in Erfahrung gebracht – sie konnten unmöglich damit rechnen, dass Schwartz eine Waffe bei sich haben würde.«

»Vielleicht wollten sie ihn nur zur Rede stellen«, sagte Fontane, wohl wissend, wie schwach dieses Argument war.

»Und deshalb fahren ... nein, eher wandern, denn nicht mal den Pferde-Omnibus dürften sie sich leisten können ... deshalb wandern sie nach Gnewikow? Zur Rede stellen hätten sie ihn auch in Berlin können. Aber vor allem, welchen Zweck hätte das gehabt? Das Schicksal von Menschen war dem Herrn Bau-Entrepreneur gleichgültig.«

»Trotzdem würde ich gern mit ihnen sprechen.«

»Das steht Ihnen frei. Allerdings begeben Sie sich in ein Milieu, in dem sie sofort auffallen werden.«

»Deshalb möchte ich Sie ja auch fragen ...« Fontane führte den Satz nicht zu Ende.

»Sie wollen, dass ich Sie begleite?«

»Nein, das kann ich nicht ...«

Aschinger sah ihn nachdenklich an.

»Einverstanden. Ich hole Sie morgen um acht mit dem Wagen ab. Falls es nicht heute Nacht wieder ein Verbrechen gibt, das meine Anwesenheit erfordert.« Er leerte seinen Krug. »Aber unter einer Bedingung! Ich bin ein Bewunderer Ihrer Kritiken, aber im Theater selbst bin ich noch nie gewesen. Mangels Gelegenheit. Vielleicht können Sie mir eine Freikarte verschaffen? Am liebsten für das Schauspielhaus.«

»Nichts leichter als das«, sagte Fontane. Das war eine faustdicke Lüge. Als Rezensent der *Vossischen Zeitung* hatte er einen reservierten Eckplatz, den Sitz Nummer 23, kein eigentlicher Parkettplatz, sondern eher ein Stuhl wie an einem Katzentisch, was mit vielerlei Ungemach verbunden war, ständigen Knierempeleien und dergleichen. Schon das Besorgen einer Freikarte für die theaterbegeisterte Emilie glich einem Spießrutenlauf, denn der Generalintendant Graf Botho von Hülsen war kein Künstler, sondern Offizier. Er verwaltete das Schauspielhaus wie eine Domäne, und dementsprechend knauserte er mit Freikarten vor allem für Leute, die weder von Adel waren noch einen Generalsrang hatten.

»Wunderbar.« Aschinger strahlte übers ganze Gesicht.
»Also morgen um acht?«
»Vor der Potsdamer Straße 134c.«
»Abgemacht.« Aschinger reichte Fontane die Hand.

»Théodore?« Emilie maß ihren Mann mit einem strengen Blick. Fontane hatte durchaus ein schlechtes Gewissen und trug deshalb den Schal besonders eng um den Hals geschlungen. Um den Schal und seine Gesundheit war es Emilie aber im Moment nicht zu tun. »Du kommst spät. Wir haben bereits gegessen. Die Kinder sind schon im Bett.«
»Nun ja, Doktor Kletke ...«
»Théodore!« Emilie trat einen Schritt zurück. »Hast du getrunken?«
»Nur ein Bier.« Schuldbewusst legte Fontane Schal und Mantel ab.
»Aber wo denn? Und mit wem? Doch nicht mit Kletke?«
»Mit einem Kriminalkommissar«, räumte Fontane ein.
»Nein! Sage nichts! Ich ahne schon ... wegen Schwartz?«
Fontane nickte. Emilie geriet in Rage.
»Da!«, sagte sie und wies auf die Tür zu seinem Arbeitszimmer. »Da gehörst du hin. Du solltest nicht Hirngespinsten hinterherrennen, sondern dafür Sorge tragen, dass du deine Familie ernährst. Ich habe heute schon die Waschfrau vertrösten müssen, und du kannst dir sicher denken, wie peinlich mir das war. Statt Bier mit Kriminalbeamten zu trinken ...«
»Aber das Bier hat die Staatskasse bezahlt«, wandte Fontane ein. »Und du weißt doch, wie schwer mir die Anfänge fallen.«

»Das weiß ich. Aber einen Anfang findest du nur am Schreibtisch. Oder auf einem Spaziergang, jedenfalls nicht beim Bier.«

»Es waren doch nur drei Krüge.« Fontane hob den Blick und sah seiner Frau in die Augen. »Ich muss dir noch etwas sagen.«

»Heraus damit! Als gebürtige Kummer bin ich den Nämlichen gewöhnt.«

»Ich habe mir erlaubt, den Kriminalkommissar Aschinger für morgen Abend zum Essen einzuladen. Vielleicht könntest du ... deinen berühmten Kalbsbraten ...?«

»Braten an einem gewöhnlichen Wochentag?« Emilie seufzte. »Und Kalb, ja? Théodore, wusstest du eigentlich, dass ich den Metzger nicht mit deinen Büchern bezahlen kann? Nicht mit den geschriebenen ... und mit den ungeschriebenen gleich gar nicht.«

»Ich schwöre, dass ich mich morgen an die Überarbeitung der *Grafschaft* setze«, sagte Fontane, um dann leiser hinzuzufügen: »Nach meinem Ausflug nach Barackia.«

»Wohin?« Emilie glaubte sich verhört zu haben.

»Ich bin im Redaktionsarchiv auf etwas gestoßen, das im Zusammenhang mit Schwartz möglicherweise von Belang ist.« Mit knappen Worten orientierte Fontane seine Frau.

»Und da wollen die Herren morgen früh einen Blick ins Elend tun?«

»Als Schriftsteller darf ich meine Augen nicht vor den Schattenseiten des Lebens verschließen«, sagte er ernst. Emilie schüttelte den Kopf.

»Théodore, wie lange werden wir am 16. Oktober verheiratet sein?«, fragte sie.

»Nun …« Fontane musste nachrechnen.
»Dreiundzwanzig Jahre«, sagte Emilie. »Versuche also nicht, mir ein X für ein U vorzumachen. Nicht der Schriftsteller fährt morgen in diese Elendssiedlung, sondern der selbst ernannte Kriminalschutzmann.«

Zehn Minuten vor acht stand Fontane bereits auf dem Trottoir. Für den Besuch der Barackensiedlung hatte er seinen ältesten Gehrock angelegt, der sich nun als etwas zu dünn erwies: In der Nacht hatte es geregnet, und auch jetzt war der Himmel bedeckt und trüb. Fontane fror. Der erste Satz von Schillers *Don Carlos* ging ihm durch den Kopf: »Die schönen Tage von Aranjuez sind nun vorüber.«
Aschinger war pünktlich. Fontane konsultierte gerade seine Taschenuhr, die ihm anzeigte, dass es drei Minuten vor acht war, als der Kommissar mit einem Einspänner vorfuhr. Ein Zweisitzer, den er selber lenkte.
Fontane sprang über den Rinnstein, aus dem es erbärmlich nach Fäkalien stank. Das Berliner Abwasserproblem war einer europäischen Metropole nicht würdig, aber nun sollte endlich Abhilfe geschaffen werden: Der neue Oberbürgermeister Hobrecht, der nicht nur als Stadtoberhaupt von Breslau enorme Erfahrungen gesammelt hatte, sondern der nach Fontanes Verständnis auch der erste fähige Bürgermeister seit Jahrzehnten war, hatte seinen Bruder James mit der Anlage eines modernen Kanalisationssystems beauftragt.
Die ersten Spatenstiche waren bereits erfolgt. Irgendwann, und Fontane hoffte, es noch zu erleben, würde die Reichshauptstadt nicht mehr riechen wie eine öffentliche Bedürfnisanstalt.

»Guten Morgen, Meister«, grüßte Aschinger aufgeräumt.
»Winden Sie mir keinen zu großen Lorbeerkranz«, sagte Fontane, während er auf die gepolsterte Sitzbank stieg.
»Das hatte ich nicht vor«, erwiderte der Kommissar.
»Sie haben mich Meister genannt. Da liegt mir sofort das Wort Maestro auf der Zunge und ich bekomme eine Gänsehaut. Ich denke dann an Richard Wagner …«
»Den mögen Sie nicht?« Aschinger hob die Peitsche, ließ sie aber in der Luft verharren. Sein Pferd, ein Apfelschimmel, scharrte dennoch mit den Hufen. Es wollte laufen, denn das war sein Beruf.
»Wenn ich mich zwischen Wagner und Daumenschrauben entscheiden müsste, würde ich die Daumenschrauben wählen«, sagte Fontane.
»Aha! Ich kenne das Werk dieses Herrn ja nicht. Ist es eine Folter?«
»Man gesteht alle seine Sünden, wenn man nur die ersten Akkorde hört. Sie schrauben sich einem wie ein Korkenzieher schmerzhaft ins Hirn.«
»Um Gottes willen!« Aschinger touchierte den Pferderücken mit der Peitsche. Pferd und Wagen setzten sich in Bewegung. Sie folgten der Potsdamer Straße bis zur Bülowstraße und bogen in sie ein.
»In gewisser Weise haben wir Glück«, sagte der Kommissar nach einem längeren Schweigen. »Der Magistrat hat beschlossen, Barackia schleifen zu lassen. Der Polizeipräsident hat bereits einen entsprechenden Befehl erteilt. Nächste Woche gibt es die Notsiedlung beim Tempelhofer Feld nicht mehr.«
»Aber die Not verschwindet nicht mit der Siedlung«, bemerkte Fontane.

»Nein.« Aschinger kutschierte in die Yorckstraße. »Sie sucht sich einen anderen Ort, wo sie das Auge nicht beleidigt. Denn darum geht es doch: Man will den Bürgern den Anblick ersparen.«
»Wenn unsere vielen frischgebackenen Millionäre nur ein Prozent ihres Einkommens für die Armen opfern würden, gäbe es keine Armut mehr.«
»Sie opfern aber nichts. Lassen Sie sich von einem Kriminalkommissar, der die Niederungen der Gesellschaft kennt, eines sagen: Die hervorstechendste Eigenschaft des Menschen ist seine Gier. Wer eine Million hat, teilt sie nicht, sondern will eine zweite. Dank seiner ewigen Gier, zu der ich auch die Neugier zähle, hat der Mensch die Dampfmaschine und die Eisenbahn erfunden. Wir verdanken der Gier das, was man Fortschritt nennt, und zugleich unseren Untergang.«
»Sie sind ja ein Philosoph«, sagte Fontane.
»Ach was. Ich verlasse mich auf das, was ich sehe. Und ziehe Schlüsse daraus.«
Mittlerweile waren sie beim Kreuzberg angelangt. Aschinger lenkte den Wagen gen Süden, nach dem Exerzierplatz auf dem Tempelhofer Felde. Sie passierten eine der beliebtesten Lokalitäten Berlins, die Tivoli-Brauerei auf dem Südhang des Kreuzbergs. Der unlängst fertiggestellte riesige Saal fasste zweitausend Personen und erfreute sich insbesondere in der Bockbierzeit eines regen Zuspruchs.
Auf dem freien Gelände östlich des Exerzierplatzes breitete sich die Barackensiedlung aus. Aschinger riss am Zügel und die Kutsche kam zum Stehen. Vor ihnen erstreckte sich ein Sammelsurium von umgebauten Wagen, Papphütten und Holzverschlägen. Der nächtliche Regen hatte den Boden

in Schlamm verwandelt, in dem barfüßige Kinder herumtollten; bis in ihre Gesichter war der Modder gespritzt. Die Kinder aber lachten. Fontane fühlte sich sofort fremd und beklommen. Ohne die Begleitung des Kriminalers hätte er sich nie an diesen Ort gewagt.

»Wollen Sie noch?«, fragte Aschinger.

Fontane griff sich an den Hals. »Da wir nun einmal hier sind«, sagte er. Seine Stimme war rau.

»Dann kommen Sie!« Aschinger stieg aus dem Wagen, Fontane folgte ihm. Kaum hatten sie das Gelände der Barackenstadt betreten, wurden sie von einer Horde von Kindern umringt.

Der Anblick der dürren und schmutzigen Mädchen und Knaben erweckte in Fontane heftiges Mitleid. Er nestelte seine Geldbörse aus dem Gehrock, und sofort trat in die Gesichter der Kinder ein anderer Ausdruck – der Ausdruck von Gier.

»Sie werden mit Ihrem Geld nichts ausrichten«, sagte Aschinger. »Ein Tropfen auf den heißen Stein verdampft nur.«

»Einen Sechser!«, riefen die Kinder. Es wurden immer mehr; sie umringten Fontane und begannen, an seiner Kleidung zu zerren. Sein Mitgefühl schwand und machte der Angst Platz. Dennoch drückte er einem rotznasigen Mädchen einen Groschen in die Hand und hatte dabei das Gefühl, sich irgendwie freizukaufen.

»Das lassen Sie besser«, sagte Aschinger.

Die Kinder brüllten nur noch lauter. Ein Mädchen entblößte plötzlich seine noch kaum entwickelten Brüste. Und es lächelte. Es lächelte wie eine Hure. Fontane wandte sich ab.

Bevor er reagieren konnte, versetzte Aschinger dem Kind eine Ohrfeige. Es klatschte gewaltig, und Fontane zuckte stärker zusammen als das Mädchen, das an Schläge offenbar gewöhnt war.
»Herr Kommissar, das können Sie nicht ...«
»Und ob ich kann. Hier wird nur die Sprache der Gosse verstanden. Polizei!« Aschinger präsentierte seine Marke. In Windeseile stoben die Kinder davon.
»Machen Sie so etwas nicht noch einmal«, sagte er mit ernster Miene zu Fontane. »Wenn Sie hier eine Geldbörse zücken, liegen Sie Minuten später womöglich in Ihrem Blut. – Du«, wandte er sich jetzt an einen jungen Burschen in der Nähe, »du achtest mir auf Pferd und Wagen.«
Aschinger sprach eine Frau an, die vor einer Papphütte auf einer provisorisch wirkenden Bank saß und in einem Holzzuber Wäsche wusch, und fragte nach dem Schneider Briese. »Folgen Sie mir«, forderte er dann Fontane auf.
Durch den Morast, der ihnen bis zu den Knöcheln reichte, steuerten sie auf einen Lattenverhau zu, der nicht von Nägeln, sondern eher durch ein Wunder zusammengehalten wurde. Vor dem Verhau hatte ein Mann einen Teppich auf dem Boden ausgebreitet, vielleicht das einzige Stück, das er von seiner Habe hatte retten können. Auf diesem Teppich hockte er im Schneidersitz und stocherte mit einem Knotenstock im Erdreich.
Der Mann bot einen erbärmlichen Anblick: Sein Gesicht war hochrot und verschwollen, die Augen blutunterlaufen, und Fontane musste nicht rätseln, welche Art von Getränk sich in dem irdenen Krug befand, der neben ihm stand; vermutlich konnte man es nicht einmal Branntwein nennen, sondern musste es als Fusel bezeichnen.

»Guten Morgen, Briese«, grüßte Aschinger.

Der Mann hob den Kopf. Nach und nach schien ihm zu dämmern, wen er vor sich hatte.

»Ach, der Herr Kommissarius«, sagte er mit einer kratzigen Stimme. »Ist es nun so weit? Nehmen Sie uns hopp?«

»Nein, nein.« Aschinger deutete auf Fontane. »Dieser Herr möchte sich nur mit Ihnen unterhalten.«

»Aha? Welche Überraschung! Hier hat man nämlich niemals Gäste. Wer lässt sich schon so tief herab?« Briese stocherte weiter mit seinem Stock in der aufgeweichten Erde.

»Es dürfte Sie jedenfalls interessieren, dass der Bauunternehmer Schwartz nicht mehr unter den Lebenden weilt«, sagte Aschinger.

»Er ist tot?«

Aschinger nickte. Für einen Moment belebten sich die starren Augen des Schneiders und er wandte sich zu dem Verhau hinter sich um.

»Melchior!«, rief er. »Es gibt eine Freudenbotschaft!«

Ein junger Mann mit zerwühltem Haar kroch hervor. Das Erste, was er tat, war, einen großen Schluck aus dem Krug zu nehmen. Er verschluckte sich und musste husten. Ein feines Rinnsal einer trüben Flüssigkeit rann ihm zum Kinn.

»Was will die Polizei hier?«, fragte der junge Briese misstrauisch. Offenbar hatte er Aschinger erkannt.

»Uns mitteilen, dass Schwartz tot ist«, sagte der Vater.

»Falls Sie das nicht schon wussten«, sagte der Kommissar.

»Woher sollen wir das wissen? Schauen Sie sich um. Hier sind die Leute froh, wenn sie einen Pfennig fürs Essen haben. Keiner hält eine Zeitung«, sagte Melchior Briese.

»Früher haben wir die *Kreuzzeitung* gelesen«, sagte sein Vater nicht ohne Stolz. »Bevor wir alles verloren haben ... alles verloren ...« Seine Augen verschleierten sich.
»Und woran ist der saubere Herr Schwartz gestorben?«, wollte der Sohn wissen.
»Er hat sich selbst getötet«, sagte Fontane. »Jedenfalls hat es den Anschein.«
»Er hat sich selbst gerichtet? Hatte der Mann doch ein Gewissen? Na, auf jeden Fall ist das eine gute Nachricht.« Melchior Briese griff abermals nach dem Krug. Sein Vater stocherte immer noch in der Erde. Fontane begriff nicht, was er suchte, und war geneigt, dieses sinnlose Graben im Schlamm für ein Zeichen von Wahnsinn zu halten.
»Dieser Mensch richtet keinen Schaden mehr an. Er kann niemandem mehr die Behausung und die Existenz rauben. Für uns kommt sein Tod allerdings zu spät.«
»Als Sie in die Geschäftsräume von Schwartz eingedrungen sind und dort ... für Unordnung sorgten, sollen Sie ihm mit dem Tod gedroht haben«, sagte Fontane.
»Ja, das haben wir. Und sein Tod freut uns! Ein Blutsauger weniger! Aber wir haben damit nichts zu tun.«
»Leben nur Sie und Ihr Sohn hier?«, wandte sich Fontane an den alten Briese. Der hatte aber offenbar das Interesse an den Besuchern verloren und stocherte weiter im Schlamm herum.
»Sie meinen, in unserer Baracke?«, antwortete der Sohn. »Dort leben noch meine Mutter, meine drei Schwestern und meine beiden Brüder. Sie glauben nicht, dass so viel Platz in dieser Hütte ist? Kommen Sie nur, werfen Sie einen Blick hinein!«
Fontane schüttelte den Kopf. Er hatte genug gesehen.

»Egal … es ist egal.« Melchior Briese ballte die Fäuste. »Ob Schwartz nun tot ist oder nicht – für uns gibt es keine Rettung mehr.«
»Da!«, rief sein Vater plötzlich.
Fontane fuhr erschrocken zusammen. Briese hatte im Modder doch etwas entdeckt. »Ein Regenwurm!«
»Um Gottes willen!« Fontane wandte sich an Aschinger. »Lassen Sie uns gehen. Bitte!«
»Verstehen Sie nun, was ich meine?«, fragte Aschinger auf dem Weg zu ihrer Kutsche. Fontane schritt dermaßen heftig aus, dass der Schlamm nach allen Seiten aufspritzte. Die Kinder hatten sich in den Hütten und Verschlägen verborgen, aber er hatte das Gefühl, dass sie ihn beobachteten. Dass sie ihn belauerten. Dass sie an seine Geldbörse dachten, die sie liebend gern in ihren Besitz bringen würden, obwohl sie keine Reichtümer enthielt.
»Wer hier landet, mordet womöglich in der Umgebung, aber er schafft es nicht nach Gnewikow«, sagte Aschinger. »Im Übrigen steht ja nicht fest, dass es sich um einen Mord handelt.«
»Sie haben recht.« Fontane atmete schwer. »Ich stochere bloß im Nebel. Wenn ich wenigstens ein Motiv für den Selbstmord wüsste!«
»Warum bekümmert Sie die Sache eigentlich so? Ich habe das Gefühl, dass Herr Schwartz nicht gerade Ihr Freund war.«
»Alles andere als das«, bestätigte Fontane. »Wahrscheinlich habe ich mich schlicht verrannt. Das meint jedenfalls Emilie, meine Frau.«
»Apropos«, sagte Aschinger, »ich grübele schon seit Ihrer Einladung darüber nach, was ich Ihrer Gattin als Gast-

geschenk mitbringen soll. Was meinen Sie? Wäre ein Asternstrauß geeignet?«
»Ich bitte Sie! Sie müssen gar nichts mitbringen.«
Noch ein paar Schritte und sie hatten die Kutsche erreicht. Fontane wunderte sich, dass sie noch da war. Aschinger gab dem Burschen einen Groschen und sie stiegen ein. Offenbar hatten die Menschen hier fast alles verloren, nur eines nicht: den Respekt vor der preußischen Polizei.

Als es am Abend an der Tür läutete, liefen Mete und Friedrich um die Wette zum Entree, denn beide wollten den Gast in Empfang nehmen. Fontane folgte ihnen auf den Fersen, um zu verhindern, dass sie Aschinger sofort mit Beschlag belegten.
Aber natürlich kam er zu spät.
»Sie sind also ein echter Kriminaler?«, fragte Friedrich gerade, als Fontane in die Diele bog.
Aschinger nickte. Er hatte tatsächlich einen Asternstrauß dabei, und zwar einen dermaßen kapitalen, dass er sich hinter ihm verbergen konnte.
»Haben Sie auch eine Kanone?«, wollte Friedrich wissen.
Aschinger warf Fontane einen amüsierten Blick zu. »Ist der Krieg nicht vorbei?«
»Friedrich!« Emilie kam aus der Küche und löste die Schnüre ihrer Schürze. »Man heißt einen Gast willkommen und fragt ihm nicht gleich Löcher in den Bauch.«
Friedrich ließ nicht locker: »Aber wenigstens eine Handkanone wird ein Kriminaler doch haben!«
»Nicht bei einem privaten Besuch.« Aschinger verbeugte sich vor Emilie und küsste ihr die Hand. Zu Fontanes Überraschung wirkte er etwas verlegen. »Gnädige Frau,

es ist mir eine Ehre. Bitte, ein bescheidenes Geschenk.« Er reichte ihr das Blumenbukett.

»Was für ein wunderschöner Strauß! Aber das wäre doch nicht nötig gewesen. Seien Sie herzlichst bedankt.« Emilie nahm die Astern und reichte sich an Mete weiter. »Trage Sorge dafür, dass er in eine Vase kommt.«

»Aber vielleicht darf ich erst einmal vorstellen«, sagte Fontane. »Meine Frau, Herr Kommissar Aschinger. Der vorlaute Bub ist Friedrich, das Mädchen«, er blickte Mete nach, die die Blumen in die Küche trug, »meine Tochter Mete. Unser Sohn Theodor platzt zwar auch vor Neugierde, aber er zeigt das nicht so gerne. Er ist in dem Alter, wo man so tut, als würde man die Welt verachten.«

»Sie dürfen sich glücklich schätzen, drei prächtige Kinder zu haben«, sagte Aschinger höflich.

»Wir haben vier«, entgegnete Emilie. »Der Älteste ist schon aus dem Haus. George ist Offizier. Aber nun treten Sie bitte näher.«

»Verbindlichsten Dank.« Aschinger folgte Emilie, die ihn durch den Alkoven ins Berliner Zimmer geleitete, wo der Tisch gedeckt war. Theodor kam aus seiner Kammer und begrüßte den Kommissar mit Handschlag. Mete brachte eine Vase mit den Astern und stellte den Strauß zwischen die Kandelaber auf den Tisch. Während Fontane die Kerzen entzündete, begaben sich Emilie und ihre Tochter noch einmal in die Küche, um das Essen aufzutragen: eine große Schüssel mit Kartoffeln, eine Terrine mit brauner Soße, eine weitere mit gebuttertem Gemüse und einen verführerisch dampfenden und duftenden Kalbsbraten. Fontane war stolz auf seine Frau. Wie hatte sie das nur gemacht – so knapp, wie sie wieder einmal waren.

»Mir fehlen die Worte«, sagte Aschinger mit leuchtenden Augen. »Die Mühe, die Sie sich gemacht haben, meine gnädigste Frau Fontane! Dieses Mahl wäre des Polizeipräsidenten würdig.«

»Vielleicht werden Sie es eines Tages«, sagte Emilie, die sich ersichtlich über das Kompliment freute.

»Kaum. Ich ecke zu oft an. Und mit der großen Politik habe ich nicht viel am Hut.«

»Bon appétit«, sagte Theodor, der wie die meisten Pubertierenden immer hungrig war, aber auch das nie zugab.

Aschinger strahlte.

»Bon appétit, Mesdames!« Er verneigte sich zu Emilie und Mete. »Et bon appétit, Messieurs!«

»Sagen Sie, Herr Kommissar«, fragte Theodor, nachdem er die erste Bratenscheibe verdrückt hatte, »was halten Sie eigentlich von Vaters Ideen bezüglich des Herrn Schwartz?«

»Theodor!« Emilie stieß ihren Sohn behutsam in die Seite. »Ich habe dir vorhin gesagt, dass wir über diese Angelegenheit nicht reden wollen. Nicht vor den Kleinen! Und du, Friedrich, du schweigst. Beim Essen spricht man nicht.«

»Bei einem so hervorragenden Mahl ist Reden wirklich eine Sünde«, sagte Aschinger und zwinkerte Friedrich zu.

»Mutter meint nämlich, dass Vater einem Hirngespinst hinterherläuft.« Theodor ließ sich nicht von seiner Mutter beirren.

»Das habe ich nicht behauptet«, wehrte sich Emilie.

»Doch, Mama, das hast du gesagt«, mischte sich nun auch Friedrich ein.

»Ich habe nicht das Wort Hirngespinst benutzt.«

»Aber ein ähnliches.«

»Auch kein ähnliches«, erwiderte Emilie. »Und wenn hier

nicht endlich Ruhe einkehrt, schicke ich euch zum Essen in die Küche!«

»Ich muss einräumen, dass ich kein rechtes Bild von der Sache habe und mir auch nicht verschaffen kann«, sagte Aschinger, an Fontane gewandt, und langte nach der Serviette. »Der Landkreis Ruppin gehört nun mal nicht zu meinem Dienstgebiet.«

Er betupfte sich die Lippen. Dafür erntete er Emilies heftigen Protest.

»Unterstehen Sie sich, Herr Kommissar! Sie bekommen noch ein Stück Braten. Und es sind auch noch Kartoffeln auf dem Herd. Mete holt sie. Mete?«

»Ja, Mama.«

»Ich ärgere mich, dass ich mir die beiden Besucher, die Major von Blohm als Prolétaires bezeichnet hat, nicht genauer habe beschreiben lassen«, sagte Fontane. »Dann wären wir absolut sicher, dass es nicht die Brieses waren.«

»Sind Sie immer noch nicht überzeugt?« Aschinger nickte Emilie zu, die ihm ein neues Bratenstück auflegte.

»Im Grunde schon. Die beiden sind wirklich so sehr heruntergekommen, die schaffen keinen Schritt aus Barackia heraus. Es hätte nur ... gepasst.«

»Von Barackia hast du uns noch gar nichts erzählt.« Mete, die mit den Kartoffeln aus der Küche kam, hatte die letzten Worte ihres Vaters noch gehört.

»Auch davon nichts beim Essen«, sagte Emilie, aber sie musste einsehen, dass das Gespräch sich nicht mehr abwenden ließ.

»Ich habe noch nie so ein unbeschreibliches Elend gesehen. Es ist bedrückend, in einer Stadt zu leben, wo solche Zustände herrschen.«

»Nur noch bis nächste Woche. Dann werden *les misérables* vertrieben.«
»Aber wäre es nicht sinnvoller, den Menschen zu helfen?«, fragte Emilie.
»Natürlich wäre es das. Aber es sind zu viele. Und vor allem: Es werden immer mehr.«
Nach dem zweiten Bratenstück musste Aschinger passen. Emilie holte eine Flasche Cognac aus der Anrichte. Sie schenkte Aschinger und Fontane ein, genehmigte auch sich einen kleinen Schluck, und sogar Theodor bekam ein Tröpfchen.
»Herzlichen Dank.« Der Kommissar hob das Glas. »Auf Ihre Gesundheit, Madame Fontane!«
»Auf die Ihre, Herr Kommissar!«
Aschinger stellte den Schwenker auf den Tisch.
»Ich denke, Sie möchten meinen Rat in dieser Angelegenheit hören?«, fragte er und schaute erst Emilie, dann Fontane an.
»Unbedingt«, sagte Emilie.
»Und Sie, Herr Fontane?«
»Ja, natürlich.«
»Schreiben Sie weiterhin Ihre ausgezeichneten Kritiken. Schreiben Sie all die Bücher, die Sie sich vorgenommen haben. Aber von dieser unseligen Sache lassen Sie am besten die Finger.«

Sechstes Kapitel

7. Oktober 1873

Mehr als eine Woche lang hielt sich Fontane an den Rat des Kommissars, den Emilie nach Kräften unterstützte. Nach dem Morgenkaffee und der Zeitungslektüre begab er sich an seinen Schreibtisch, und nach den Anfangsschwierigkeiten ging ihm die Arbeit recht gut von der Hand.
Die Nachrichten in der Presse allerdings erfüllten ihn mit Unruhe. Vor einigen Tagen hatte die Quistorp'sche Vereinsbank ihre Zahlungen eingestellt, und der Bauverein West-End sowie der Deutsche Centralbauverein, beides ebenfalls Unternehmungen von Quistorp, waren kurz danach gefolgt. Der Bankier und Bauherr hatte sich zu tief in den Spekulationssumpf begeben und war darin umgekommen. Doch in diesem Sumpf steckte auch eine Vielzahl der anderen Bauvereine, Terraingesellschaften und Baubanken, von denen in Berlin so viele existierten, dass selbst die Börsianer weder ihre Zahl noch alle ihre Namen kannten. Fontane hatte das Gefühl, dass Berlin den Atem anhielt. Zweifellos fürchteten jetzt viele der kleinen Anleger, die in diese Unternehmen investiert hatten, um ihre Ersparnisse.
Fontane trat ans Fenster und schaute hinaus auf die Potsdamer Straße. Eine Seite hatte er geschrieben, und es war eigentlich an der Zeit, einen Spaziergang zu machen. Er

liebte die ausgedehnten Wanderungen durch die Stadt, aber das Wetter schreckte ihn ab. Der herrliche Altweibersommer war wohl endgültig vorüber. Stattdessen war der Himmel grau in grau und es regnete seit Tagen fast ohne Unterbrechung. Mit einem Parapluie aber ging er nur ungern spazieren; es war einfach unbequem, einen Schirm zu tragen.

Er seufzte und wandte sich wieder dem Schreibtisch zu. Die Wanduhr schlug elf und keine Minute später läutete es an der Wohnungstür. Er ging in die Diele, doch Emilie war schneller gewesen. Ein Bote überreichte ihr ein Briefkuvert aus Bütten, und an der geraden und eleganten Schrift erkannte Fontane sofort, dass er vom Freiherrn von Wangenheim stammte. Er nahm ihn mit in sein Zimmer und öffnete ihn dort. Emilie war ihm gefolgt. Während er las, blickte sie ihm über die Schulter.

Mein lieber Fontane, schrieb der Freiherr, *da ich Sie seit Jahren kenne und mich wohl mit Fug und Recht als Ihr Freund bezeichnen darf, gehe ich davon aus, dass Sie den Casus Schwartz nicht aus den Augen verloren haben. Man hört ja einiges, und es sind nicht nur Gerüchte. Der Advokat Doktor Krienstein – Sie erinnern sich seiner? – hat die Verwaltung der Schwartz'schen Geschäfte übernommen und hält mich auf dem Laufenden. Lieber Fontane, machen Sie sich auf eine gewaltige Pleite gefasst!*

Am kommenden Samstag geben meine Frau und ich wieder einen unserer herbstlichen Abendempfänge. Es werden einige Herren namentlich aus der Geschäftswelt erwartet, auch Doktor Krienstein. Ich hoffe, Sie und Ihre werte Gattin empfangen zu dürfen. Wie immer 20 Uhr. Nur kleine

Gesellschaft, daher kein Frack. Sie dürfen mit einer Überraschung rechnen! Herzlich, Ihr Wangenheim.

»Er macht es ja sehr spannend«, sagte Emilie. »Auch wenn es sich ganz nach einem Herrenabend anhört. Wahrscheinlich wird den ganzen Abend über Börsenkurse geplaudert.«
»Marie von Wangenheim redet nie über Börsenkurse«, erwiderte Fontane.
»Nein, Gott sei Dank nicht.« Emilie lächelte. »Und man will ja die Überraschung sehen.«

Auch wenn der Geheime Rat kein Erscheinen im Frack wünschte, ein Jackett, ein hoher Hemdkragen und eine Fliege mussten es doch sein, denn die Empfänge im Hause Wangenheim waren stets gediegen. Fontane legte entsprechende Kleidung an, während Emilie ihr bestes Stück wählte, in dem sie sich besonders gern zeigte und das Marie von Wangenheim immer reizend fand: ein hochgeschlossenes Kleid aus dunkelblauem Satin mit echter Brüsseler Spitze an Kragen und Ärmeln. So ausstaffiert, machte das Ehepaar Fontane die erwartete *bella figura*.
Das Dienstmädchen öffnete, aber sogleich zeigte sich auch der Geheimrat in der Diele. Mit ausgebreiteten Armen kam er auf Fontane und Emilie zu.
»Wie schön! Ohne Sie wäre eine Soirée doch nur eine halbe Sache.« Von Wagenheim küsste Emilie die Hand und drückte freundschaftlich Fontanes Arm.
»Danke für die Einladung, Exzellenz«, entgegnete Emilie.
»Stellen Sie sich vor«, der Geheimrat senkte die Stimme, »wen Advokat Krienstein mitgebracht hat! Sie glauben es nicht: Es ist Antonia Schwartz von Blohm.«

»Sie belieben zu scherzen.« Mit allem hatte Fontane gerechnet, nur damit nicht.
»Sie gräme sich so sehr über den Tod Ihres Gatten und müsse unter Menschen, hat Krienstein gemeint.«
»Aber in der Trauerzeit besucht man keine Abendvergnügen«, warf Emilie empört ein. »Das verstößt ja gegen alle Etikette.«
»Ich hätte ihr auch keine Einladung zukommen lassen, dachte jedoch, dass Sie, mein lieber Fontane, an einer Begegnung interessiert seien. Was ich mir aber beim besten Willen nicht habe vorstellen können, war, dass sie auch noch einen jungen Begleiter mitbringen würde. Ich vermute, ihren Galan.«
»Sie hat was?« Emilies Empörung wuchs. »Will sie die Gesellschaft brüskieren?«
»Ich weiß nicht, was sie will. Sehr groß scheint ihr Gram aber nicht zu sein. Das Einzige, das an der Frau auf Trauer hindeutet, ist das schwarze Kleid. Man weiß nicht einmal zu sagen, ob sie es nicht vielleicht nur angezogen hat, weil es besonders elegant wirkt. Nun, kommen Sie!« Der Geheimrat machte eine einladende Geste.
»Théodore«, flüsterte Emilie auf dem Weg in den Salon, »untersteh dich, mit dieser Person auch nur ein Wort zu wechseln. Ich sehe dir an, dass du es gern tun würdest. Aber wer in der Trauerzeit Abendgesellschaften besucht, noch dazu in Begleitung eines … Liebhabers …« Sie schüttelte den Kopf. »Wusstest du, dass sie einen hat?«
»Bisher nicht. Aber es ist ja auch nur eine Vermutung Wangenheims. Vielleicht ist der angebliche Liebhaber ja ein Verwandter. Und es wäre doch sehr unfein, wenn ich sie schneiden würde.«

»Man muss auch einer Dame von Familie zeigen, was sich in Gesellschaft gehört«, sagte Emilie.

Aus dem Salon drangen Stimmen. Besonders deutlich war die des Abgeordneten von Reichs- und preußischem Landtag, des Zentrumspolitikers Hermann von Mallinckrodt zu hören, den Fontane schon von früheren Empfängen kannte.

»Jetzt wird alles in den Strudel mit hineingerissen«, sagte er gerade. »Berolina, Baubeförderungs-Verein, Preußische Baubank, Märkische Baubank, Provinzial-Baubank – alle in Schieflage. Ich sage Ihnen, Schürmann, auch Sie werden nicht verschont.«

Der Geheime Commerzienrat Schürmann von der Hauscredit war also auch da. »Das ist nur eine vorübergehende Marktbereinigung«, hörte Fontane ihn sagen. Dann trat er mit Emilie ein.

»Ja, aber eine, mit der auch der ganze Markt verschwindet«, sagte Mallinckrodt.

Außer ihm und Schürmann, die in den Fauteuils am Kamin Platz genommen hatten, waren noch andere Bekannte der Einladung gefolgt, und es waren glücklich nicht nur Herren der Geschäftswelt. Den Commerzienrat Doktor Vogel von der Metropol Immobilienbank konnte man dieser Welt wohl zurechnen, ebenso wie den Anwalt Krienstein, den Verwalter des Schwartz'schen Imperiums, nicht aber den Maler und Akademieprofessor Pfannschmidt, nicht den Juristen August Reichensperger, der mit seinem Bruder Peter die katholische Zentrumspartei begründet hatte, und auch den Generalmajor Heinrich von Schweinitz nicht. Mallinckrodt und von Schweinitz wurden von ihren Frauen begleitet.

Fremd in diesem Kreis waren die beiden, die auf dem Sofa an der dem Kamin gegenüberliegenden Wand saßen, unter Maria, dem Christkind und Johannes dem Täufer. Die aschblonde Frau von Ende zwanzig hatte üppige weibliche Formen, ohne dass man sie als dick bezeichnen konnte, und trug ein Kleid, das dem Emilies ähnelte: hochgeschlossen und mit Spitze an Hals und Ärmeln, nur war es schwarz und nicht aus Satin, sondern aus Seide. Auffallend waren ihre lange, aber nicht zu lange schmale Nase, wohl ein Erbteil der Mutter, das ein wenig wässrige Blau ihrer Augen und ihr frischer, rosiger Teint. Diese Frau musste Antonia von Blohm sein. Und der Mann neben ihr, vermutlich jünger, der mutmaßliche Verehrer.

Fontane befand sofort, dass er ein uninteressantes und wenig ansprechendes Gesicht hatte. Es war glatt wie das eines Kindes und es enthielt nicht die geringste Spur gelebten Lebens. Der Ausdruck war hochmütig und ein wenig dumm; der junge Mann saß so kerzengerade da, als hätte er einen Ladestock verschluckt.

Der Geheime Rat stellte vor. So erfuhr Fontane, dass der Begleiter der Witwe ein Leutnant Graf Gensfleisch war. Und genau dafür, für einen adligen Leutnant, hatte er ihn auch gehalten; ganz Preußen war voll mit ihnen. Der Ladestock erhob sich und verbeugte sich äußerst knapp, dann nahm er wieder seine Position an der Seite der Antonia Schwartz von Blohm ein. Sie betrachtete Fontane durch eine goldene Lorgnette.

»Sie sind also der berühmte Schriftsteller, von dem mein Vater mir berichtet hat«, sagte sie. Berühmt hatte ihn der Major ganz bestimmt nicht genannt. »Und Ihre gnädige Frau.«

Emilie bedachte Antonia von Blohm mit einem knappen Blick.

»Setzen Sie sich doch zu mir. Um Ihretwillen habe ich Doktor Krienstein gebeten, mich beim Geheimen Regierungsrat einzuführen.«
»Ach?« Fontane registrierte sofort, dass sie nur von sich gesprochen hatte, nicht jedoch von ihrem Begleiter. »Was verschafft uns diese Ehre?«
»Sie waren es schließlich«, Antonia Schwartz von Blohm zog rasch ein steif gebügeltes Taschentuch aus ihrem Pompadour und betupfte sich die trockenen Augen, »der meinen armen Mann gefunden hat.«
Arm ist gut, dachte Fontane. Dann bemerkte er die Stille. Alle Gespräche im Salon waren verstummt, und obgleich er mit dem Rücken zu den übrigen Anwesenden stand, spürte er ihre Blicke.
»Bitte!« Antonia deutete auf einen Sessel neben sich. Fontane setzte sich. Emilie flüchtete zu Marie von Wangenheim.
»Sie irren sich, gnädige Frau«, sagte Fontane. Die Gäste hatten ihre Unterhaltungen wieder aufgenommen, sprachen jedoch mit gedämpften Stimmen.
»Inwieweit irre ich mich?«, wollte Antonia Schwartz von Blohm wissen.
»Ich habe Ihren Mann nicht gefunden. Das war Krage, der Jagdpächter des Grafen von Zieten. Der Graf begab sich daraufhin in den Wald und ich begleitete ihn.«
»Warum?«
»Mich wird wohl eine *déformation professionelle* geleitet haben: Neugierde.«
»Ah, ja.« Antonia Schwartz von Blohm nickte. Sie war nicht an den Berufskrankheiten eines Schriftstellers interessiert und kehrte zu ihrem ursprünglichen Thema zurück. »Man sagte mir, dass Sie meinen Mann von früher kannten?«

»Allerdings. Wir haben eine Zeit lang gemeinsam bei der Centralpressestelle der preußischen Regierung gearbeitet. Lange vor seinem kometenhaften Aufstieg in der Baubranche.« Fontane warf rasch einen Blick auf den Leutnant Gensfleisch. Der hatte seine steife Haltung keinen Millimeter verändert und folgte dem Gespräch mit teilnahmsloser Miene.
»Und welchen Eindruck hatten sie von ihm?«
»Eindruck? Damals, bei der Pressestelle?«
»Nein, als sie ihn im Wald … vorfanden?«
»Tja.« Fontane wusste nicht, worauf sie hinauswollte. »Er war tot. Erschossen.«
»Das meine ich nicht …« Die Witwe fuhr sich über die Augen. »Mein Vater wollte nicht, dass ich ihn noch einmal sehe. Und nach zwei Tagen haben wir ihn dann zu Grabe getragen. Ich konnte mich nicht einmal von ihm verabschieden.«
»So schnell?«, entfuhr es Fontane.
Ihre Augen verengten sich blitzartig, doch nur für einen kaum wahrnehmbaren Moment. »Mein Vater hat sich um alles gekümmert«, sagte sie. »Ich konnte es nicht.«
Fontane schaute sich im Salon um.
»Ich glaube, gnädige Frau, das hier ist nicht die richtige Umgebung, um Ihre Frage zu beantworten. Und ich bin nicht sicher, ob ich sie überhaupt beantworten kann.«
»Sie haben recht. Besuchen Sie mich doch an einem der nächsten Tage zum Tee in unserem Haus in Westend. Wir nehmen ihn immer um siebzehn Uhr. Und Ihre reizende Gattin ist selbstredend auch eingeladen.«
Antonia Schwartz von Blohm erhob sich. Sie nickte knapp in Richtung des Hausherrn und verließ mit dem Leutnant den Salon.

Stille trat ein. Marie von Wangenheim bat zu Tisch. Während des Essens versuchte Fontane, eine Unterhaltung mit dem Anwalt Krienstein, der neben ihm saß, anzuknüpfen; Wangenheim hatte in seinem Billett eine kapitale Pleite angekündigt, und Fontane hätte zu gern gewusst, was damit gemeint war, wagte aber nicht, sein Ziel direkt anzusteuern. Krienstein war jedoch völlig unbefangen.

»Seit der Gründung der BEFABAG habe ich alle Rechtsgeschäfte für Schwartz abgewickelt und ich verkehrte auch in seinem Hause«, erklärte er. »Da lag es nahe, dass mich Frau von Blohm nach dem überraschenden Ableben ihres Mannes mit der Verwaltung beauftragte. Ich habe mir die Bücher angeschaut – und war wie vor den Kopf geschlagen.«

»Das heißt, der Erfolg war auf Sand gebaut?«

»Im wahrsten Sinne des Wortes. Ich weiß nicht, ob Sie davon gehört haben, dass Schwartz plante, ein riesiges Gelände nördlich der Invalidenstraße zu bebauen? Ein ebenso phantastisches wie unsinniges Projekt. Stellen Sie sich vor, wenn all die vielen Bau- und Terraingesellschaften jeden ihrer Pläne verwirklichen würden, hätte Berlin Wohnraum für neun Millionen Menschen! Die BEFABAG musste aber erst einmal die Grundstücke erwerben, und sie tat es mit Krediten. Die Preußische Boden-Credit Actienbank gehörte zu den größten Geldgebern, und als es dort im Gebälk zu knirschen begann, forderte sie ihre Darlehen zurück. Was das bedeutete, muss ich Ihnen nicht erklären.«

»Es drohte die Pleite«, stellte Fontane fest. Krienstein nickte.

»Und wann hat Schwartz geahnt, was ihm bevorsteht?«

»Wahrscheinlich bereits Ende August, spätestens jedoch Mitte September.«

»Jetzt hast du endlich dein Motiv für Schwartzens Selbstmord«, sagte Emilie auf dem Heimweg, der sie ein Stück am Landwehrkanal entlangführte. Der Himmel hatte aufgeklart und in dem schwarzen Wasser spiegelten sich der Mond und die Gaslichter. »Erfolg, Macht, Reichtum – alles dahin.«
»Warum dann aber das seltsame Verhalten seiner Frau? Was will sie wirklich von mir wissen?«
»Ja, das interessiert mich auch.« Emilie hakte sich bei ihrem Mann unter. »Du warst ja sehr kurz angebunden. Worüber habt ihr denn gesprochen?«
»Sie hat sich erkundigt, in welchem Zustand wir ihren Mann im Wald gefunden haben.«
»Das kann sie sich doch denken. Ein Mann, der sich in den Kopf schießt!«
Sie hatten die Potsdamer Brücke erreicht und bogen in die Potsdamer Straße ein.
»Ich glaube, dass sie eigentlich etwas anderes in Erfahrung bringen wollte. Doch was? Und welche Rolle spielt dieser Leutnant, der den ganzen Abend kein Wort gesagt hat? Und dann diese verdächtige Eile, mit der Schwartz unter die Erde gebracht wurde. Meine Fragen haben sich nur vermehrt.«
»Théodore!« Der Vorwurf in Emilies Stimme war unüberhörbar. »Du bekommst ein glasklares Motiv geliefert, und doch zweifelst du noch. Grüble lieber über deine Arbeit nach.«
»Die Witwe hat uns übrigens zum Tee eingeladen.« Fontane ließ seine Worte so nebensächlich wie möglich klingen. Emilie blieb sofort stehen und musterte ihn im gelben Licht einer Gaslaterne.

»Du hast angenommen?«
»Jedenfalls nicht abgelehnt«, gab Fontane zu.
»Wir gehen nicht«, sagte Emilie mit großer Entschiedenheit. »Sie mag eine Freifrau sein oder meinetwegen die Kaiserin persönlich – so benimmt man sich einfach nicht. Das grenzt doch schon an einen Skandal.«
»Was vergeben wir uns denn? Außerdem liebst du doch herrschaftliche Häuser. Wir können uns anschauen, wie so ein Millionär gelebt hat.«
»Nein. Ich will, dass wieder Ruhe in unser Leben einkehrt. Diese unselige Angelegenheit gehört vergessen.«
»Wir werden noch häufiger an sie erinnert werden.« Fontane sperrte die Haustür auf. »Denn eines scheint mir sicherer denn je: Berlin steuert auf eine Katastrophe zu.«

Drei Tage später erfuhr die Stadt vom Untergang der BEFABAG. Der Blätterwald geriet in stürmische Bewegung; es wurden immer neue Spekulationen laut, welches Unternehmen es wohl als Nächstes treffen würde, und in diesem Zusammenhang wurde der Freitod des großen, offensichtlich aber gescheiterten Entrepreneurs Schwartz erneut aufgewärmt. Fontane konnte die Angelegenheit nicht vergessen, selbst wenn er es gewollt hätte.
Vor allem gingen ihm Antonia Schwartz von Blohm und ihr Leutnant nicht aus dem Kopf. Es wäre schließlich nicht das erste und sicher nicht das letzte Mal, dass eine Frau mit Hilfe eines Liebhabers den Ehemann beseitigte. Sicher, der Leutnant würde nicht selbst Hand angelegt und sich auch nie mit einem Komplizen durch ärmliche Kleidung getarnt haben, aber die beiden auf Gnewikow aufgetauchten Männer konnte gedungen sein. Antonia hatte den Parvenü

Schwartz vermutlich nicht minder verachtet wie ihr Vater, und da ihr Mann den Zustand seiner Firma verschleiert hatte, hatte sie vielleicht auf eine ansehnliche Erbschaft gehofft.

Fontane musste mehr über Gensfleisch in Erfahrung bringen, und dabei konnte ihm der Geheimrat von Wangenheim behilflich sein, der sich auskannte in den Adelskreisen der Hauptstadt. Statt an seinen Texten zu feilen, schrieb Fontane ihm einen Brief. Zwei Tage später rief eine Depesche ihn in die Königin-Augusta-Straße.

Von Wangenheim empfing seinen Freund im Arbeitszimmer. Er saß an seinem Roentgen-Schreibtisch, einem ehrwürdigen Möbel mit kostbaren Intarsien, der mit Akten überhäuft war. Sein Privatsekretär reichte ihm gerade weitere Papiere, die er entgegennahm, um den Schreiber dann hinauszubitten. Fontane bot er einen Platz an.

»Hoffentlich begeben wir beide uns nicht auf zu dünnes Eis«, sagte von Wangenheim. »Ich habe die einschlägigen Veröffentlichungen studiert und mich im Ministerium wie auch in meinem Club umgehört. Antonia Schwarz von Blohm hat nicht den besten Ruf. Man munkelt, dass sie ihren Gatten bereits kurz nach der Hochzeit mit jungen Verehrern herausgefordert hat. Sie wollte ihm wohl zeigen, dass er ihr nichts bedeutet. Der Leumund des Grafen Gensfleisch ist nicht eben untadelig. Er entstammt einem ostpreußischen Junkergeschlecht und hat daher einen ererbten Sitz im Preußischen Herrenhaus, in dem er sich auch gern zeigt; man hat aber in den Sitzungen nie ein Wort aus seinem Mund vernommen. Seine Militärkarriere ist offenbar an seinen horrenden Schulden gescheitert. Jetzt lebt er wohl von Luft und Liebe.«

»Wenn unsere Offiziere sonst nichts können«, sagte Fontane, »Schulden machen können sie.«
Er musste dabei an die Brandbriefe seines ältesten Sohnes George denken, mit denen der seine Eltern um Geld bat, und seufzte.
»Nun ja. Der Leutnant hat jedenfalls nicht viel mehr als seinen Dünkel. Davon besitzt er einen erklecklichen Überschuss.«
»Und das Gut der Gensfleischs?«
»Sie wissen doch, wie die ostpreußischen Junker wirtschaften. Mit Methoden des Mittelalters. Die wissenschaftliche Landwirtschaft halten sie für Teufelszeug.«
»Solche Landwirte gibt es auch in der Mark. Ich erinnere an den Major von Blohm ...«
»Habe ich Ihnen helfen können?« Von Wangenheim deutete auf seinen Schreibtisch. »Sie sehen selbst. Und alles pressiert.«
Fontane erhob sich.
»Verbindlichsten Dank, Exzellenz«, sagte er mit einem Kopfnicken, das auch eine Verbeugung sein konnte. Nur selten sprach er den Geheimrat mit seinem Titel an.
»Stets zu Diensten. Und halten Sie mich unterrichtet.«

Fontane hatte das Gefühl, nun nicht mehr zurückzukönnen. Er würde nach Westend fahren, auch ohne seine Frau, die er mit Krankheit entschuldigen konnte. Zu seiner größten Überraschung war Emilie nun aber doch bereit, ihn zu begleiten.
»Warum soll ich mir nicht ansehen, welche Reichtümer man mit Lug und Trug anhäufen kann? Vielleicht lässt sich dabei etwas lernen.«

»Gib doch zu, dass dich das Haus reizt. Es ist vermutlich gigantisch wie alles, was Schwartz gebaut und verloren hat.«
»Ich nehme es als Ausflug«, sagte Emilie und öffnete eine ihrer Hutschachteln. »Wir kommen am Charlottenburger Knie vorbei, da kann ich die Villa meines Jugendfreundes Bleichröder von ferne in Augenschein nehmen.«
»Du willst am Knie vorbeifahren? Heißt das, wir nehmen die Pferdestraßenbahn?«
»Das wird allemal billiger als eine Droschke. Ich bin mit dir schon Dampfschiff, Eisenbahn und Omnibus gefahren, aber noch nie mit der Straßenbahn. Es wird Zeit für eine Premiere, sonst halten mich die Kinder für hoffnungslos altmodisch.«
Fontane nickte. Das Pferdebahnwesen steckte in Berlin noch in den Kinderschuhen. Im Jahre 1865 war die erste Linie zwischen dem Brandenburger Tor und dem Charlottenburger Luisenplatz eröffnet worden, die man in den folgenden Jahren auf der Berliner Seite bis Kupfergraben und in Charlottenburg bis Westend verlängert hatte. Im Juli 1873 dann war eine neue Linie in Betrieb genommen worden, die vom Rosenthaler Tor zum Gesundbrunnen führte. Emilie gedachte die Westend-Linie zu nehmen. Während Fontane noch in seinen besten Gehrock schlüpfte, stand Emilie bereits in ihrer Visitentoilette an der Tür.
»Vergiss deinen Shawl nicht«, sagte sie, dabei hielt er ihn längst in der Hand.
Sie schlenderten zum Potsdamer Platz und folgten von dort dem Verlauf der ehemaligen, gegen den Widerstand des Kriegsministeriums abgerissenen Akzisemauer, bis sie das Brandenburger Tor erreichten. Kaum ein Wölkchen zeigte

sich am Himmel, es war wieder wärmer geworden. An der Haltestelle gesellten sie sich zu einer Reihe von Wartenden.

»Sie verzeihen, mein Herr«, wandte sich Emilie an einen Mann mit Zylinder und Vogelgesicht, der einen zusammengerollten *Börsenkurier* unterm Arm trug, »wann kommt die Bahn?«

»Alle zehn Minuten«, erwiderte er ungnädig. In diesem Augenblick fuhr sie aber bereits durch das Brandenburger Tor und ein paar Männer sprangen an der Haltestelle von der Plattform. Fontane und Emilie ließen allen Wartenden den Vortritt und fanden trotzdem eine Sitzbank für sich allein. Fontane überließ seiner Frau den Fensterplatz. Der Wagen ruckte an, der uniformierte Kondukteur durchschritt ihn mit der Würde des Chefs eines Einmannpostamtes auf dem Lande und kassierte das Fahrgeld.

Zuerst ging es durch den Großen Tiergarten. Kurz nach der Charlottenburger Brücke machte die zum Schloss führende Chaussee einen auffälligen Knick – das Knie – und Emilie schaute sich die Augen aus. Die Gegend war noch verhältnismäßig wenig bebaut, aber welches der Häuser hier nun dem Bankier Bleichröder gehörte, konnte sie nicht wissen. Sie musste sich eines aussuchen und deutete auf eine Villa im römischen Stil.

»Die passt zu Gerson«, meinte sie.

Die Villa im Westend jedenfalls entsprach eindeutig einem Aufsteiger wie Schwartz. Der Architekt hatte sie nach einer Baustilfibel komponiert: Es gab gotische Türmchen und Wimperge, der Renaissance nachempfundene Nischen mit antikischen Figuren, eine barocke Dachbekrönung und – Fachwerk.

»Entsetzlich«, stöhnte Fontane, bevor er seine Taschenuhr konsultierte. Sie zeigte zehn Minuten vor fünf.
Ein Dienstmädchen in einem Kleid, das man in ärmeren Kreisen vermutlich als Abendgarderobe für einen Opernbesuch angesehen hätte, öffnete ihnen und führte sie in ein Antichambre, in dem man eine Kompanie Feldhusaren hätte unterbringen können, wäre es nicht mit Möbeln, Teppichen, Portieren, Plastiken und Gemälden dermaßen vollgestopft gewesen, dass es einem den Atem nahm. Der Zweck dieses Vorzimmers war klar, es sollte Eindruck machen, und der Herr des Hauses hatte zeigen wollen, was er sich leisten konnte, nämlich alles.
Kaum hatten sie auf Bitten des Dienstmädchens Platz genommen, mussten sie sich wieder erheben, denn die Witwe betrat den Raum. Es war eine völlig andere Frau als sie sie bei den Wangenheims kennengelernt hatten; ihr Gesicht war verschwollen, die Augen gerötet. Trotz der enormen Parfümwolke, die Antonia Schwartz von Blohm verströmte, glaubte Fontane einen leichten Zwiebelgeruch wahrzunehmen.
»Bitte, bitte, setzen Sie sich wieder«, sagte sie mit tränenerstickter Stimme. »Oh, ist es nicht schrecklich? Mein verstorbener Mann – ein Bankrotteur?«
»Ja, das ist …«, begann Fontane, aber sie ließ ihn nicht ausreden.
»Man hat nichts davon geahnt. Dass es so um ihn … um uns steht. Von Geschäften hat er mit mir ja nie gesprochen, sondern immer nur mit all diesen Commerzienräten, die hier ständig verkehrten. O mein Gott, wir sind ruiniert! Ich werde verkaufen und mich dann für den Rest meines Lebens in ein bescheidenes Damenstift zurückziehen müssen.«

Die Tür ging auf und der Eintretende strafte sie sofort Lügen: Der Leutnant a. D. Gensfleisch trat ins Zimmer. Dass er in dem Haus dermaßen freimütig verkehrte, zeigte zweifellos, dass er Antonias Liebhaber war, und Liebhaber nahm man nicht mit in Damenstifte.
Der Leutnant verbeugte sich mit gewohnter Knappheit vor den Gästen, murmelte etwas, das »Angenehm!« ebenso bedeuten konnte wie »Ach, herrje!«, dann setzte er sich kerzengerade in einen Stuhl mit vergoldeten Armlehnen, aber von namenlosem Stil. Fontane fragte sich, warum die Witwe ihren Galan eigentlich aller Welt vor Augen führte. Was wollte sie mit dieser Offenheit beweisen? Dass sie keinen Grund für ein schlechtes Gewissen hatte?
»Der Tee kommt augenblicklich«, sagte Antonia. »Man bringt Ihnen auch dänisches Gebäck. Ich bekomme im Moment keinen Bissen hinunter.«
»Hochverehrte gnädige Frau«, begann Fontane, »ich bedaure unendlich, dass Sie in kurzer Zeit zwei so schwere Schicksalsschläge haben erdulden müssen. Sie hatten mich allerdings um ein Gespräch über Ihren Mann und die Umstände gebeten, unter denen er seinerzeit … im Wald bei Wustrau …«
»Oh, ja, natürlich. Bitte verzeihen Sie, dass ich mich vor Ihnen und Ihrer geschätzten Gattin habe gehen lassen.«
»Aber selbstverständlich. Ich wüsste nur zu gern, was Sie, gnädige Frau, dazu bewog, mir eine derartige Frage zu stellen? Ich möchte Ihnen ungern beschreiben, welcher Anblick sich uns am Tatort bot.«
»Mein Vater sagte mir, Sie hätten an jenem Morgen in Wustrau, als Sie mit ihm sprachen, gewisse Andeutungen gemacht.«

Emilie schaute rasch zu Fontane.
»Andeutungen?«, fragte er.
Der Leutnant blickte missbilligend drein.
»Welche Art von Andeutungen?«, wollte Fontane wissen.
»Dass etwas am Selbstmord meines Gatten merkwürdig gewesen sei.«
Obwohl Fontane sich an das Gespräch mit dem Major nicht mehr in allen Einzelheiten erinnerte, war er sicher, nicht von Merkwürdigkeiten gesprochen zu haben. Im Gegenteil, von Blohm war es gewesen, der zwar keine direkten Zweifel, aber doch sein völliges Unverständnis geäußert hatte.
»An jenem Tag, als Ihr Mann starb, waren doch zwei unbekannte Männer am Tor von Gut Gnewikow?«, sagte Fontane. »Sie ergingen sich mit Ihrem Mann gerade im Park, als die Männer auftauchten und den Freiherrn zu sprechen wünschten. Es geradezu forderten. Haben Sie die Männer gesehen?«
Sie blickte ihm sonderbar starr in die Augen. »Nein. Ich blieb ihm Park zurück. Es war ja nicht mehr viel Zeit bis zur Soirée. Übrigens, der Pfarrer Bosmichel spielte ganz ausgezeichnet Chopin.«
»Haben Sie eine Ahnung davon, warum Ihr Gatte von sich aus das Gespräch mit diesen Männern suchte? Und nicht nur das, er holte sogar die Jagdpistole Ihres Herrn Vater aus dem Salon und folgte ihnen.«
»Offen gestanden, ist mir das bis heute ein Rätsel geblieben. Meinem Vater ebenso. Es ist unerklärlich.«
»Es muss aber eine Erklärung geben.«
Die Witwe sah Fontane in die Augen. »Nur haben wir keine«, sagte sie. Das Dienstmädchen brachte Tee und Gebäck. Erst nachdem es die Tür wieder hinter sich geschlossen

hatte, fuhr Fontane fort: »Warum haben Sie sich an mich gewandt? Und nicht an den Grafen von Zieten?«
»Wie ich sagte, mein Vater meinte, Sie hätte da etwas angedeutet ... Aber ich sehe jetzt, dass es ein Missverständnis gewesen sein muss.«
»Ist das Ihr einziger Grund?«
»Nein.« Antonia von Blohm brachte nun sogar ein fast liebenswürdiges Lächeln zustande. »Auch weil Sie Schriftsteller sind. Ich verstehe nichts von Ihrem Beruf, aber ich nehme doch an, dass man als Schriftsteller ein guter Beobachter sein muss.«
»Haben Sie denn Anlass für die Vermutung, Ihr Mann könnte nicht aus freien Stücken aus dem Leben geschieden sein?«
»Eigentlich nicht. Außer natürlich dem Umstand, dass vorher nicht das Geringste dafür sprach, er könnte so etwas tun. Er war nicht anders als sonst. Aber nun nehmen Sie doch Ihren Tee!«
Fontane beugte sich vor und ergriff das Tässchen aus chinesischem Porzellan.
»Wie war er denn?«
Antonia Schwartz von Blohms Züge wurden hart. »Unausstehlich«, sagte sie.
Fontane hätte beinahe den Tee verschüttet.
»Verehrter Herr Fontane«, sagte die Freifrau, nachdem er seine Verblüffung überwunden hatte. Ihre Stimme war jetzt kühl und fest. »Sie kennen den Grafen von Zieten, Sie verkehren als Freund im Hause Wangenheim, dort treffen Sie mit Damen und Herren des Adels zusammen, machen Sie mir also nicht vor, dass Sie nicht wüssten, was man sowohl in Berlin als auch im Kreis Ruppin über unsere sogenannte

Ehe getuschelt hat. Und bestimmt nicht nur getuschelt, man hat sich die Münder zerfetzt. Sie können fast jedes Wort für bare Münze nehmen. Ich habe Schwartz auf Bitten meines Vaters geheiratet, und diese Bitten waren eher Befehle. Man sagt, es ging ums Geld, nicht wahr? Glauben Sie mir, es ging um sehr viel Geld. Mein Vater hat mich sozusagen verkauft.« Ein Ausdruck von Bitterkeit hatte sich in Antonias Miene geschlichen. »Nun, ich bin eine Tochter aus gutem Hause. Eine höhere Tochter gehorcht und widerspricht nicht den väterlichen Plänen. Ich kannte meine Pflichten, schließlich wurden sie mir lange genug eingebläut.« Sie schwieg.

»Sie sprechen sehr offen«, bemerkte Fontane nicht ohne einen Funken Bewunderung.

»Über Dinge, die Sie längst wissen. Sie können es im *Manuel des dames* wie in jedem beliebigen Ratgeber und Leitfaden für Frauen und Töchter der besseren Gesellschaft nachlesen: Pflicht, Gehorsam, Gehorsam, Pflicht. Sie haben sicher *Le Comte de Monte-Cristo* gelesen? Im Vergleich mit einer adligen Familie herrschten im Inselgefängnis Château d'If paradiesische Zustände.«

Der Leutnant räusperte sich. Antonia schaute ihn ärgerlich an. Gensfleisch schloss kurz die Augen und starrte dann wieder ins Leere.

Antonia Schwartz von Blohm hatte Fontane das Stichwort für eine heikle Frage gegeben, und er zögerte, ob er es wagen durfte, sie zu stellen. Ihre unerwartete Offenheit vermochte sein Misstrauen nicht zu besiegen, er vermutete eine Absicht dahinter. Schließlich rang er sich durch, alle Vorsicht aufzugeben, auch auf die Gefahr hin, sofort des Hauses verwiesen zu werden.

»Sie sind aber gelegentlich ausgebrochen aus Ihrem Château d'If, gnädige Frau?«

»Wie meinen?« Antonias Augen wurden schmal. Fontane blickte ganz kurz zu Gensfleisch. Sie verstand sofort. »Ach, das! Sie ahnen sicher, aus welchem Grund Schwartz mich geheiratet hat?« Diese Frage stellte sie Emilie, und Fontane sah zu seinem Erstaunen, dass seine Frau nickte. Antonia fuhr, wieder an Fontane gewandt, fort: »Wie viele reich gewordene Bürgerliche wollte er seine Carrière mit einem Adelsprädikat krönen, denn dann erst konnte er sich wirklich als Teil der besseren Gesellschaft fühlen. Aber die Gesellschaft lehnte ihn ab. Geldadel und Blutadel, das sind nun einmal zwei verschiedene Paar Schuhe. Und er machte mich dafür verantwortlich, dass wir keine Einladungen in die Familien von Welt bekamen. Dass es an seiner Herkunft lag, wollte er nicht wahrhaben. Schon während unserer Verlobungszeit wurde ihm bewusst, dass er aufs falsche Pferd gesetzt hatte.« Antonia von Blohm lächelte kurz, wurde aber rasch wieder ernst. »Also begann er sofort nach der Hochzeit, mich mit Affären zu düpieren. Und natürlich bandelte er mit Frauen aus den niedersten Schichten an, was mich am meisten treffen musste: mit unseren Hausmädchen.«

»Nein!«, rief Emilie, schlug aber sogleich die Hand vor den Mund. Der Leutnant zuckte nicht mit der Wimper.

»O ja. Das erste entließ ich selbst schon nach einer Woche, das zweite jagte er selbst aus dem Haus, weil es schwanger geworden war. Auch das dritte erlebte, wie der Volksmund sagt, das Malheur – nehme ich an, denn auch sie warf er hinaus.«

»Wann ist es passiert?«, fragte Fontane.

»Aber das wissen Sie doch.«
»Nein, ich meine ... das mit den Dienstmädchen?«
Antonia von Blohm überlegte. »Die Letzte, Martha Tassel, dürfte er Ende August entlassen haben.«
»Und Sie rächten sich an Ihrem Mann?«, fragte Fontane nach einigem Zaudern und blickte dabei auf seine Hände. »Mit eigenen Aventuren?«
»Bitte?« Natürlich hatte sie genau verstanden. Man hörte ein Rascheln von Seide, und als Fontane wieder aufsah, stand sie bereits. »Ich danke für Ihren Besuch«, sagte sie. »Pardon, aber ich habe plötzliches Kopfweh. Der Graf wird so freundlich sein, Sie hinauszubegleiten. Guten Tag!«

»Eine unglückliche Frau«, sagte Emilie auf dem Weg zur Pferdebahn. »Ich habe fast Mitleid mit ihr bekommen. Und ich bin froh, dass ich nicht so leben muss. Lieber weniger Brot als solche Seelennot.«
»Emilie, du reimst ja!«
Er setzte den Weg fort, um nach wenigen Schritten erneut innezuhalten. »Die Freifrau und ihr Galan haben Schwartz auf dem Gewissen. Sie haben natürlich den Schuss nicht selbst abgefeuert. Das ist unmöglich, denn Antonia war schließlich bei der Soirée. Sie können die Mörder aber beauftragt haben. Das niedergetretene Gras bei der Wildschweinsuhle ... Schwartz war nicht allein dort!«
»Thédore, kommst du von dieser *idée fixe* denn nie los? Sie wäre uns doch nicht mit dieser Offenheit begegnet, wenn ...«
Fontane fiel ihr ins Wort. »Das ist es ja gerade. Eine Zeit lang hat sie mich auch verblüfft. Aber dahinter steckt eine Absicht. Man kann einen Menschen mit der Nase auf eine

Sache stoßen, nur um ihn von eben dieser Sache abzulenken.«
»Das ist mir zu hoch.«
»Sie hat bewirkt, was sie bewirken wollte: Dass wir beide denken, wer dermaßen ehrlich ist, kann nicht getan haben, was man üblicherweise verbirgt.«
»Ja …«, sagte Emilie gedehnt. »Ja, jetzt verstehe ich.«
Für eine Weile setzten sie ihren Weg schweigend fort, jeder mit seinen Überlegungen beschäftigt. Emilie sprach ihren Gedanken schließlich aus: »Am meisten bedaure ich diese Dienstmädchen. Fast alle kommen ja vom Lande und hoffen auf ein besseres Leben. Eine Anstellung in einem vornehmen Haus erscheint ihnen das Erstrebenswerteste – besser als die Schufterei als Näherin oder was einem solchen Mädchen sonst noch übrig bleibt. Und dann geraten sie an einen Herrn wie Schwartz, sind in Umständen, werden entlassen … Wie oft kommt so was wohl vor? Sie brechen mit großen Erwartungen auf und am Ende steht das Elend.«
»Ja, das ist furchtbar«, sagte Fontane, nicht ganz bei der Sache. Die Pferdebahn kam um eine Ecke gebogen und er vergaß beinahe das Winken.
»Aber das letzte Mädchen, diese Martha Tassel, schwanger kann sie nicht gewesen sein.«
»Wie?« Fontane gab dem Kutscher das Zeichen zum Anhalten.
»Andere Umstände waren nicht der Grund, warum Schwartz sie aus dem Haus jagte.«
»Woher willst du das wissen?«
»Es ist nicht möglich.«
Das Ehepaar Fontane bestieg die Bahn. Sie war fast leer.
»Überleg doch einmal: Anfang Juli haben Schwartz und

Antonia geheiratet. Nach einer Woche musste das erste Mädchen auf ihre Veranlassung hin gehen. Sagen wir Mitte Juli. Nehmen wir an, das zweite Mädchen hat wirklich das Malheur erlebt, aber davon kann sie frühestens Anfang September gewusst und es Schwartz gesagt haben – warum auch immer. Vielleicht wollte sie Geld.«
Das wollte zumindest der Kondukteur.
»Du bist eine exzellente Buchhalterin«, sagte Fontane anerkennend. »Allerdings gibt es eine Einschränkung: In einem solchen Hause arbeitet nicht nur ein Mädchen. Schwartz kann zwei Affären gleichzeitig gehabt haben, und dann kam es kurz hintereinander eben zu zwei … Missgeschicken.«
»Missgeschick!« Emilie runzelte die Brauen. »In diesen Dingen habt ihr Männer ein großes Talent, aus Dramen eine Anekdote zu machen.«
»Verzeih, Emilie, aber Malheur ist auch kein besseres Wort … Und im Übrigen: Rechnen kann auch die Freifrau.«
»Sie hat keine Kinder. Wer weiß, was sie von ihrer Mutter über die sogenannten ehelichen Pflichten überhaupt erfahren hat.«
»Sogenannt?«
»Théodore, nun lass mich ausreden! Es könnte doch sein, dass Antonia gar nicht weiß, dass wir eine Schwangerschaft erst Wochen nach … Himmel, was rede ich! In der Pferdebahn!« Sie beugte sich nahe zu ihrem Mann und senkte die Stimme zu einem Flüstern. Eine Strähne hatte sich aus ihrem Haargesteck gelöst und kitzelte Fontanes Wange. »Erst nach Wochen bemerkt eine Frau an gewissen Dingen … am Ausbleiben gewisser Dinge … die neue Gegebenheit Ihres Leibes.« Sie atmete aus. Fontane war ein wenig rot gewor-

den. Es gab eben Materia, von der man zwar wusste, über die jedoch niemals gesprochen wurde.
»Ich werde mir deine Worte zu Herzen nehmen«, sagte er und wechselte rasch den Gegenstand des Gespräches. »Wie fandest du eigentlich die Villa?«

Als sie vom Potsdamer Platz zum Landwehrkanal gingen, warf Fontane einen eher zufälligen Blick hinüber zur *Frederichsschen Speisewirtschaft*, die sich eines äußerst regen Zuspruchs unter der gehobenen Berliner Bürgerschaft erfreute. Seitdem die Fontanes vor einem Jahr in die Potsdamer Straße gezogen waren, lebten sie in unmittelbarer Nachbarschaft dieser Wirtschaft, die sie aber nur selten aufsuchten. Sie war die Stammlokalität Adolph Menzels; nach einem anstrengenden Tag im Atelier pflegte der von Fontane bewunderte Maler hier die einzige Mahlzeit des Tages einzunehmen, ein in der Regel ausgiebiges Abendessen. Er fand dort stets einen eigens für ihn gedeckten Tisch am Fenster vor, der für alle anderen Gäste tabu war. Niemand wagte es, das Gebot der Unberührbarkeit zu verletzen.
»Schau, Emilie!« Fontane wies über die Straße, denn er hatte Menzel am Fenster entdeckt. »Rubens speist.«
Menzel winkte. Fontane schaute fragend zu Emilie.
»Ich bin müde«, sagte sie.
»Aber du kennst ihn doch. Bis an mein Ende wird er mir vorhalten, dass ich eine Einladung an seinen heiligen Tisch abgelehnt habe.«
»Er hat gewinkt, Théodore! Woher weißt du, dass dies nicht nur ein Gruß ist?«
»Weil er nie winkt, höchstens dem Garçon. Und ihm winkt man nicht wie einem Kellner, sondern wie dem Kaiser.«

»Weil du es bist, Théodore.« Emilie gab sich geschlagen. Ihr gegenüber war der chronisch missmutige Maler, der fürchterlich unter seiner Kleinwüchsigkeit litt und als Misanthrop galt, stets galant – er mochte sie, wenn er denn überhaupt Menschen gern haben konnte, weil sie den Namen seiner Lieblingsschwester trug.

Fontane und Emilie betraten die Speisewirtschaft und steuerten geradewegs den Tisch des Meisters an. Sofort trat ihnen ein Ober in den Weg, ein junges Bürschchen, das sie herausfordernd anblickte. Die Berliner Kellner waren Fontane ohnehin ein Gräuel, aber dies schien ein besonders unsympathisches Exemplar zu sein.

»Dorthin dürfen Sie nicht«, sagte er in einem Ton, als hätte ihm Fontane wie ein Hausierer Schnürsenkel offeriert.

»Doch, sie dürfen!«, bellte Menzel. Der Kellner zuckte zusammen, die anderen Gäste senkten die Köpfe.

»Ja, also dann … darf ich Sie … ich geleite …«, stammelte das Bürschchen.

»Nicht nötig«, sagte Fontane generös. »Der Weg scheint nicht allzu schwer zu finden.«

»Madame Fontane!« Zur Überraschung des gesamten Lokals hatte Menzel sich erhoben, was er wegen seines Wuchses nur höchst ungern tat (er reichte Emilie bis zum Busen), und küsste ihr die Hand. »Und Freund Lafontaine! Bitte, sich zu setzen!«

Das Ehepaar Fontane folgte der Aufforderung. Menzels Tisch war über und über mit Skizzen bedeckt, zwischen denen der Teller mit der Suppe kaum Platz fand. Der Löffel lag unbenutzt daneben. Sofort griff Menzel jetzt nach dem Skizzenblock und begann ein rasches Porträt von Emilie.

»Was macht die Kunst, Lafontaine?«, wollte er wissen.

»Sie geht nach dem Brot.«
»Tja, leider. Man wünscht sich, das Brot würde öfter nach der Kunst gehen. Es ist doch so viel Geld im Umlauf, wenn auch faules, schmutziges, blutiges Geld.«
»Und bei Ihnen, Rubens?«
»Wie gehabt. Ich sitze an meinem *Walzwerk*. Manchmal fürchte ich, den letzten Pinselstrich werde ich im Grab machen.« Soweit ihm möglich, richtete er sich auf. »Garçon!«, rief er. Das Bürschchen kam schnellstens herbei.
»Frage meine Gäste, ob sie einen Wunsch haben«, herrschte der Maler ihn an.
Sofort wurde das Gesicht des jungen Mannes zinnoberrot.
»Aber ich dachte, Herr Professor ...«
»Wirst du fürs Denken bezahlt? Oder fürs Bedienen?«
»Fürs Bedienen, Herr Professor«, hauchte der Garçon.
»Also?« Menzel schaute durch seine Nickelbrille zuerst zu Emilie, dann zu Fontane.
Emilie schüttelte den Kopf. Fontane nahm ein Glas Roten.
Wie ein geprügelter Hund lief der Kellner zum Wirt.
»Es liegt so ein Geruch in der Luft ...« Menzel radierte eine Rückenansicht des Obers. Fontane wusste, dass er zeichnete, wann er nur konnte, und diese Beschäftigung Exerzieren nannte. »Nach Fäulnis und Verwesung ... Zusammenbrüche allerorten ... Wenn mein Bild fertig ist, gibt es vielleicht gar keine Walzwerke mehr.« Er lachte kurz und wütend auf, warf die Skizze zu den anderen und fragte unvermittelt: »Wie war Ihr Sommer, Lafontaine? In der Sommerfrische gewesen und Balladen gedrechselt? Der *Archibald Douglas* ist immer noch meine liebste.«
»Wir waren zuerst in Thüringen und später im Ruppinschen«, erwiderte Fontane. Dann begann er, von den Er-

eignissen in Wustrau zu berichten. Adolph Menzel porträtierte den Suppenteller und hörte ihm aufmerksam zu.
»Ist wohl nicht unbedingt schade um diesen Herrn Schwartz«, sagte er, nachdem Fontane geendet hatte, und machte sich an die Skizze einer Dame an einem der Nebentische.
Fontane hatte plötzlich einen Einfall.
»Von den zwei Männern, die Schwartz in Gnewikow aufsuchten, müsste man eine Zeichnung haben«, sagte er.
»Wozu? Wollen Sie damit Ihre Wand schmücken?«
»Nein, nein – aber dann hätte man wenigstens ein Bild, nach dem man sie suchen könnte.«
»Théodore!«, sagte Emilie warnend.
»Nach dem *Walzwerk* können Sie die beiden auch in Öl haben«, sagte Menzel und kniff die Augen zusammen. »Ich muss Sie allerdings darauf hinweisen, Lafontaine, dass meine Honoraransprüche gewachsen sind.«
»An Sie wage ich nicht zu denken«, sagte Fontane. »Aber vielleicht August von Heyden?«
»Mhm«, knurrte Menzel.
Der verschüchterte Kellner brachte das Glas Rotwein, Fontane bemerkte es kaum. »Professor Pfannschmidt?«
»Karl Gottfried? Der malt Ihnen Ihre Ganoven mit Heiligenschein.«
»Gustav Richter, das ist doch ein angesehener Porträtist.«
»Verraten Sie mir doch bitte einmal, wie ein Porträtmaler ohne Modell malen soll.«
»Ich dachte mir, vielleicht nach den Beschreibungen des Majors … nein, besser des Bediensteten, Franz heißt er wohl …«
»Théodore!« Emilies Ton wurde schärfer. »Was sind das für …?«

»Ein Porträt nicht nach der Natur, sondern allein nach Beschreibungen?« Menzel fuhr sich durch den Backenbart. »Très intéressant. Für die Akademie wahrscheinlich ein Coup d'État, aber umso besser. Wo, sagten Sie?«
»Gnewikow. Am Ruppiner See.«
»Ich bin Ihr Mann, Lafontaine.« Adolph Menzel schob all seine Skizzen zusammen und legte sie in eine Mappe. »Wann reisen wir?«

Siebentes Kapitel

16. Oktober 1873

Fontane hatte an den Major von Blohm und an den Grafen von Zieten-Schwerin telegrafiert und den einen um Gehör, den anderen um Quartier gebeten. Zu seiner großen Überraschung traf ein Antworttelegramm des Majors noch vor dem des Grafen ein, dabei hatte Fontane kaum damit gerechnet, dass von Blohm reagieren würde.

Bin großer Verehrer des Menzel, hatte der Gutsherr schreiben lassen. *Vor allem Bilder vom Großen König. Ist willkommen. Frhr. F. J. A. von Blohm, Major a. D.*

Dass Blohm »ist« und nicht »sind« telegrafierte, gab Fontane zwar einen leichten Stich, aber was hatte er anderes erwartet? Vielleicht sollte er dem erfolglosen Landwirt seinen *Archibald Douglas* vortragen, damit dieser endlich wusste, mit wem er es zu tun hatte?
Er überwand diesen kleinen Anfall von Eitelkeit, weil es an der Tür läutete. Ein Postbote brachte das Telegramm des Grafen, in dem von Zieten schrieb, dass er sich freue, zwei so große Männer auf Gut Wustrau begrüßen zu dürfen.
Seitdem der Beschluss zu der Reise gefasst war, hatte sich Emilie verändert. Sie war wortkarg geworden und verzich-

tete auf Vorwürfe. Fontane vermochte ihre Stimmung nicht recht zu deuten. War sie ihm gram, weil er seine Finger nicht, wie von Aschinger geraten, von der Sache ließ? Störte es sie, dass er ohne sie auf Reisen ging? Das konnte eigentlich nicht sein, denn oft genug verbrachten sie lange Sommerfrischen getrennt voneinander. Doktor Kletke hatte einen Wechsel geschickt, Geld war also da. Vermutlich betrübt es sie, dass ich einen Teil davon sofort wieder ausgeben werde, dachte Fontane, anstatt ihn in den Sparstrumpf zu stecken. Auf die Bank konnte man Geld im Moment nicht bringen.

Am Morgen des Aufbruchs wurde Fontane von Menzel vor dem *Ruppiner Hof* erwartet. Die Sonne war gerade aufgegangen, aber der Maler exerzierte bereits. Er zeichnete den Pferde-Omnibus, den Kutscher, dem das überhaupt nicht gefiel, und den Jungen, der das Gepäck verstaute; der fühlte sich geschmeichelt.

»Guten Morgen, Rubens!«, grüßte Fontane.

»Lafontaine«, grummelte Menzel. »Der Bengel hält nicht still!«

Major von Blohm empfing sie in einem Raum in der ersten Etage des Herrenhauses, dessen Fenster nach dem Park gingen. Er selbst bezeichnete ihn sicher als Arbeitszimmer oder Bibliothek, Fontane kam er eher wie ein Kuriositätenkabinett vor. Eine Wand wurde vollständig von verglasten Bücherschränken eingenommen, in denen die in rotes und grünes Maroquin gebundenen Bände angetreten waren wie Rekruten zum Zählappell. An der Wand gegenüber hingen die Jagdtrophäen des Freiherrn, Wildschweinköpfe sowie Reh- und Hirschgeweihe, darunter so mancher Zehnender. Auf einem niedrigen Regal darunter standen ausgestopfte Vögel wie Milane, Rebhühner und ein Fasan zwischen einem Fuchs und einem Luchs. Die dritte Wand wurde von Waffen eingenommen, von altertümlichen Steinschlossgewehren, von Jagd- und Militärpistolen, von Säbeln, Degen – und einem Henkersschwert. Als litte der Major unter einem *horror vacui*, wimmelte es in den wenigen Zwischenräumen zwischen den Ausstellungstücken von Stichen, Aquarellen mit märkischen Landschaften und Porträts von streng blickenden Offizieren und bleichsüchtigen Frauen, vielleicht die Ahnengalerie. Der Gutsherr selbst hatte sich an einen Ehrfurcht gebietenden Schreibtisch gesetzt, und als er sich erhob, wurde Fontane gewahr, dass er Menzel auf diese Begegnung besser hätte vorbereiten müssen; die Begrüßung der beiden glich einem Treffen zwischen Goliath und David. Für eine Schrecksekunde war Menzel aus der Fassung gebracht. Er war es zwar gewöhnt, zu allen aufblicken zu müssen, aber doch nicht so.

»Große Ehre«, murmelte von Blohm. »Bewundere …«

»Sehr freundlich, Freiherr«, erwiderte Menzel mit erstaunlicher Nonchalance.

»Auch Sie«, wandte sich der Major an Fontane.

»Auch ich?«

»Gern gesehen«, sagte von Blohm. »Bitte, sich zu platzieren.« Er deutete auf einen runden Tisch mit fünf Stühlen. »Kleine Tafelrunde«, sagte er in Anspielung auf ein Gemälde Menzels, dabei war überhaupt nicht gedeckt.

Menzel wollte schon den Skizzenblock aus seinem Reisesack nehmen, überlegte es sich aber anders und setzte sich. Fontane folgte seinem Beispiel, während der Major die Tür öffnete und nach Tee rief. Dann kam auch er an den Tisch.

»Verstehe nicht ganz den Anlass Ihres Besuches.«

»Es geht um die Männer, die Schwartz am Tag seines Todes am Tor abgeholt haben«, erklärte Fontane. »Herr Menzel würde, wenn der gnädige Herr gestatten, gern einige Zeichnungen von diesen beiden Prolétaires anfertigen. Nach Ihren Beschreibungen und natürlich nach den Beschreibungen Ihres Dieners. Franz?«
Der Major nickte. »Aber warum?«
»Wir erhoffen uns, ihnen mit diesen Zeichnungen auf die Spur zu kommen.«
»Ich begreife den Zweck nicht. Warum wollen Sie ihnen auf die Spur kommen? Schwartz ist tot und begraben. Im Übrigen frage ich mich, was Sie das überhaupt angeht?« Der Major hatte zu alter Form zurückgefunden, sein Ton war schärfer geworden.
Ein Dienstmädchen brachte Tee und Gebäck.
»Sie haben keinen Zweifel daran, dass Schwartz sich selbst gerichtet hat?«
»Ich? Warum sollte ich?«
»Sie haben gegenüber Ihrer Tochter behauptet, ich hätte bei unserer Begegnung auf dem Wustrauer Kirchhof gesagt, mir käme einiges am Tatort seltsam vor. Dergleichen habe ich aber nie von mir gegeben. Haben Sie nicht mich vorgeschoben, um Ihre eigenen Bedenken zu äußern?«
»Wie? Also nein … das ist … Niemals habe ich gegenüber Antonia dergleichen geäußert.«
Fontane schaute irritiert zu Menzel, der sich nun doch den Block vorgenommen und auf seine Knie gelegt hatte, um den Major zu porträtieren.
»Sie haben nicht?«, fragte Fontane.
»Nein. Und jetzt liegt doch ohnehin alles offen. Das große Unternehmen meines verstorbenen Schwiegersohns ist kei-

nen Pfifferling mehr wert.« Von Blohm lächelte schmerzlich. »Vielleicht haben ihm die beiden Subjekte eine so schlechte Nachricht überbracht, dass er gar nicht anders konnte, als sich eine Kugel in den Kopf zu jagen. Er wäre weder der Erste noch der Einzige.« Major von Blohm stand abrupt auf. »Aber tun Sie nur, was Sie nicht lassen können. Ich werde Franz befehlen, Ihnen behilflich zu sein. Denn ich kann es nicht, schließlich habe ich die Männer nur flüchtig und aus der Ferne gesehen.«

Es wurde eine außerordentlich schwierige Geburt, nicht etwa, weil der Diener kein guter Augenzeuge gewesen wäre, sondern weil es ihm an der Fähigkeit mangelte, seine Beobachtungen in Worte zu fassen. Fontane schwitzte Blut und Wasser, denn er wusste, wie schnell Menzel die Geduld verlor; nicht vor der Leinwand, aber gegenüber Menschen. So wurde der Maler denn auch immer mürrischer, aber schließlich fanden seine Skizzen doch Anerkennung.

»Genau so, gnädiger Herr«, sagte Franz. »Vor allem der hier.« Er tippte auf jene Zeichnung, die einen vielleicht zwei- oder dreiundzwanzigjährigen Mann mit einer breiten Nase, weit in die Stirn reichenden Locken und mit auffallend großen Ohren darstellte.

»Sind Sie also mit mir zufrieden, Franz?«, wollte Menzel wissen. Der Ton seiner Frage ließ Fontane sofort aufhorchen. Wenn der Diener noch die kleinste Änderung verlangte, wäre es um ihn geschehen.

»Sie sind ein Meister, gnädiger Herr.«

»Hm«, knurrte Menzel nur, aber ihm war anzusehen, dass ihm das Kompliment nicht gleichgültig war.

»Nur bei dem ...« Franz zeigte auf Zeichnung Numero zwei. Der dort Abgebildete schien nur geringfügig älter als sein Kompagnon zu sein. Sein Haar war glatt und lang, es bedeckte Ohren und Nacken.

»Was?«, fuhr Menzel auf.

»Die Nase. Sie war zwar so lang, wie vom gnädigen Herrn gemalt …«

»Gezeichnet!«

»… wie vom gnädigen Herrn gezeichnet, aber sie war … schiefer.« Franz verneigte sich. »Als hätte er einmal einen Faustschlag erhalten.«

»Sie sind anspruchsvoller als S. M.«, schimpfte Menzel, machte sich aber sofort an die Korrektur.

Franz blickte ihn verwirrt an. »Als wer?«

»Seine Majestät.«

»Großartig«, rief Franz jetzt. »Wie nach dem Leben!«

Menzels Groll war auf einen Schlag besänftigt.

»Endlich zufrieden?«

»Ausgezeichnet«, sagte Franz.

Nachdem ihm gemeldet worden war, dass man mit der Arbeit an den Bildern fertig war, hatte sich Major von Blohm aus seinem Kabinett in den Salon begeben, um seine Gäste zu verabschieden. Über dem Kamin hing wieder die schöne antike Jagdwaffe.

»Respekt, Freiherr, Ihr Diener verfügt über ein phänomenales Gedächtnis«, sagte Fontane. Er legte ihm die Bilder vor. Der Major nickte.

»Möglich. Aber ich sagte schon, dass ich sie kaum sehen konnte!«

Fontane fiel blitzartig noch etwas ein.

»Wie war übrigens die Beerdigung?«

»Wie soll sie schon gewesen sein? Waren Sie noch nie bei einer dabei?«

»Doch, selbstverständlich.«
»Es hat mich einiges an Überredungskunst gekostet, dass Schwartz überhaupt auf dem Kirchhof beigesetzt werden konnte. Sie wissen schon, ein Selbstmörder und so weiter und so weiter. Was Gott gegeben hat, etc. pp. Und als ich den Pfarrer so weit hatte, wollte er meinen Schwiegersohn, der ja trotz allem ein von Blohm ist, in die hinterste Ecke verbannen, zu den Kindergräbern. Da habe ich ihm aber den Marsch gegeigt!«
Der Major war unerwartet redselig geworden, Fontane kannte diesen seltsamen Wechsel von Abwehr und plötzlichem Wortschwall bereits. »Denn wer ist der Patronatsherr des Gnewikower Sprengels? Gott oder ich?« Ein selbstgefälliges Lächeln spielte um seinen Mund.
»Wurde noch eine Leichenschau durchgeführt?«
Das Lächeln erstarb. »Eine Leichenschau?«
»Doktor Kölling hätte sich den unbekleideten Leichnam vielleicht noch einmal ansehen sollen.«
»Was hätte er denn finden können? Teufelsmale?« Von Blohm wurde immer gereizter. »Einen Hinkefuß? Oder nur einen nackten Mann in reiferem Alter mit einer unappetitlichen Kopfwunde? Die hat er ja wohl in dieser Suhle schon gesehen.«
»Und der Amtsgerichtsrat?«
»Frölich? Von einer Leichenschau war bei ihm nicht die Rede.«
Fontane blickte kurz zu Menzel, der bereits seine Utensilien eingepackt und den Reisesack verschnürt hatte, atmete einmal tief aus und fragte dann: »Er war also einverstanden, dass Sie Ihren Schwiegersohn so rasch unter die Erde bringen?«

Das Gesicht des Majors lief rot an. »Rasch?«
»Nach zwei Tagen.«
»Es hatte alles seine Ordnung.« Major Freiherr von Blohm wies zur Tür. »Gehaben Sie sich wohl, meine Herren!«

Graf Albert Julius von Zieten-Schwerin empfing Fontane und Menzel mit der ihm eigenen Liebeswürdigkeit. Die Gattin des Grafen, die Baronesse von Derschau, eine zierliche und schöne Frau von Mitte dreißig, war längst aus Kurland zurück und begrüßte die Gäste ebenfalls. Vor ihr verbeugte sich Menzel sogar, was nicht der Komik entbehrte, sah es doch aus, als mache ein vor der Zeit gealtertes Kind einen Diener. Lächelnd nahm Constance von Zieten die Honneurs entgegen.
Wie nicht anders zu erwarten, hatte der Graf einen Imbiss vorbereiten lassen und bat in den Salon. Dort wartete bereits Landrat Loewe, der sich sofort erhob.
»Es ist mir eine Ehre«, sagte er zu Menzel. »Guten Abend, Herr Fontane!«
Man setzte sich. Fontane nahm neben dem Grafen Platz.
»Den Amtsgerichtsrat haben Sie nicht ...?«
»Mein lieber Fontane.« Von Zieten schmunzelte. »Mir ist nicht entgangen, dass er nicht Ihre Sympathie erringen konnte. Sie übrigens auch nicht die seine. Er hält Sie für zu wenig patriotisch.«
»Das dürfen Sie sich aber nicht zu Herzen nehmen«, sagte Loewe. »Ich fürchte, er vermutet auch in mir einen verkappten Sozialdemokraten, weil ich mich jüngst für die Hebung des Arbeiterwohlstands eingesetzt habe.«
»Dabei«, sagte die Frau des Hauses, »ist unser Landrat monarchistischer als der Kaiser.«

»Monarchie und Arbeiterwohlstand schließen sich keineswegs aus«, ereiferte sich Loewe.

»Ich bitte Sie, wir wollen an diesem Abend nicht politisieren.«

Der Graf wandte sich an Fontane. »Spannen Sie uns nicht länger auf die Folter, berichten Sie!«

Das tat Fontane, nur unterbrochen durch das Auftragen der Suppe.

Nachdem er geendet hatte, wollte man die Zeichnungen sehen. Der Maler zierte sich zunächst und murmelte, sie seien noch nicht vollkommen, schließlich aber rückte er sie doch heraus. Fontane reichte sie dem Grafen, dieser gab sie an seine Frau weiter, dann erhielt sie der Landrat.

»Wahrhafte Verbrecherphysiognomien«, meinte der.

»Finden Sie?« Constance von Zieten warf noch einmal einen Blick auf die Blätter. »Ich für meinen Teil denke, die Burschen sehen zwar gewöhnlich aus, aber doch nicht anders als unsere Tagelöhner. Etwas Verbrecherisches kann ich nicht entdecken.«

»Bekannt sind mir die beiden jedenfalls nicht«, sagte der Graf und schaute seine Frau an. Sie schüttelte den Kopf.

»Mir auch nicht«, sagte Loewe.

Von Zieten-Schwerin läutete. Wenige Augenblicke später betrat ein Mann den Salon, der nicht viel älter als der Graf sein konnte. Sein Gesicht ähnelte dem des Knaben Johannes, offenkundig war es sein Vater, der von der Grippe genesene Kammerdiener. Er trug einfach geschnittene Hosen, ein weißes Chemisett und eine Weste, hatte sich auch eine Schleife umgebunden, aber damit hatte sich die Eleganz.

»Rufe Krage!«, verlangte der Graf.

»Zu Befehl, gnädiger Herr!«

Nachdem der Diener den Salon verlassen hatte, räusperte sich Fontane und sah ein wenig verlegen den Hausherrn und seine Gattin an.
»Was ich Sie gern fragen würde ...«, begann er und verstummte.
»Nur zu, fragen Sie.«
»Die Eheschließung von Antonia von Blohm und Friedrich Georg Schwartz war doch sicher ein Ereignis hier in der Gegend«, sagte Fontane. »Warum ... warum waren Sie nicht dabei?«
Der Graf lachte. »Ach, Sie vermuten, dass der Major und ich uns nicht grün sind? Tja, da muss ich Ihnen den Wind aus den Segeln nehmen. Meine Frau hielt sich bereits in Autzenbach auf, und ich haben mir im Norden ein Grundstück angesehen. In Janow bei Anklam. Es ist noch nicht spruchreif, aber ich beabsichtige, dort zu bauen. Wäre es anders gewesen, hätte ich die Hochzeitsfeierlichkeiten besucht – aus Pflichtgefühl, nicht aus innerer Anteilnahme.«
Am Poltern der Stiefel auf der Treppe war zu erkennen, dass sich Krage näherte.
»Der Herr Graf haben mich rufen lassen?«, fragte er und nickte in die Runde.
Von Zieten nahm die Zeichnungen vom Tisch und reichte sie ihm. »Sie kennen doch rund um den See Hinz und Kunz. Erkennen Sie einen dieser Männer oder gar beide?«
Der Jagdpächter studierte die Porträts ausgiebig. Kopfschüttelnd gab er sie zurück.
»Bedaure sehr«, sagte er.
Der Graf strich sich nachdenklich über das Kinn, dann sah er zu Menzel. »Ich erlaube mir, einen Vorschlag zu machen«, sagte er. »Mein Jagdpächter kommt in der Gegend

viel herum. Hochgeschätzter Meister, wenn er den Bauern und Fischern zwischen Gnewikow und Wustrau diese Ihre Werke zeigen könnte …«

Menzel unterbrach den Grafen mit barschen Worten: »Ich kopiere mich nicht selbst.«

»Das ehrt Sie. Aber bedenken Sie doch den Zweck.«

»Kunst kennt keine Zwecke!«

»Mein bester Menzel«, mischte sich nun die Gräfin ein. Verglichen mit dem Klang ihrer Stimme war Honig eine bittere Speise. »Mein Mann möchte ja auch keine Kopie, sondern … ein zweites Original.«

Menzel lächelte. Und gab sich geschlagen.

»Gnädige Frau«, sagte er, »Sie verstehen die Seele des Künstlers. Handwerker arbeiten in Serie, aber doch der Künstler nicht. Ein zweites Original hingegen? Bitte schön!«

»Verbindlichsten Dank«, erwiderte Constance von Zieten, und der Graf entließ seinen Pächter.

Bevor sich Fontane und Menzel von Gnewikow nach Wustrau auf den Weg gemacht hatten, waren sie noch auf dem Kirchhof gewesen. Schwartz hatte seine letzte Ruhestätte neben dem Familienbegräbnis derer von Blohm gefunden, sein offenbar eilig angefertigter Stein war eher schlicht, eine rechteckige Tafel mit einem Kreuz als Krönung. Menzel hatte ihn mehrfach gezeichnet, Fontane hatte sich die Aufschrift notiert:

Hier ruht in Frieden der ehrenwerte Bau-Entrepreneur und treusorgende Gatte Geh. Commerzienrath Freiherr Friedrich Georg Schwartz, geb. 24. November 1816 zu Buch, gest. 26. September 1873 zu Gnewikow. R.I.P.

Die Erinnerung an diesen Stein bewog Fontane zu einer weiteren Frage.
»Mich lässt eines nicht los«, bekannte er. »Warum nur wurde Schwartz so schnell unter die Erde gebracht?«
»Das wissen wir nicht«, sagte der Graf. »Oder Sie, Loewe?«
»Wissen nicht, ich kann es nur vermuten. Vielleicht: aus den Augen, aus dem Sinn?«
»Aber uns ist allen klar, dass das ein frommer, nein, eher ein unfrommer Wunsch bleiben muss«, erwiderte Fontane. »Wenn der Major das Grab seiner Frau, Antonia das ihrer Mutter besucht oder die Gräber anderer Mitglieder der Familie – jedes Mal sehen sie den Stein von Schwartz. Es muss irgendeine Spur am Körper des Toten gegeben haben, die sie verbergen wollten.«
»Aber Fontane!« Der Graf wirkte perplex. »Das hieße ja, dass der alte Blohm in irgendeiner Weise in diese unselige Sache verwickelt ist. Das kann ich mir nicht vorstellen. Er mag ein verschrobener Mensch sein, aber er würde nie eine ungesetzliche Handlung begehen. In dieser Hinsicht möchte ich fast meine Hand für ihn ins Feuer legen.«
»Wie auch immer, ohne Einverständnis des Gerichtsdirektors dürfte er seinen Schwiegersohn kaum beigesetzt haben.«
»Wenn es in seiner Macht stünde, Frölich hätte ihm sogar einen jüdischen Ritus gestattet«, erklärte Loewe verschnupft. »Er bildet sich viel darauf ein, zu den Abendgesellschaften auf Gnewikow eingeladen zu werden. Man kann ohne Übertreibung sagen, er zappelt an der Angel des Majors.«

Krage hatte sich erboten, Fontane nach Neuruppin zu kutschieren, da er ohnehin etwas in der Stadt zu erledigen hatte.

Daraufhin stellte der Graf seine Equipage zur Verfügung, und nach der Morgensuppe brachen sie auf.
Fontane hatte ein schlechtes Gewissen gegenüber Menzel, den er jedoch unmöglich mit zu Frölich nehmen konnte. Der Maler hatte erstaunlich sanftmütig auf diese Eröffnung reagiert und sich, mit Skizzenblock und Zeichenkohle bewaffnet, zum See aufgemacht. Als sich die Gräfin obendrein erbot, ihn zu begleiten, war er beinahe selig.
Der Pächter hatte Wustrau soeben verlassen und lenkte den Wagen gen Buskow, als Fontane nicht länger an sich halten konnte und ihn fragte: »Sagen Sie, Krage, was reden denn die Leute über Schwartzens Selbstmord?«
»Sie sagen, dass ihn der Teufel geholt hat.«
»Die Leute sind wohl sehr abergläubisch?«
Krage nickte.
»Sagen sie denn nichts anderes? Dass sich ein Mann wie Schwartz erschießt, muss doch die Runde gemacht haben.«
»Hat es auch. Der Landkreis Ruppin ist eine eher verschlafene Gegend, namentlich im Herbst und im Winter. Natürlich hat man tagelang von nichts anderem gesprochen; man kennt schließlich den Major und seine Tochter. Von Schwartz haben die Leute nur gehört, dass er durch Spekulationen unwahrscheinlich reich geworden ist. Man weiß nichts von der Börse und hat Angst vor den Banken. Aber dieses Wort – Spekulation – hat nun auch die letzte Fischerhütte erreicht.«
Der Kirchturm von Buskow begrüßte sie und wenig später hatten sie den Flecken erreicht. Die Equipage rumpelte über die Dorfstraße, und kaum dass sich Fontane hatte umschauen können, befanden sie sich bereits auf der Straße nach Treskow.

»Sie spekulieren sicher auch über die Beweggründe? Ich weiß doch, wie es ist, wenn ein Verbrechen geschieht, und sei es ein Selbstmord: Jeder hat seine Auffassung von der Sache.«
Der Jagdpächter warf Fontane einen Seitenblick zu, dann widmete er sich wieder dem Weg.
»Für die Menschen hier kam Schwartz aus einer anderen Welt«, sagte er. »Aus einer Großstadt, aus Berlin. Für sie ist das die Hölle. Keiner der Leute hier ist jemals in Berlin gewesen. Neuruppin, das genügt ihnen, größer müssen sie es nicht haben. Die Verhältnisse auf dem Lande sind immer noch patriarchalisch. Man nimmt Anteil am Leben der Gutsherren- und Patronatsfamilie. Ein strenger Herr wird geachtet, ein mildtätiger geliebt.«
»Und einer, der sowohl streng als auch mildtätig ist?«
»Ein Geschenk Gottes.« Die ersten Gehöfte von Treskow kamen in Sicht. »Was ich Ihnen sagen will: Wenn ein Angehöriger der Gutsbesitzerfamilie stirbt, trauert das ganze Dorf. Das Schicksal eines Mannes wie Schwartz ist den Leuten vollkommen gleichgültig. Er hat die Hölle gewählt, also darf er sich nicht wundern, wenn der Teufel ihm die Hand führt. Denn genauso denken die Leute: Bei dem Selbstmord hat der Teufel seine Hand geführt.«
»Keine Zweifel am Freitod?«
»Nein!« Krage zog erstaunt die Brauen hoch. »Haben Sie denn welche?«
Fontane zuckte mit den Schultern.

Landrat Loewe hatte Fontane mit den Gewohnheiten des Gerichtsdirektors vertraut gemacht, von denen dieser nie einen Deut abwich. Frölich lebte allein in einer Amtswohnung nahe beim Gericht, und für seine leiblichen Bedürfnisse sowie für Sauberkeit in den Räumen sorgte eine Haushälterin, die neun Jahre jünger war. Kaum hatte er sie eingestellt, hatte man in ganz Neuruppin begonnen, sich das Maul zu zerreißen, und obwohl die Frau ihm nun schon seit sieben Jahren den Haushalt führte, waren die Gerüchte nie verstummt. Fontane zweifelte nicht daran, dass sie auch Frölich zu Ohren gekommen waren, aber offenbar setzte er sich darüber hinweg.

Vor drei Jahren jedoch hatte es im Tagesablauf des Gerichtsrates eine Veränderung gegeben, die Neuruppin wochenlang beschäftigt hatte. Er erschien jetzt statt um zehn bereits um neun Uhr in seinem Bureau, um Akten durchzuarbeiten und sich auf seine Prozesse vorzubereiten, die er zum Ärger aller Beteiligten nunmehr auf zehn ansetzte. Bot das bereits Anlass zur Unruhe, wurde die Verwirrung noch größer, als Frölich jede Verhandlung exakt um elf Uhr dreißig unterbrach, um nach Hause zu gehen. Pünktlich um eins setzte er den Prozess fort.

Lange Zeit rätselte die Stadt, was der Amtsgerichtsrat in diesen anderthalb Stunden wohl treiben mochte, aber mehr als ein Schäferstündchen mit der Haushälterin brachte die kollektive Phantasie nicht zuwege.

»Die arme Frau konnte sich nirgendwo mehr blicken lassen«, hatte Loewe süffisant berichtet. »Schließlich hielt sie es nicht mehr aus und erklärte jedem, der es hören wollte, der Herr Rat nähme ein *déjeuner dînatoire*.«

»Aber auch wir nehmen jeden Tag ein zweites Frühstück zu uns, nachdem mein Mann von der Besichtigung des Gutes zurückgekehrt ist«, hatte die Gräfin verwundert eingeworfen.

»Man muss dazu wissen«, hatte der Landrat noch erklärt, »dass Frölichs Bruder, Jurist wie er, kurz vor der wundersamen Wandlung in den Gewohnheiten unseres Richters als Privatsekretär in den Dienst einer hochgestellten Persönlichkeit eingetreten ist. In dessen Hause pflegt man das zweite Frühstück pünktlich um elf Uhr dreißig einzunehmen. Verstehen Sie? Frölich, ewig unzufrieden mit seiner Position als Vorsitzender eines Provinzgerichts, wollte einfach ein wenig große Welt spielen. Seitdem jedenfalls gehört das *déjeuner dînatoire* zu seinem alltäglichen Repertoire.«
Bei diesem Gabelfrühstück nun hoffte Fontane den Gerichtsrat abzupassen.
Die Haushälterin, die ihm, in ein graues Hauskleid gekleidet, öffnete, wirkte auf ihn weder jung noch ansehnlich, und er musste sich, ob er wollte oder nicht, doch über die Phantasie der Neuruppiner wundern. Sie meldete ihn dem Herrn Gerichtsdirektor, und der war sogar bereit, ihn zu empfangen.
Frölich trug einen Hausrock, hatte sich vom Tisch erhoben und eilte auf *unseren Schriftsteller aus Berlin* zu.
»Willkommen, mein lieber Herr Fontane«, sagte er nicht ohne Überschwang. »Unser kleines Städtchen hat es Ihnen offensichtlich angetan. Nun, ich habe mich über Sie erkundigt. Ihr Herr Vater war ja ein sehr angesehener Apotheker in unserer Stadt.«
Fontane wäre es lieber gewesen, der Amtsgerichtsrat hätte seine Energien auf eine sorgfältige Untersuchung des Selbstmordes verwandt, als über ihn Erkundigungen einzuziehen. Auf das Ansehen des Vaters, der gern auf großem Fuß gelebt und hin und wieder viel Geld beim Spiel verloren hatte, zu sprechen zu kommen, war ihm gar nicht gelegen.

»Und Ihre Frau Mutter – eine höchst ehrenwerte Frau.« Frölich senkte den Blick, ein wenig zu theatralisch für Fontanes Geschmack. »Ihr Tod hat ... eine große Lücke hinterlassen.«

Diese Lücke klaffte nun seit vier Jahren, und Neuruppin stand immer noch.

»Bitte, setzen Sie sich!« Frölich deutete zum Tisch. »Ich habe das Déjeuner leider beendet, aber trinken Sie eine Tasse Kaffee mit mir?«

»Gern.« Fontane nahm Platz. Der Gerichtsrat höchstpersönlich holte eine zweite Tasse und schenkte ein. Fontane nutzte die Gelegenheit, sich im Zimmer umzusehen. Auf den ersten Blick wirkte es wie eine Miniaturausgabe des Raumes, in dem Menzel und Fontane am Vortag vom Major empfangen worden waren. Links gab es die verglasten Bücherregale, in denen die Bücher ebenso aufgereiht standen wie bei von Blohm. Frölichs Schreibtisch vor dem Fenster war um etliches kleiner und mit einem Aktenstapel bedeckt, die Waffensammlung an der gegenüberliegenden Wand bestand allein aus zwei gekreuzten Degen. Ein paar Porträts von Öl und zweifelhafter Provenienz zierten sie ebenso wie fünf Drucke mit Stadtansichten von Neuruppin. Sogar Jagdtrophäen hatte der Amtsgerichtsrat ausgestellt.

»Sie gehen auch auf die Pirsch?«, fragte Fontane.

»Selten, zu selten. Die Arbeit! Manchmal lädt mich der Freiherr von Blohm zu einer Jagd. Ich räume aber gern ein, dass meine Qualitäten als Schütze zu wünschen übrig lassen.«

»Und die Trophäen?«

Frölich nestelte verlegen an seinen Manschetten. »Gekauft.« Rasch wechselte er das Thema. »Und Sie, mein Bester? Was

werden Sie schreiben – über Neuruppin? Der große Friedrich hat ja seine Jugend … Ich bitte um Verzeihung, selbstverständlich wissen Sie das alles.«
Bedächtig beugte sich Fontane vor und griff nach der Kaffeetasse.
»Ich dachte mir«, sagte er, jedes Wort genau abwägend, »dass es meine Pflicht ist, Ihnen einen Besuch abzustatten, wenn ich hier weile.«
»Zu viel der Ehre«, sagte Frölich, obwohl er natürlich derselben Ansicht war.
»Außerdem möchte ich die Gelegenheit nutzen … Sie wissen ja, dass ich entfernt mit dem Freiherrn Schwartz von Blohm bekannt war … Sein tragischer Tod beschäftigt mich immer noch.«
»Tragisch«, wiederholte der Rat. In seinen Blick schlich sich ein leises Misstrauen.
»Ich möchte mich nach den Fortschritten Ihrer Enquête in Sachen Schwartz erkundigen.« Fontane betrachtete die Tasse in seiner Hand und führte sie vorsichtig zum Mund.
»Nach den Fortschritten … meiner Enquête?« Frölichs Stimme hatte jeglichen Elan verloren. »Nun ja … warum hätte es denn eine geben sollen?«
Fontane sah sein Gegenüber wieder an. Der Gerichtsrat war blass geworden.
»Also gab es keine?«
»Ich sah keine Notwendigkeit.« Frölich hüllte sich in Unnahbarkeit. »Und der Major teilte meine Ansicht.«
»War es nicht vielmehr so, dass Sie seine Ansicht teilten?«
»Ich muss Ihnen keine Auskunft geben.« Frölich stand auf, ging zum Schreibtisch und nahm dort hinter seinen Akten Platz, die ihn umgaben wie eine Schutzmauer. »Doch

weil Sie es sind, ein Freund des Grafen von Zieten, will ich es dennoch tun.« Die anfängliche Freundlichkeit war wie weggeblasen, und Frölichs engstehenden Augen musterten Fontane wie ein Insekt, das man am besten mit der Zeitung erschlägt.
»Major von Blohm und ich gelangten bei einem vertraulichen Gespräch zu ein und derselben Auffassung. Auch wenn wir die Motive nicht begriffen, lag doch deutlich auf der Hand, dass Schwartz sich selbst erschossen hat. Die Ereignisse haben uns im Nachhinein ja auch bestätigt. Der Mann war ein Pleitier.«
»Zum Zeitpunkt seines Todes wusste Schwartz nichts von dem bevorstehenden Bankrott«, sagte Fontane, haarscharf an der Wahrheit vorbei.
»Ich verstehe wenig von Handel und Gewerbe und am wenigsten von Wertpapieren«, entgegnete Frölich, »aber kommt ein Konkurs über Nacht? Wohl kaum. Es gibt immer Vorzeichen. Schwartz hat diese Vorzeichen erkannt und zu deuten vermocht.«
»Das habe ich nun schon mehrmals gehört«, sagte Fontane. »Das Geschehen *im Nachhinein* muss als Erklärung herhalten. Nun würde ich gern auch einmal etwas über das Vorausgehende erfahren.«
»Dafür bin ich der falsche Adressat. Warum erkundigen Sie sich nicht im Unternehmen des Herrn Schwartz? Falls man dort bereit ist«, Frölich verzog das Gesicht, »Ihnen Einblick in die Geschäftsgeheimnisse zu gewähren.«
Fontane schoss seinen nächsten Pfeil ab: »Und die beiden Männer?«
»Welche Männer?« Frölich wurde immer ungehaltener.
»Die Schwartz am Tor zum Gut Gnewikow …«

»Ach, die!« Der Amtsgerichtsrat winkte ab. »Ja, der Major hat mir von ihnen berichtet. Hausierer, Landstreicher …«

»Mit denen Schwartz mitgegangen ist? Bewaffnet?«

Frölich zog eine Taschenuhr aus der Weste, die er unter dem Hausrock trug. Sofort sprang er auf.

»Man erwartet mich im Gericht«, sagte er.

Auch Fontane zückte seine Uhr. »Sie haben noch eine halbe Stunde!«

»So?« Frölich war nun wirklich wütend.

»Wenn Sie mir erklären könnten, warum Schwartz den Hausierern, Landstreichern, Prolétaires – wie auch immer wir sie nennen wollen – gefolgt ist, wäre ich zufrieden und käme beim nächsten Besuch tatsächlich nur, um Ihnen meine Referenz zu erweisen.«

»Das klingt ja wie eine Drohung.«

»Ich würde mir nie erlauben …«

»Sie erlauben sich bereits eine ganze Menge«, sagte Frölich heftig. »Ich bin Gerichtsdirektor und kein Hausknecht, den Sie nach Belieben ausfragen können. Wenn ich entscheide, dass es keine Enquête gibt, dann gibt es keine. Bedarf es noch deutlicherer Worte, mein Herr?«

Fontane ließ sich nicht einschüchtern.

»Hat Major von Blohm darauf bestanden, dass keine Untersuchung durchgeführt wird? War es sein Verlangen, den wenig geschätzten Schwiegersohn so schnell wie möglich unter die Erde zu bringen?«

»Befolgen Sie einfach meinen Rat.« Der Amtsgerichtsrat straffte seinen Oberkörper. »Fragen Sie den Hausknecht.«

»An welchen denken Sie?«

»Ach, nehmen Sie irgendeinen. Fangen Sie am besten mit meiner Haushälterin an.« Frölich brach in Gelächter aus.

Der Lachanfall war so gewaltsam, dass er husten musste. Wenig später erschien die besorgte Aufwärterin. Sie kam zur rechten Zeit, denn zwischen Lachen und Husten erteilte der Gerichtsrat ihr den Befehl, dem geschätzten Gast seinen Hut zu bringen.

Achtes Kapitel

19. Oktober 1873

»Und diese schönen Porträts willst du nun also in Berlin und in der gesamten Mark herumzeigen lassen?«, fragte Emilie. Sie saßen einander im Berliner Zimmer gegenüber, Emilie mit einer Stickerei beschäftigt, auf dem Tisch stand eine Flasche Wein. Mit ihr hatte Fontane seinen Erfolg feiern wollen. Emilies Skepsis verwandelte seinen Triumph in Asche.

»Sie sind doch immerhin der Anfang eines Fadens«, sagte er.

»Hast du schon einmal versucht, ein völlig verwirrtes Knäuel vom Anfang eines Fadens her aufzudröseln?«

»Der Faden war ein Bild, Emilie. Eine Metapher.«

»Das Knäuel auch.«

Fontane schwieg. Ihn überkamen nun selbst Zweifel: Wem eigentlich wollte er Menzels Zeichnungen vorlegen? Aschinger natürlich, nur was sollte der mit ihnen anfangen? Fontane war überzeugt, dass die beiden gedungene Mörder waren und aus Berlin stammten. Der Kommissarius konnte aber unmöglich Schutzmänner mit den Zeichnungen ausstatten, und zwar schon deshalb nicht, weil es keine dritten oder vierten Originale geben würde noch überhaupt gab – per definitionem nicht.

»Was ist mit den Dienstmädchen?«, fragte Emilie.
»Dienstmädchen?«
»Die von Schwartz aus dem Haus gejagt wurden, angeblich wegen einer Malaise, in die er sie brachte und für die er sie dann verantwortlich machte? Ein solches Mädchen muss ihn doch hassen, und vielleicht sinnt es auch auf Rache.«
»Emilie, du hast selbst gesagt, dass diese Mädchen eher das Kind umbringen oder auch sich selbst, aber doch nicht den Herrn, der ihnen diesen Tort antat.«
»Aber wenn sie einen Freund haben? Einen jungen Mann, der gern Vater wäre, aber nicht der Vater eines solchen Kindes?«
Fontane nahm einen Schluck von dem Wein, bevor er entgegnete: »In den Unterschichten ist man, glaube ich, in dieser Hinsicht nicht so pingelig.«
»Ja, Théodore, wenn es die Frucht des Seitensprungs eines Mannes ist. Bei Frauen sieht das etwas anders aus.«
»Mit anderen Worten: Cherchez la femme?«
Emilie antwortete nicht.
»Aber die Frau haben wir schon gefunden«, erklärte Fontane voller Überzeugung. »Antonia Schwartz von Blohm.«
Emilie schwieg.
»Ich könnte natürlich mit den entlassenen Mädchen sprechen. Aber ich habe nicht einmal ihre Anschriften, und Antonia Schwartz sicher auch nicht. Warum sollte sie?«
»Aber du hast einen Bekannten bei der Polizei«, sagte Emilie. »Ein netter Mensch, er könnte getrost wieder einmal zum Essen kommen.«

»Menzel, sagen Sie? Adolph Menzel?« Kommissar Aschinger betrachtete die Zeichnungen und zuckte mit den Schultern. »Von dem es heißt, er klettere bei einem Hofball schon mal auf den Tisch, um einen besseren Überblick zu haben? Sie kennen ja bedeutende Leute!«

»Meinen Sie wegen des Kletterns?«

Aschinger lachte. »Geben Sie schon her. Ich frage mal bei den Kollegen nach.«

Mit Menzels Mappe bewaffnet, trat er aus seinem Bureau. Fontane musterte Wände und Schreibtisch, bis der Kommissar zurückkehrte.

»Fehlanzeige. Keiner kann sich an diese Visagen erinnern. Was nun nicht an der Zeichenkunst des verehrten Künstlers liegen muss ... A proposito, haben Sie denn wegen meiner Theaterkarte schon Erfolg gehabt?«

»Offen gestanden«, Fontane nahm die Zeichnungen wieder an sich, »hatte ich noch gar keine Gelegenheit, um ...«

»Schon gut.« Aschinger winkte ab. »Die Saison ist ja beinahe noch jungfräulich. Also, in welche Nesseln darf ich mich für Sie setzen?«

»Es geht da um zwei Dienstmädchen von Schwartz«, sagte Fontane.

Die Aufsicht über das Dienstbotenwesen oblag nicht der Kriminalpolizei, und so forderte Aschinger seinen Besucher auf, ihm zu folgen. Lange mussten sie labyrinthische Gänge entlanggehen und schmale Treppen hinauf- und hinabsteigen, um schließlich in einem gottvergessenen Winkel des Präsidiums zu landen.

Aschinger bedeutete ihm, vor einem Bureau zu warten, das er selbst ohne anzuklopfen betrat. Fontane setzte sich auf den einzigen Stuhl, der bereit stand, und schloss die Augen.

Mit einem Blick hatte er den Ort erfasst, es gab nichts zu sehen außer deprimierender Düsternis.
Der Kommissarius brauchte nicht lange. Er kehrte mit zwei Papieren zurück, die vor allem aus Stempeln zu bestehen schienen. Fontane schaute auf.
»Das erste Mädchen, Ernestine Kogler, brauchen Sie nicht aufzusuchen«, sagte Aschinger mit einer gewissen Härte in der Stimme, wahrscheinlich seine *déformation professionelle*. »Sie hat sich am 23. August ertränkt. Das zweite, Martha Tassel, lebt in der Spandauer Vorstadt. Aus polizeilicher Wahrnehmung kein gutes Quartier. Meine private Sicht widerspricht dem nicht.«

Kommissar Aschinger hatte zweifellos recht, die Spandauer Vorstadt war nicht die beste Gegend. Das Quartier zählte zwar zu den Arme-Leute-Vierteln, aber Armut war weder eine Schande, noch war sie zwangsläufig mit Schmutz und Verfall verbunden. Als Schüler der Gewerbeschule hatte Fontane in den Dreißigerjahren bei seinem Onkel August und Tante Pinchen Unterkunft gefunden und zeitweilig in einem Neubau in der Großen Hamburger Straße gewohnt, in einer hässlichen und gemeinen Mietskaserne. Er kannte das Viertel also, hatte es allerdings vor mehreren Jahrzehnten verlassen.
Vor dem Haus in der Gipsstraße, in dem Martha Tassel laut Polizeiakten wohnte, zögerte er. Ihm fiel ein Kinderspruch ein, der in Berlin weit verbreitet war: »Gips gibs in der Gipsstraße bei Frau Gips im Gipskeller. Gibs da kein Gips, gibs überhaupt kein Gips.« Wider besseres Wissen schaute er sich nach einem Gipskeller um. Statt seiner gab es hier eine kleine Wäscherei, einen Schuster, einen winzigen Lebens-

mittelladen mit der hochfahrenden Mauerinschrift *Alimentation* über dem einzigen Fenster sowie je zwei Bierkneipen an den Straßenenden. Unwillkürlich fühlte er sich in seine Jugendzeit zurückversetzt, doch ließ ihn das nicht sentimental werden, sondern er verspürte Unbehagen. Allein die Erinnerung an die vierjährige Lehrzeit in der Apotheke *Zum weißen Schwan* erfüllte ihn mit Abscheu, wenn er nur an die Gesinnung des Apothekers Wilhelm Rose dachte.
Schließlich betrat Fontane das Haus. Sofort schlug ihm ein Geruch von Bohnerwachs und Bohnensuppe entgegen. Die Treppenstufen glänzten und sahen gefährlich glatt aus. Fontane klammerte sich an das Geländer und stieg vorsichtig in die Beletage, wenn man denn in einem Haus wie diesem von einer solchen sprechen konnte. Sogleich wurde eine Tür aufgerissen und eine Frau sprang geradezu aus ihrer Wohnung, was sich weder mit ihrer Körperfülle noch mit ihrem Alter vertrug.
»Was?«, bellte sie mit der bekannten Höflichkeit des Berliners. Fontane hielt sie für die Hauswartsfrau oder eher noch für eine selbst ernannte Concierge. Als die Frau seine Kleidung bemerkte, stutzte sie, wurde aber kein Deut freundlicher, nur devoter. »Der Herr wünschen?«
»Von Ihnen nichts.«
»Ja, dann …« Diese Antwort hatte sie nicht erwartet, und sie wusste nicht, wie sie mit ihr umgehen sollte.
»Zu Martha Tassel.«
Die Frau kniff die Augen zusammen, als würde sie geblendet. »Herrenbesuch für die Tassel'sche? Sie?«
Fontane nutzte die Gunst des Augenblicks.
»Ist es denn so ungewöhnlich, dass Martha Tassel Herrenbesuch empfängt?«

»Nein, nein.« Die Frau trat näher und reckte den Kopf vor. Sie wurde nun vertraulich. »Sie hat ja einen … Freund.« Sie lachte spöttisch. »Was man so Freund nennt in diesen Kreisen.«
»Sprechen Sie von einem Luden?«
»Ich sage gar nichts.«
»Gut, dann schweigen Sie es mir ins Ohr.«
»Er ist ja ein stattlicher junger Mann«, flüsterte sie, und Fontane sah den Neid in ihren Augen aufschimmern, »aber auch ein armer Schlucker. Seine Jacke wird praktisch nur noch von Flicken und Stopfgarn zusammengehalten.«
Was will ich hier eigentlich?, fragte Fontane sich. Emilie hat mich auf dieses Geleise gebracht, das keine Spur ist, sondern an einem Prellbock enden wird.
Trotzdem fuhr er fort: »Ist die Martha denn schon lange mit diesem jungen Mann zusammen?«
»Warum wollen Sie das wissen? Sie sind von der …?«
Fontane winkte ab.
»Das darf ich Ihnen nicht sagen.«
»Oh! Hat sie also … hat er …? Nein, ich weiß schon, Sie dürfen nicht.« Jetzt wurde sie emsig. Bei solchen seltenen Gelegenheiten hatte der Untertanengeist doch etwas Belebendes. »Seit einem Jahr geht das nun schon.«
»Ist Ihnen bekannt, dass die Martha in einem herrschaftlichen Haus als Dienstmädchen gearbeitet hat?«
»Das konnte einem nicht entgehen, so hoch, wie sie die Nase trug. Ich denke, Ende Juli hat sie die Stellung angetreten. Ja, ja, Ende Juli.« Die Frau kratzte sich an der Nase. »Dann habe ich sie einen Monat nicht gesehen, schließlich lebt ein Dienstmädchen«, sie betonte das Wort, »im Haus der Herrschaft.«

»Und die Wohnung?«
»Da hausten dann ihr sogenannter Freund und noch so eine zwielichtige Person. Der Besitzer wird's gar nicht erfahren haben, den kriegen wir hier sowieso nie zu sehen. Und sein Verwalter kassiert bloß die Miete. Wer sie ihm in die Hand drückt, ist dem egal. Hier kann jeder Ganove einziehen und die Luft verpesten, der Verwalter denkt nur ans Geld.«
»Und Martha?«
»Ende August war sie wieder zurück. Komischerweise trug sie da die Nase noch höher.«
»Wie hat sie denn erklärt, dass sie wieder da ist?«, wollte Fontane wissen.
»Gar nicht. Sie spricht mit keinem. Aber die ganze Straße weiß es.« Sie grinste voller Häme. »Hat sich von ihrem Dienstherrn einen dicken Bauch machen lassen.«
»Und deshalb wurde sie wohl entlassen?«
»Von der Frau des Hauses, nehme ich an. Man sagt, das war eine Adlige, was ganz Hohes.«
»Aber wenn Martha entlassen wurde, wie erklären Sie sich, dass sie – mit Ihren Worten – die Nase höher trug?«
»Aber gnädiger Herr, das ist doch klar. Sie will von der Schande ablenken.«

»Ja?«, fragte jemand hinter der geschlossenen Wohnungstür. Von der selbst ernannten Concierge war er in den dritten Stock gewiesen worden und hatte dort an die linke Tür geklopft.
Fontane hatte sich weder einen Vorwand noch einen irgendwie einleuchtenden Grund für seinen Besuch überlegt; er fand einfach keinen. Daher versuchte er es mit der Wahrheit.
»Theodor Fontane«, sagte er.

»Wer?«
»Theodor Fontane.«
»Ich kenne Sie nicht.«
»Wenn Sie die Tür nicht öffnen, werden Sie mich auch nicht kennenlernen.«
Die ebenso banale wie bestechende Logik dieses Satzes zwang die Frau offenbar zum Nachdenken, sie schwieg. Fontane fasste sich in Geduld. Seine Geduld wurde belohnt, die Stimme meldete sich wieder.
»Was wollen Sie?«
»Mit Ihnen über Friedrich Georg Schwartz von Blohm reden.«
Schweigen. Fontane konnte sich vorstellen, wie es in Martha Tassel arbeitete.
»Darüber rede ich mit niemandem«, sagte sie schließlich.
»Aber Martha, Sie wissen doch gar nicht, warum ich mit Ihnen sprechen will. Sind Sie denn nicht neugierig?«
»Bin ich nicht«, log sie. »Warum wollen Sie mit mir sprechen?«
»Vielleicht hat es etwas mit Geld zu tun?«
Sesam öffnete sich.
Martha Tassel war ein schlankes, nicht sehr großes Mädchen mit flachsgelbem Haar und einem Grübchen am Kinn. Ihr Gesicht wirkte frisch, so als würde sie nicht in einer Mietskaserne zwischen anderen Mietskasernen leben, sondern auf einem Bauernhof. Als sie Fontane in der Tür stehen sah, prallte sie erschrocken zurück.
»So ein feiner Herr«, murmelte sie, »so ein feiner Herr aber auch. Zu mir?«
Fontane trat näher. Die Wohnung war, jedenfalls auf den ersten Blick, ziemlich klein. Es gab keine Diele, man betrat

sofort die Stube. Das Zimmerchen war nicht nur behaglich, es war sogar adrett eingerichtet und sehr sauber. Vor den winzigen Fenstern hingen gemusterte Musselinvorhänge, Topfpflanzen standen auf dem Fensterbrett. Die geblümte Tapete war weder rissig noch verschossen, lange konnte sie noch nicht an den Wänden kleben. Ein paar Bildchen, eines mit dem Kaiser in vollem Wichs, ein großer Spiegel mit geschnitztem Rahmen, ein Gekreuzigter und ein gesticktes Spruchband, das zu bienenfleißiger Arbeit bis zum Tod anhielt, vervollständigten das Ambiente. Die Chaiselongue, der Sessel, Anrichte und Vertiko waren zwar eher bescheiden, aber sie bewiesen den Wunsch nach bürgerlicher Beschaulichkeit. Jede nur denkbare freie Fläche wurde unter geklöppelten Deckchen verborgen, und auf den gescheuerten Dielen lag ein farbenfroher, schon ein wenig abgetretener Teppich. Ein solches Meublement hätte Fontane bei einem kleinen Buchhalter erwartet, nicht aber bei einem gefeuerten Dienstmädchen. Martha Tassel war gewiss nicht wohlhabend, aber sie war auch nicht arm.

»Welches Geld?«, fragte sie, nachdem sie sich gefasst hatte.

»Sie bieten mir doch einen Platz an, Fräulein Tassel?«

»Aber ja, ja, gnädiger Herr! Darf ich bitten?« Sie deutete auf den Sessel. Fontane setzte sich. Auf dem Tisch, der sich zwischen Sessel und Chaiselongue befand, stand eine Schale aus Steingut, gefüllt mit Gerstenbonbons für einen Sechser.

Fontane betrachtete die junge, durchaus hübsche Frau. Von einem Bauch war nichts zu sehen.

»Wie geht es Ihnen?«

»Gut, gut. Warum auch nicht?« Sie begab sich zur Chaiselongue, blieb aber erst einmal neben ihr stehen.

»Weil Sie doch in Umständen sind …«

Martha Tassel schwankte ein wenig, sie wurde rot, dann blass.
»Woher ...?«
Fontane entschied sich für einen Frontalangriff.
»Meine liebe Freundin, die Freifrau Antonia von Blohm, hat es mir erzählt.«
»Die ... Freifrau?«, hauchte Martha.
»Eben die. Ihr schweres Schicksal dauert sie, und es ist ihr eine Herzenssache, Ihnen zu helfen«, erklärte Fontane mit einer raumgreifenden Geste, vielleicht um anzudeuten, dass Antonia daran dachte, ihr einen Palast zu schenken. Zugleich musste er sich für seine Lüge schämen.
Martha Tassel setzte sich.
»Helfen?«, fragte sie und machte große Augen. »Die Freifrau? Mir?«
»Ja, da ihr Mann doch nun tot ist. Sie möchte seine ...«, Fontane suchte nach dem angemessenen Wort, »... seine Verfehlungen wieder gutmachen. Denn er hat doch gefehlt, nicht wahr?«
Die junge Frau fuhr verlegen mit dem rechten Zeigefinger über den Bezug der Chaiselongue.
»Ja«, sagte sie leise.
Fontane hielt den Zeitpunkt für gekommen, vertraulich zu werden.
»Und Sie sind wirklich in anderen Umständen?«, fragte er, Martha Tassels Bauch betrachtend. »Man sieht noch gar nichts.«
Sie blickte Fontane nun beinahe trotzig an.
»Bei manchen Frauen sieht man es erst spät«, erklärte sie.
»Können Sie mir erzählen, wie ... wie das alles geschehen ist?«

»Aber Herr!« Eine zarte Röte bedeckte ihre Wangen. »Darüber spricht man nicht.«
»Sie müssen verstehen, dass Antonia Schwartz von Blohm es wissen will. Es ist die Bedingung dafür, dass sie Ihnen Geld schickt.« Er schämte sich zunehmend. Es war absurd zu glauben, Martha Tassel könne etwas mit dem Tod von Schwartz zu tun haben. Am besten, er beendete das Gespräch und verließ augenblicklich die Wohnung. Er blieb jedoch sitzen.
»Sie schickt einen Mann, um das zu erfahren?« Martha wirkte entgeistert.
Das hatte er nicht bedacht. Mit einem Mann würde sie niemals über das sprechen, was mit Schwartz geschehen war – wenn denn etwas geschehen war –, jedenfalls nicht mit einem Mann ohne kirchliches Ornat, den kein Beichtgeheimnis band.
»Ich habe gehört, dass Sie einen Freund haben?«, sagte Fontane rasch. Die Tassel nickte. »Haben Sie ihm denn nichts davon gesagt? Er wird doch gefragt haben, warum Sie Ihre Anstellung verloren haben?«
»Ja, er weiß es.«
»Und wie hat er darauf reagiert?«
»Können Sie sich das nicht vorstellen, Herr?«
Allerdings konnte es sich Fontane vorstellen. Er hob bedauernd die Schultern und stand auf.
»Eine Frau«, sagte er. »Würden Sie einer Frau erzählen, was Sie mir nicht anvertrauen mögen?«
»Weiß nicht«, erwiderte Martha Tassel schüchtern und hob die Schultern.

Fontane hatte das Gefühl, im Nebel zu stochern. Sobald er wunde Punkte berührte, ließen seine Gesprächspartner das Visier herab. Unzufrieden mit sich selbst, zog er sich für Tage in sein Arbeitszimmer zurück und schrieb wie besessen an *Allerlei Glück*, einem Zeitroman, den er vor einem halben Jahr begonnen hatte.
Für heute war es genug! Seine gerade unter der Überschrift *Unsere regierende Klasse oder unsere ›Regierenden‹* verfassten Sätze, so stellte er fest, als er sie noch einmal überflog, hatten im weitesten Sinne auch etwas mit Friedrich Georg Schwartz zu tun: *Es sind die mediokresten Menschen von der Welt, die alles bei uns bevölkern, für alles gerade ausreichen, zuverlässig, brav, gerecht, tüchtig sind, aber langweilig zum Extrem, nichts weniger als klug und begabt, und auf ihre kleine Begabung hin von einem Dünkel, der alles übersteigt.*
Aber hatte das auf Schwartz überhaupt zugetroffen? Fontane trat ans Fenster, öffnete es weit und ließ frische Luft herein. Als mittelmäßig und gerade ausreichend zuverlässig und tüchtig hatte er ihn bei der Centralpressestelle kennengelernt, und das lag mehr als dreißig Jahre zurück. Hatte Schwartz sich verstellt, trug der Wolf damals schon einen Schafspelz? Der atemberaubende Aufstieg und der ebenso atemberaubende Untergang des Baulöwen waren alles andere als langweilig und sprachen weder von Bravheit noch von geringem Intellekt. Oder genügte tatsächlich so etwas wie Bauernschläue, gepaart mit Skrupellosigkeit, um es in günstigen Zeiten zum vielfachen Millionär zu bringen?
Vor einigen Wochen noch hätte Fontane geglaubt, die Frage *Wer ist Schwartz?* ohne Weiteres beantworten zu können, doch jetzt, da man die Frage im Imperfekt stellen musste, zweifelte er daran.

Er seufzte tief. Es gab Tage, an denen er besonders geräuschempfindlich war, und dieses war ein solcher Tag. Ihn störte nicht bloß das Rollen der Wagenräder auf dem Pflaster der belebten Straße, vor allem das Zischen und Pfeifen der Lokomotiven auf dem nahen Potsdamer Bahnhof bohrte sich schmerzhaft in sein Ohr. Sehnsüchtig erinnerte er sich der morgendlichen Stille in Wustrau und schloss das Fenster.

Zurückgekehrt an den Schreibtisch, vernahm er Emilies geschäftige Schritte in Alkoven und Entree. Sie war dabei, alles für das Abendessen vorzubereiten, zu dem Aschinger erwartet wurde. Die Reise ins Ruppinsche hatte in die Familienkasse ein Loch gerissen, und er konnte ihre vorwurfsvolle Blicke im Moment nicht ertragen.

Als es schellte, betrat er den kleinen quadratischen Flur. Mete lehnte mit verschränkten Armen an der Wand und blickte auf ihren kleinen Bruder herab. Friedrich stand dem Kommissar gegenüber und erfrechte sich, dessen Mantel abzutasten. Aschinger lächelte. In der Hand hielt er ein in Seidenpapier eingeschlagenes Päckchen.

»Friedrich, untersteh dich, unseren Gast zu bedrängen«, herrschte Emilie ihren Jüngsten an. »Verzeihen Sie, Kommissar. Guten Abend!«

»Lassen Sie nur.« Aschinger nahm den Hut ab und reichte ihn Mete. »Ich habe meine Waffen gut versteckt.«

Friedrich machte große Augen. »Wo?«

»Dort«, sagte Aschinger und tippte sich an die Stirn. Dann machte er einen Schritt auf Emilie zu und übergab ihr das Päckchen. »Mit Astern kann ich nicht dienen, nehmen Sie also bitte als Zeichen meiner aufrichtigen Freude dieses bescheidene Präsent.«

»Oh, mein Gott, Herr Kommissar! Bitte, legen Sie ab! Théodore, sei unserem Gast doch behilflich! Friedrich, Mete, schaut nach, ob auf dem Tisch nichts fehlt!«
»Das ist was für Weiber«, maulte der Junge.
»Friedrich!« Emilie hob die Stimme. Friedrich hatte verstanden.
Fontane half dem Kommissar aus dem Mantel. Emilie hatte sich an den Tisch gesetzt und löste die Schleife von dem Geschenk. Dann entfernte sie vorsichtig das Seidenpapier, um es, wie alle Geschenkpapiere, aufzuheben. »Herr Kommissar!« Emilie war mit dem Auspacken fertig und hob das Präsent in die Höhe: eine Bonbonniere.
»Sie haben sich in Unkosten gestürzt, Herr Kommissar! Das hätten Sie nicht tun dürfen.«
Aschinger hob abwehrend die Hände.
»Sie, liebe gnädige Frau, werden das Abendessen auch nicht aus der Luft zaubern.«
Emilie sprang auf. »Gott, Mete! Schau nach dem Braten! Und du, Friedrich ...« Sie reichte dem Sohn die Schachtel. »Sie erhält einen Ehrenplatz auf der Anrichte. Auf der Anrichte, nicht in deinem Magen.«
»In meinem Magen bekäme sie aber viel mehr Ehre«, sagte Friedrich. Emilie hörte es nicht mehr, sie war Mete nachgestürzt.

Als sich Aschinger und Fontane nach dem Essen ins Arbeitszimmer zurückzogen, wirkte der Kommissar durch und durch zufrieden. Emilie gesellte sich zu ihnen und Fontane schenkte Cognac ein. Nachdem auch er in einem Fauteuil Platz genommen hatte, berichtete er ausführlich von seinem Ausflug in die Spandauer Vorstadt. Aschinger hörte ihm schweigend zu, Emilie mit gerunzelten Brauen.

»Die Tassel hat dich um den Finger gewickelt«, sagte sie mitten in seinen Bericht hinein. »Sie hat dir schöne Augen gemacht, und da bist du ihr auf den Leim gegangen.«

»Das Mädel ist nicht die Hellste, aber auch nicht berechnend«, entgegnete Fontane, der sich in seiner Ehre gekränkt fühlte, schließlich hielt er sich auf seine Menschenkenntnis viel zugute.

»Théodore, manchmal kommst du mir vor wie ein störrischer Schüler. Warum glaubst du mir nicht, wenn ich dir sage, dass Martha nicht schwanger sein kann?«

»Da frage ich dich doch gleich: Warum sollte sie ihre Umstände vortäuschen?«

»Um vom wahren Entlassungsgrund abzulenken«, sagte Aschinger. Er steckte offenbar mit Emilie unter einer Decke.

»Höre, was der Kommissar sagt.« Emilie bedachte Aschinger mit ihrem schönsten Lächeln. »Vielleicht hat sie gestohlen und wurde deswegen gefeuert. Das will sie natürlich nicht zugeben, also behauptet sie, Schwartz habe ihr nachgestellt.«

»Gemeldet wurde der Diebstahl nicht«, sagte Aschinger.

»Mir erscheint das nicht logisch«, sagte Fontane. »Denn warum spielt Antonia von Blohm die Komödie mit? Dass ihr verstorbener Mann es mit den Dienstmädchen hatte, muss ihr doch peinlich sein. Ein Diebstahl hingegen hätte ihr einen Grund geliefert, in eine Klage über das schlechte Personal auszubrechen, eine Klage, die ich schon nicht mehr hören kann.« Er schwenkte das Cognacglas, roch an der Blume und nahm einen Schluck. »Ich habe das Gefühl, es ständig mit Leuten zu tun zu haben, die etwas vor mir verbergen wollen.«

»Ach«, rief Aschinger, »das kenne ich!«

»Antonia Schwartz benutzt eine falsche Offenheit als Deckmantel«, fuhr Fontane fort. »Der Major und der Amtsgerichtsrat rufen nach dem Diener oder nach meinem Hut, wenn es heikel wird. Nur bei Martha Tassel hatte ich den Eindruck, dass sie nicht lügt.«

»Das tut sie aber«, sagte Emilie. »Wahrscheinlich hat sie es faustdick hinter den Ohren.«

»Schlau werde ich aus dem, was Sie mir beschrieben haben, auch nicht«, gab Aschinger zu. »Ich an der Stelle des Amtsgerichtsrates hätte die Gendarmen beauftragt, nach diesen beiden Männern zu suchen. Nun kann ich mir aber beim besten Willen nicht vorstellen, dass der Richter irgendetwas mit dem Mord zu tun hat, gesetzt, es handelt sich überhaupt um Mord. Vielleicht ist er schlicht und einfach unfähig.«

»Er will unbedingt zu den Honoratioren gehören …«

»Aber zu ihnen gehört er doch«, sagte Emilie.

»Ja, lass es mich anders ausdrücken: zur Crème der Honoratioren. Es schmeichelt ihm, im Herrenhaus von Gnewikow als gern gesehener Gast empfangen zu werden. Und wer weiß, welchen Einfluss auf seine Carrière er sich davon erhofft. Mag sein, dass er sich in seinen kühnsten Träumen auf einem warmen Platz im Ministerium sieht.«

»Hat denn der Major von Blohm so viel Gewicht? Sie sagten doch, er habe sich zurückgezogen?«

»Frölich sieht womöglich etwas in ihm, was gar nicht vorhanden ist. Und der Major wird den Teufel tun, dieses Bild zu berichtigen. Um ein Wort des Ruppiner Landrates ab-

zuwandeln: Kann es nicht immer nützlich sein, einen Amtsgerichtsdirektor an der Angel zu haben?«
»Was eine neue Frage aufwirft«, sagte Aschinger. Er hatte sein Glas geleert und Fontane schenkte ihm nach. »Was könnte den Major bewogen haben, eine Untersuchung zu hintertreiben?«
»Ich weiß keine Antwort.«
»Ich kann mir nicht helfen, Théodore«, sagte Emilie, »aber du drehst dich im Kreise.«
»So empfinde ich es selbst. Aber sage mir doch, befindet sich die Martha Tassel inner- oder außerhalb dieses Kreises?«
»Woher soll ich das wissen? Mein weiblicher Instinkt sagt mir: Sie macht allen ein X für ein U vor. Und du, mein lieber Mann, wirst zu Recht erwidern: Das tut man nicht ohne Grund.«
»Sozusagen als Gegenleistung für die warmherzige Aufnahme und die exzellente Bewirtung könnte ich ein paar Erkundigungen über sie einziehen lassen«, erbot sich Aschinger.
»Sie sind zu keiner Gegenleistung verpflichtet«, sagte Emilie sofort. »Und Sie haben schon die Bonbonniere mitgebracht … auch das wäre nicht nötig gewesen.«
»Es war mir ein Herzensbedürfnis.«
»Wir wollen einmal Emilies Gedanken aufnehmen … Ich sehe zwar nicht, wie ich Martha Tassel in einen Zusammenhang zu Schwartz' Tod bringen soll, aber …«
»Schau dir einfach noch einmal Menzels Zeichnungen an«, empfahl Emilie.
»Wie?«
»Die Zeichnungen. Die beiden Männer entstammen ihrem Milieu.«

»Und wie viele Männer noch? Abertausende.«
»Du verrennst dich schon wieder in eine Idee, Théodore: Antonia Schwartz von Blohm und ihr Galan als Auftraggeber eines Mordes. Siehst du denn nicht, dass diese beiden überhaupt keinen Zugang zu diesem Milieu haben?«
Fontane fühlte sich schmerzhaft getroffen. Natürlich würde sich die Freifrau nicht selbst bemühen, sondern den Leutnant schicken, der ihr offensichtlich aus der Hand fraß. Und plötzlich hatte er einen Geistesblitz: »Diese Männer könnten Soldaten sein. Einfache Dienstgrade, vielleicht Burschen. Gensfleisch ist Offizier, meine Liebe, wenn auch außer Dienst.«
»Könnte, könnte! Möglich ist vieles, aber ist es auch wahrscheinlich?«
»Wenn dir so viel an dieser Dienstbotenaffäre liegt, dann sprich du doch mit der Tassel. Einer Frau vertraut sie sich eher an als mir.«
»Nein.« Emilie hob abwehrend die Hände. »Niemals. Ich mische mich nicht ein in diese Sache. Übrigens bist du ein schlechter Gastgeber.« Emilie deutete auf Aschingers leeres Glas.
»Pardon!« Fontane griff nach der Flasche, musste aber feststellen, dass sie bis auf eine Neige nichts mehr enthielt. »Emilie, haben wir wohl noch Wein in der Speisekammer?«
»Einen Rotspon noch«, erwiderte sie und stand auf.
»Also meinetwegen müssen Sie nicht …«, sagte Aschinger.
»Doch, doch, ich gehe nachschauen.« Emilie verließ das Zimmer. Aschinger und Fontane wechselten einen Blick.
»Sie müssen glücklich sein«, sagte der Kommissar, und in seine bernsteinfarbenen Augen trat ein wehmütiger Ausdruck.

»Ja«, sagte Fontane und drehte die Cognacflasche in den Händen, »aber manchmal muss einen ein Außenstehender auf dieses Glück hinweisen. Es ist so selbstverständlich geworden, dass man es nicht mehr zu schätzen weiß.«
»Nein!«, hörten sie da Emilie rufen. »Aus der Bonbonniere fehlen drei Pralinés!«

Neuntes Kapitel

20. Oktober 1873

Fontane faltete die Zeitung sorgfältig zusammen. Die *Vossische* berichtete von neuen Firmenzusammenbrüchen, aber sie tat es in ihrem bekannt nüchternen Ton, in dem sie auch einen Weltuntergang angekündigt hätte. Die Hysterie, die sich peu à peu in Berlin ausbreitete, fand in ihr keinen Widerhall.

Emilie kam herein.

»Ein Brief vom Grafen«, sagte sie und überreichte ihm das Kuvert.

»Von Zieten-Schwerin?«

Fontane betrachtete die Rückseite des Briefes mit Wappen und emblematischem Siegel, dann schlitzte er die Enveloppe auf.

Mein hochverehrter Herr Fontane, schrieb der Graf, *erlauben Sie mir, dass ich Ihre kostbare Zeit mit diesen Zeilen in Anspruch nehme, von denen ich jedoch annehme, dass Sie Ihr Interesse finden. Unser guter Krage ist mit den Zweitversionen der Porträts, die der hochgeschätzte Adolph Menzel für uns fertigte, zwischen Gnewikow und Wustrau auf dem Wege gewesen. Wir leben, wie Sie wissen, hier in übersichtlichen Verhältnissen, in denen Fremdes und Fremde sofort*

Aufmerksamkeit, wenn nicht gar Befremden erregen. Das ist namentlich dem auswärtigen Besucher nicht immer angenehm, kann sich aber auch als Vorteil erweisen, wie in diesem Falle.

Als Schriftsteller würden Sie mir diese lange Exposition wohl streichen, also lassen Sie mich nun in medias res gehen. Die Männer, von denen wir jüngst sprachen, wurden am fraglichen Tage mindestens zwei Mal gesehen. Zuerst fielen sie einem Fischer in Altfriesack auf. Dieser war an jenem Nachmittag damit beschäftigt, seinen Wintervorrat Holz zu hacken, und hat dabei drei Männer beobachtet: einen, wie er sagte, höchst eleganten Herrn und zwei (ich zitiere) schräge Vögel. Die Männer hätten gestritten und der Herr habe die beiden anderen ausgelacht.

Beim Bauern Walter auf Wustrau wurde mein Jagdpächter ebenfalls fündig. Seine Frau will beim Reisigsammeln eine aufschlussreiche Beobachtung gemacht haben. Nach einem Schuss, so hat sie ihrem Mann berichtet, seien zwei Männer in recht gewöhnlicher Kleidung am Ufer des Bützsees entlanggelaufen, und sie habe sich gefragt, wohin sie denn wollten, da der Weg praktisch nur ins Luch führe. Krage stellte auch die Walterin zur Rede und sie bestätigte die Angaben ihres Gatten.

Überflüssig zu sagen, dass Krage sowohl dem Fischer als auch der Bauersfrau Menzels Porträts vorlegte. Beide haben die dargestellten Personen sofort erkannt.

Mein lieber Fontane, respektvoll neige ich vor Ihnen mein Haupt. Ihre Beobachtungsgabe hat Sie nicht getrogen. Schwartz muss mit diesen Männern in meinem Wald gewesen sein. Als der Schuss fiel, waren sie in seiner Nähe. Ich zweifle nicht mehr, dass kein Freitod vorliegt.

Ohne Frage sehe ich mich nun gezwungen zu handeln. Ich erwarte unseren ehrenwerten Landrat zum Souper, um mich mit ihm zu beraten. Auch Gerichtsrat Frölich werde ich in Kenntnis setzen müssen.
Welche Folgen aus diesen Resultaten erwachsen, vermag ich noch nicht abzuschätzen. Ich werde Sie über den Fortgang der Angelegenheit auf dem Laufenden halten.
Bitte nehmen Sie die aufrichtigsten Grüße der Gräfin entgegen, die Sie und Ihre Frau gern bald wieder auf Gut Wustrau willkommen heißen möchte. Ich schließe mich diesen Grüßen und Wünschen aus tiefstem Herzen an.
Stets der Ihre, Albert Julius Graf von Zieten-Schwerin.

»Emilie!« Fontane empfand einen großen Triumph und stürmte durch den Alkoven ins Berliner Zimmer, wo Emilie damit beschäftigt war, Leibwäsche zusammenzulegen. Er warf den Brief auf den Tisch. »Jetzt wird auch der letzte Zweifler verstummen. Es war kein Selbstmord!«
Emilie schaute ihren Mann skeptisch an. Sie ließ sich nicht aus der Ruhe bringen und faltete noch die letzten Stücke zusammen, bevor sie den Brief in die Hand nahm. Sie kam nicht über die ersten Zeilen hinweg, denn gerade jetzt wurde an der Wohnungstür geschellt. Fontane öffnete und sah sich einem Lohndiener gegenüber, der ihm mit zitternden Händen ein Billett des Freiherrn von Wangenheim überreichte. Sein Atem roch nach Branntwein.
Fontane wollte die Tür schließen, doch der Dienstmann machte keinerlei Anstalten, sich zur Treppe zu wenden.
»Was gibt es denn noch?«, erkundigte sich Fontane.
»Bitte, mir meinen Lohn auszuhändigen«, sagte der Mann mit schleppender Stimme.

»Ja, ich …« Fontane schaute sich zu Emilie um. »Ich hole meine Börse.«
»Nichts da!« Emilie machte zwei Schritte auf den Boten zu. »Sie haben Ihren Lohn schon vom Freiherrn bekommen, oder irre ich mich?«
»Aber ich … ich habe … Kinder«, stammelte er.
»Wir auch. Und wenn ich Sie mir anschaue, haben Sie wohl vor allem Durst.« Mit diesen Worten schlug sie ihm die Tür vor der Nase zu.
Fontane zuckte zusammen.
»Die Trunksucht«, schimpfte Emilie. »Eine Geißel unserer Tage.«
Der Freiherr von Wangenheim hatte geschrieben:

Mein lieber Fontane, verzeihen Sie diese überhasteten Zeilen. Es gibt wichtige Neuigkeiten. Wenn Sie es irgend einrichten können, kommen Sie heute noch in mein Privatbureau. Mit den besten Empfehlungen an Ihre Gattin, Ihr Wangenheim.

Abermals läutete es an der Tür. Emilie, die ebenso wie Fontane damit rechnete, dass der Lohndiener die Glocke betätigt hatte, riss sie resolut auf. Es stand zwar ein Bote davor, aber ein anderer, jugendlicher, der erschrocken zurückwich.
»Das geht ja heute bei uns zu wie im Taubenschlag«, bemerkte Fontane. Emilie nahm eine telegraphische Depesche entgegen und quittierte ihren Empfang.
»Nein!«, rief sie, nachdem sie den Absender gelesen hatte, dann reichte sie das Telegramm an Fontane weiter. Es stammte von Antonia von Blohm.

Natürlich konnte es Fontane einrichten, von Wangenheim noch am selben Tage zu besuchen. Der Freiherr saß wie immer, wenn er daheim arbeitete, an seinem Roentgen-Schreibtisch, und die Papiere stapelten sich, denn die Geschäfte der Regierung waren umfangreich und die des Geheimrates nicht minder.

»Mein lieber Fontane!« Von Wangenheim erhob sich und drückte ihm die Hand. Dann wies er auf die zwei Sessel am Fenster. »Wusste ich es doch, wichtige Nachrichten erwecken stets Ihr Interesse. Tee?«

»Gern.« Fontane setzte sich in das linke Fauteuil. Der Geheimrat schellte nach dem Mädchen, bevor auch er Platz nahm. Claire erschien und er bat um Tee.

»Sie kennen von unseren Empfängen die beiden Zentrumsabgeordneten Mallinckrodt und Reichensperger«, begann von Wangenheim und strich sich über den Backenbart. »Beide haben großen Anteil an dem genommen, was Sie uns jüngst über die Ereignisse am Ruppiner See berichtet haben. Und Sie kennen mit Sicherheit den großen Rudolf Virchow?«

»Selbstverständlich«, entgegnete Fontane, ohne zu begreifen, worauf von Wangenheim hinauswollte.

»Die Herren sind ja nun alle Abgeordnete, und wenn auch Professor Virchow der Fortschrittspartei angehört, so heißt das nicht, dass man verfeindet wäre«, fuhr von Wangenheim fort, ohne sich von Claire unterbrechen zu lassen, die das Tablett mit dem Tee brachte. »Man redet miteinander am Rande der Sitzungen, und so kam auch die Sprache auf Schwartz. Nun – der Herr Professor ist an dem Casus Schwartz sehr interessiert.«

»Wie bitte?« Fontane glaubte, sich verhört zu haben. »Hat er Schwartz denn gekannt?«

»Ganz sicher nicht. Seine Anteilnahme richtet sich mehr … auf den Leichnam. Er bietet eine Autopsie an.«

»Auf den Leichnam?« Fontane verstand nach wie vor nicht das Geringste. »Verzeihung, Exzellenz, auf die Gefahr hin, begriffsstutzig zu wirken, was ist denn für den größten Mediziner Deutschlands, wenn nicht gar der Welt, so aufregend an der Leiche gerade dieses Mannes?«

Von Wangenheim machte eine bedeutungsvolle Pause.

»Der Schädel«, sagte er dann.

Fontane fühlte sich benommen. »Der Schädel also«, murmelte er. »Ich weiß noch immer nicht …«

»Der Herr Professor legt für sein Anatomisches Institut eine Präparatesammlung an«, erklärte der Geheimrat. »Alles Mögliche trägt er zusammen, nicht nur grindige Organe. Einen Schädel mit einer Schussverletzung hat er aber noch nicht.«

»Ah, jetzt dämmert mir.« Fontane brauchte dringend eine Stärkung und griff nach seiner Tasse. »Er möchte den Schädel seiner Kollektion hinzufügen. Aber da gibt es eine Schwierigkeit: Der Mann ist mitsamt seinem Kopf längst unter der Erde.«

Von Wangenheim nickte. »Das wissen natürlich auch Mallinckrodt und Reichensperger, und der Professor weiß es auch. Aber es gäbe einen Weg zur Lösung dieses Problems: die Exhumierung.«

Fontane war schwindlig. »Wer sollte sie anordnen? Für den Amtsgerichtsdirektor Frölich ist der Fall abgeschlossen und …«

»Die Witwe könnte eine Ausgrabung der Leiche beantragen, wenn sie ernsthafte Zweifel an dem Freitod hegte.«

»Ich denke, dass wird sie nicht tun. Ihr Vater hat Sorge für

eine rasche Beisetzung getragen und sie wird ihm niemals in den Rücken fallen. Das hat sie bereits bewiesen, als sie widerspruchslos den ungeliebten Schwartz ehelichte.«
»Versuchen Sie es doch trotzdem einmal«, schlug von Wangenheim vor.

»Ein Ausgraben des Leichnams? Nach so langer Zeit?« Emilie schüttelte den Kopf. »Das ist doch pietätlos.«
»Ich weiß gar nicht, wie man das überhaupt bewerkstelligen will«, sagte Fontane. »Aber überlege doch, was es bedeutet, dass sich Rudolf Virchow zu einer Sektion bereit erklärt hat.«
»Man soll den Toten ihren Frieden lassen und sie nicht aufschneiden.«
Emilie und Fontane – er mit einer Zeichenmappe unterm Arm – waren abermals nach Westend unterwegs, um Antonia von Blohms Einladung Folge zu leisten. Emilie schien Gefallen an der Fahrt mit der Pferdestraßenbahn zu finden, und der günstige Fahrtpreis tat ein Übriges, sodass sie auch dieses Mal keine Droschke benutzten.
In der Villa führte sie das Dienstmädchen wieder in das riesige Antichambre und bat sie, sich zu setzen. Fontane packte die Gelegenheit beim Schopfe.
»Sagen Sie, wie heißen Sie?«
»Ich?« Das Mädchen schaute ihn irritiert an; sie war es nicht gewohnt, von Gästen nach ihrem Namen gefragt zu werden.
»Ja, Sie.«
»Lotte. Aber man nennt mich Amélie.«
»Und wie lange arbeiten Sie schon in diesem Hause?«, wollte Fontane wissen.

»Théodore!«, flüsterte Emilie und stieß ihn sacht in die Seite.
»Seit dem Sommer, gnädiger Herr.«
Fontane tastete sich behutsam an sein Ziel.
»Sie fühlen sich wohl hier, Amélie?«
»Théodore!«, zischte Emilie.
Das Mädchen machte große Augen – eine solche Frage stellte ihr vermutlich nur ihre Mutter. »Ja, gnädiger Herr.«
»Den Freiherrn Schwartz von Blohm haben Sie also noch gekannt?«
Bevor das Dienstmädchen jedoch antworten konnte, erschien Antonia von Blohm im Vorzimmer. Sie trug ein Kleid aus dunkelblauem Bombassin, einem sehr weichen Stoff aus Merinokammgarn, und die Farbe des Kleides betonte noch die Frische ihres Teints. Eine Spange aus Elfenbein hielt ihr hochgestecktes Haar zusammen, eine feine Goldkette betonte das Dekolleté.
»Amélie«, sagte sie herrisch, »was plauderst du mit den Gästen? Trage auf!«
»Zu Befehl, gnädige Frau!« Das Mädchen verließ das Antichambre. Antonia von Blohm eilte auf Fontane und seine Frau zu.
»Ihre Visite freut mich«, sagte sie mit einem kühlen Lächeln. Fontane beugte den Kopf, Emilie reichte ihr die Hand. Antonia von Blohm deutete zu dem Tischchen, an dem sie auch bei ihrem ersten Besuch gesessen hatten. Man nahm Platz.
»Wie ist das Befinden, gnädige Frau?«, erkundigte sich Fontane.
»Wenn Sie schon so freundlich sind, mich zu fragen …« Antonia von Blohm griff sich an die Stirn. »Ich habe einen

scheußlichen Tag hinter mir. Der erste Kaufinteressent für die Villa hat sich eingefunden. Aber ich bin kein Fischweib vom Cöllnischen Markt, verstehen Sie? Ich kann weder etwas anpreisen noch vermag ich zu feilschen. Das ist so widerlich! Ich muss die Verhandlungen vollkommen in Kriensteins Hände legen. Sie nehmen Tee und Gebäck?«

»Oui, avec plaisir«, entgegnete Fontane mit Blick auf Emilie, die nickte.

Das Dienstmädchen betrat den Raum und trug auf einem Tablett den Tee und das Konfekt herbei. Man wartete, bis es wieder hinausgegangen war. Antonia von Blohm schnäuzte sich dezent mit abgewandtem Kopf.

»Der Leutnant könnte Sie doch auch unterstützen«, sagte Emilie, wenn auch eher im Ton einer Frage. Fontane sah sie überrascht an. Es war wohl ihr Sinn für Gerechtigkeit, der sie zu dieser Bemerkung bewogen hatte: Wenn der Leutnant schon in diesem Hause lebte, konnte er sich auch nützlich machen.

»Der Leutnant? Ach, Sie meinen den Grafen?« Antonia fixierte Emilie für einen Moment, dann machte sie eine wegwerfende Handbewegung. »Um es militärisch auszudrücken: Ich habe ihm gestern den Abschied erteilt.«

»O pardon! Ich wollte Ihnen nicht zu nahe treten.« Emilie senkte die Lider.

»Sie müssen sich nicht entschuldigen, meine Liebe. Nach einer Reihe von Kränkungen wirft mich auch ein letzter Affront nicht aus der Bahn.«

»Ihr Telegramm …«, begann Fontane, doch die Hausherrin schüttelte den Kopf.

»Warten Sie! Un instant, s'il vous plaît!« Antonia von Blohm erhob sich und trat an den Rauchtisch vor einem der Fenster. Von dort nahm sie ein Schriftstück, kehrte zurück und setzte sich wieder. »Dieses unglaubliche Elaborat hat Graf Gensfleisch in seiner Rage vergessen. Als ich ihm eröffnete, dass ich ihn nicht mehr zu sehen wünsche, hat er sich tatsächlich echauffiert …« Antonia von Blohm sah Emilie an, die soeben eine der zierlichen Tassen in die Hand genommen hatte. »Mein Mann hat dieser Tassel eine kleine monatliche Zuwendung ausgesetzt. Mir ist das unbegreiflich. Zuerst wirft er sie hinaus, und dann zahlt er ihr eine Apanage.«

»Wie?« Fontane konnte nicht glauben, was er gerade gehört hatte. »Ihr Mann hat Martha Tassel eine Abfindung gezahlt?«

»In Form einer Art Leibrente, ja. Warum hat er das getan?«

»Vielleicht hat er sie geliebt«, warf Emilie fast schüchtern ein.

»Ausgeschlossen«, entgegnete Antonia von Blohm im Brustton der Überzeugung. »Benutzt? Ja. Geliebt? Nein.«

»Mit Verlaub, gnädige Frau«, sagte Fontane, »und was hat das mit dem Leutnant zu tun?«

»Das will ich Ihnen sagen, mein lieber Herr Fontane. Graf Gensfleisch hat sich zum Fürsprech dieser Dirne gemacht.«

Fontane stellte seine Tasse auf das Tischchen.

»Er hat was?«

»Nach dem Tod meines Mannes blieben die Zahlungen an die Tassel aus, und da hat sie sich an Gensfleisch gewandt. Er hat verlangt … dass ich einspringe.«

Fontane schüttelte ungläubig den Kopf. »Dass Graf Gensfleisch eine Beziehung zu Martha Tassel unterhält, wie immer diese auch beschaffen sein mag, dass kann ich mir überhaupt nicht vorstellen. Ein Mann wie er pflegt doch wohl kaum Freundschaften mit Bediensteten.«

Antonia von Blohm hob die Schultern. Dann reichte sie Fontane das Schriftstück. Es stimmte, Schwartz hatte sich zu einer Zahlung verpflichtet. Kein allzu hoher Betrag, für ein entlassenes Dienstmädchen jedoch stattlich, und er erklärte den bescheidenen Wohlstand, in dem Martha Tassel lebte.

»Vielleicht, gnädige Frau«, gab Emilie zu bedenken, »hatte Ihr Mann ein schlechtes Gewissen?«

»Schwartz?« Antonia von Blohm lachte. »Das kann ich mir beim besten Willen nicht vorstellen.«

Fontane gab ihr das Schriftstück zurück. Sie rollte es achtlos zusammen und schob es in den linken Ärmel ihres Kleides.

»Sie, Herr Fontane, sind ja noch einmal in Gnewikow gewesen«, kam Antonia nach kurzem Schweigen auf den Anlass ihrer Einladung zu sprechen. »Mit dem Maler Adolph Menzel, wie mein Vater schrieb. Und dem Gerichtsdirektor Frölich haben Sie in Neuruppin einen Besuch abgestattet? Er verschob daraufhin sogar einen Prozesstermin und eilte sofort aufs Gut. In höchstem Maße empört, wie ich Ihnen nicht verhehlen will … Was haben Sie denn nun herausgefunden über den Tod meines Mannes?«

»Nicht viel. Das einzige greifbare Ergebnis waren eigentlich nur die Zeichnungen, die Menzel angefertigt hat.« Fontane öffnete die Mappe und reichte sie über den Tisch. »Das sind die Männer, die Schwartz am Gutstor abgeholt haben.«

»Aha.« Antonia von Blohm nahm die Lorgnette, um sie zu betrachten. Sie studierte die Porträts ausgiebig, dann schüttelte sie den Kopf.

»Diese Männer habe ich noch nie gesehen«, sagte sie.
»Und Sie haben auch keine Vorstellung, um wen es sich handeln könnte?«
»Ich habe lange darüber nachgedacht. Mein Mann war Bau-Entrepreneur. Vielleicht stammten sie von einer seiner Baustellen?«
»An diese Möglichkeit habe ich noch gar nicht gedacht«, sagte Fontane und warf Emilie einen kurzen Blick zu. »Zu der Beschreibung ihres Vaters würde es passen. Er hat sie Prolétaires genannt.«
»Ja, aber warum sollen zwei solche Burschen nach Gnewikow reisen, um meinen Mann … nun, was immer sie von ihm wollten?«
»Womöglich schuldete er ihnen den Lohn«, überlegte Fontane.
»Glauben Sie, dass diese Männer überhaupt etwas von Gnewikow wussten? Sie hätten hierher kommen können und sich damit das Reisegeld gespart. Oder Sie hätten Schwartz am besten doch wohl in der Firma aufgesucht. Ich meine mich zu erinnern, dass es dort vor Monaten schon einmal einen Auflauf gegeben …«
»Das ist richtig«, erwiderte Fontane und stand auf. »Gnädige Frau, wir bedanken uns herzlich für die Bewirtung«, sagte er. »Sie haben hoffentlich erfahren, was Sie zu erfahren wünschten.«
»Virchow!«, warf Emilie ein, die sich ebenfalls erhoben hatte. »Virchow?«, fragte Antonia mit unverhohlener Neugierde. »Was ist mit ihm?«
Fontane wusste nicht recht, ob er sich wieder setzen oder stehen bleiben sollte, und entscheid sich endlich, noch einmal Platz zu nehmen. Emilie tat es ihm gleich.

»Es ist mir unangenehm, mit Ihnen darüber zu sprechen … Nun, Professor Virchow hat sich erboten, Ihren verstorbenen Mann zu … noch einmal gründlicher zu untersuchen als Doktor Kölling aus Neuruppin. Er müsste natürlich …« Es fiel Fontane schwer, darüber zu sprechen.
»Sie meinen, aus der Erde, die ihn bedeckt …?« Antonia schüttelte den Kopf. Entsetzen schien sie bei der Vorstellung zu ergreifen, die sie nicht auszusprechen wagte.
»Wenn Sie auch nur den leisesten Zweifel am Freitod äußern, könnten Sie vielleicht eine Exhumierung durchsetzen«, sagte Fontane und schaute dabei auf seine Schuhspitzen. Emilie schwieg betreten.
»Ich habe keine Zweifel, weder leise noch laute«, sagte Antonia von Blohm. Sie nahm eine kleine Glocke vom Tisch und läutete. Keine Minute später erschien das Dienstmädchen.
»Amélie, begleite die Herrschaften bitte zur Tür. Ich danke Ihnen für Ihren Besuch.«
»Hätte ich dich bloß nicht erinnert«, sagte Emilie, als sie sich zurück zur Pferdebahn begaben.
»Wolltest du denn nicht auch wissen, wie sie reagiert?«
»Das schon. Aber wir hätten doch nicht darüber sprechen sollen. Es war ja auch ganz und gar zwecklos, so wie von dir vorausgesagt. Dein Ansinnen muss ihr als Zumutung erschienen sein.«
»Bedenke, dass sie ihren Mann nicht geliebt hat.« Fontane bot Emilie den Arm.
»Trotzdem. So eine Exhumierung würde doch einen Auflauf bedeuten. Man würde in Ruppin wochenlang von nichts anderem sprechen. Für sie wie für ihren Vater könnte daraus gut und gerne eine Art Spießrutenlauf werden. Denn

warum gräbt man einen Toten wieder aus, um ihn hernach von einem berühmten Pathologen untersuchen zu lassen? Was werden die Leute wohl denken, Théodore? Nur ein Wort wird die Runde machen: Mord!«

Der Freiherr von Wangenheim strich sich über den Backenbart, eine Geste, die darauf hindeutete, dass er angestrengt nachdachte. »Man kann mit Fug und Recht sagen, dass diese Geschichte von Tag zu Tag mysteriöser wird«, sagte er schließlich. »Dann wollen wir doch einmal erforschen, was ein Geheimer Regierungsrat aus altem Adel in Preußen noch gilt.« Der Freiherr wirkte plötzlich sehr aufgeräumt. »Was halten Sie von einem kleinen Gang von Pontius zu Pilatus, Fontane? Der auch ein Parforceritt durch Amtsstuben werden könnte?«
Fontane ahnte sofort, was von Wangenheim damit meinte. »Sie denken daran, Aschinger eine offizielle Erlaubnis zu verschaffen, sich in den Fall einzuschalten?«
»Wenn er verfügbar ist. Man wird am Polizeipräsidenten nicht vorbeikommen. Doch notfalls gibt es sicher noch einen anderen befähigten Kommissarius.«
Ein Platzregen ging nieder, als sie das Haus verließen, und auf den wenigen Metern zur Equipage bildeten sich große dunkle Flecken auf ihren Mänteln.
»Was ist unser erstes Ziel, Exzellenz?«, erkundigte sich Fontane, kaum dass sie in den Polstern Platz genommen hatten.
»Unser langjähriger Freund, der Königlich Preußische Generalmajor von Schweinitz. Es ist in jedem Falle nützlich, sich zuerst seiner Fürsprache zu versichern. Er stammt immerhin aus einer Familie bedeutender Generäle und könnte den Casus vermutlich sogar Seiner Majestät vortragen.«

»Aber Exzellenz, für einen solchen Besuch bin ich nicht gekleidet!«, rief Fontane.
»Sie kennen doch den alten Haudegen. Mir will es mitunter scheinen, dass er seit seinem Abschied von der Truppe ein wenig vereinsamt ist. Unsere Visite wird ihn freuen, da wird er über die Kleiderordnung hinwegsehen.«
Heinrich von Schweinitz empfing die unerwarteten Gäste herzlich und ließ sich den Anlass der Visite berichten. Fontane übernahm diesen Part, hin und wieder von einem Einwurf des Geheimrates unterbrochen, der das eine und andere glaubte ergänzen zu müssen.
»Na, wenn ich helfen kann.« Der Generalmajor rieb tatendurstig seine gichtigen Hände. »Für die Sache der Gerechtigkeit ziehe ich gern noch einmal ins Feld. Auch öfter, wenn es sein muss.«
Von Wangenheim warf Fontane einen triumphierenden Blick zu.
»Ich habe gewusst, Herr General, dass Sie uns nicht im Stich lassen werden.«
»Wir wollen den Tag nicht vor dem Abend loben.« Der Hausherr klingelte nach dem Diener, befahl umgehend den Sekretär zu sich und diktierte einen Brief an seinen guten alten Freund, die hochgeschätzte und höchlich verehrte Exzellenz Graf Eulenburg. Das war immerhin der preußische Minister des Innern. Der Gang von Pontius zu Pilatus, der Parforceritt durch die Ämter, schien nicht mehr nötig.

»Emilie!« Fontane stürmte die Küche, wo seine Frau gerade damit beschäftigt war, gemeinsam mit Mete Zwiebeln zu schälen und zu würfeln, eine durch und durch tränenreiche Angelegenheit.

Sie wischte die Tränen fort und deutete auf den Brief in seiner Hand.
»Lies vor«, sagte sie nur.
»Also ...« Er räusperte sich. »*Ihre Exzellenz, Innenminister Graf Eulenburg, haben geruht, die umgehende Exhumierung des ...*«
»Bitte nicht, Thédore!«, unterbrach ihn Emilie. »Nicht vor ...«
»Mama, immer schickst du uns weg«, begehrte Mete auf.
Emilie warf ihr einen strengen Blick zu. »Du gehst bitte sofort auf dein Zimmer!«
Mete erhob sich betont langsam, spülte noch die Finger ab, gehorchte dann aber und verließ die Küche. Fontane begann von vorn:

»*Ihre Exzellenz, Innenminister Graf Eulenburg, haben geruht, die umgehende Exhumierung des gewissen Leichnams zu befehlen. Ihre Exzellenz haben des Weiteren Order erlassen, dass Kriminalkommissar Aschinger mit der Enquête sowohl im Landkreise Ruppin als auch, soweit geboten, in Berlin beauftragt wird.*
Glückwunsch, lieber Freund. Empfehlung an die werte Gattin etc. pp.«

»Ein Sieg, Emilie! Ist das nicht ein Sieg? Jetzt öffnen wir eine Flasche Wein.«
»Wir haben keinen mehr«, sagte Emilie nüchtern.

Eine knappe Stunde später läutete es an der Tür. Im Treppenhaus stand Kriminalkommissar Aschinger, außer Atem und erregt.

»Guten Abend, Herr Fontane!«, sagte er, doch sah man ihm an, dass er verstimmt war. Sein Mantel und sein Hut waren feucht, von der Spitze des zusammengeklappten Parapluies tropfte Regenwasser auf den Boden.

Fontane trat beiseite. »Bitte hereinzukommen«, sagte er mit belegter Stimme.

»Wer ist es denn?«, hörte man Emilie aus dem Alkoven rufen. Als sie ins Entree trat, setzte Aschinger ein Lächeln auf und zog eine Tüte aus der Innentasche des Mantels, die er ihr überreichte. »Guten Abend, Madame Fontane!«

»Guten Abend, Herr Kommissar! Aber nicht doch! Ich habe gar nichts vorbereitet ...«

»Das konnten Sie ja auch gar nicht – bei einem unangemeldeten Besuch. Bitte diesen Mangel an Takt zu entschuldigen.«

Emilie öffnete die Tüte. »Nusskonfekt«, sagte sie erfreut. »Legen Sie doch bitte ab. Den Parapluie nehme ich mit in die Kammer und spanne ihn dort auf.« Resolut entwand sie dem Kommissar den Schirm und verließ den Flur.

Aschinger zog den Mantel aus, nahm den Hut ab, reichte beides Fontane und sagte: »Sie wissen doch, was Ihnen die Ehre meines Besuches verschafft? Wie konnten Sie nur! Das kostet Sie nicht nur eine Theaterkarte, sondern ein Jahresabonnement.«

»Gehen wir in mein Arbeitszimmer«, schlug Fontane vor. »Leider ist uns der Wein ausgegangen.«

Der Kommissar winkt ab. »Danach steht mir sowieso nicht der Sinn. Sie haben mich gewaltig in die Bredouille gebracht mit Ihrem Antichambrieren in den höchsten Kreisen. Jetzt muss ich alle Arbeit stehen und liegen lassen, um mich Ihrer ... eine fixe Idee will ich es nicht nennen, aber ...«

»Nennen Sie es getrost so.«
»Nachdem ich vom Brief des Grafen von Zieten-Schwerin gehört habe, ist dieser Begriff wohl nicht ganz angemessen. Mit Verlaub gesagt: Die Sache stinkt. Das haben Sie von Anbeginn gerochen. Nun wird sie noch mehr stinken.«
Ein Schaudern durchlief ihn. »Es ist die erste Exhumierung meiner Karriere.«
Ehe Fontane antworten konnte, trat Emilie ein, in der einen Hand einen Teller, in der anderen eine Karaffe mit Wasser. Sie stellte alles auf den Tisch, den Teller direkt vor Aschinger. Drei Scheiben dunkles Brot lagen darauf, alle dick mit Apfelschmalz beschmiert.
»Eine kleine Stärkung, Herr Kommissar. Das Schmalz ist selbst ausgebraten. Es ist noch warm.«
»Wie wunderbar, meine liebe Frau Fontane.« Aschinger stand auf und verbeugte sich.
»Dann will ich nicht stören.« Emilie verließ das Zimmer.
Aschinger setzte sich wieder.
»Ich bin tatsächlich hungrig. Den ganzen Tag auf den Beinen ... Man bekommt kaum etwas in den Magen. Wenn Sie gestatten?« Er langte nach der ersten Scheibe.
»Wann fahren Sie denn nach Ruppin?«, wollte Fontane wissen.
Aschinger schluckte. »Morgen in aller Herrgottsfrühe.«
»Doch nicht allein?«
»Nein. Ein Kriminalschutzmann begleitet mich. Auf Anordnung des Polizeipräsidenten.«
»Ich weiß, ich stehe tief in Ihrer Schuld«, sagte Fontane, und da hatte er einen plötzlichen Einfall. »Und ich glaube, jetzt weiß ich auch, wie ich die Schuld abtragen kann. Geben Sie mir nur noch ein wenig Zeit.«

»Sie haben mich gefragt, ob ich allein reise – wollen Sie etwa mitkommen?«
»Nein, nein!« Fontane schüttelte den Kopf. »Ich habe im Krieg zwar schlimm zugerichtete Menschen gesehen, böse Verletzungen, Tote über Tote. Und ich bin so schaulustig wie wissbegierig. Aber es gibt Anblicke, die ich mir ersparen möchte.«

Eine Begegnung mit dem berühmten Mediziner, Sozialhygieniker und Abgeordneten Rudolf Virchow jedoch gehörte nicht zu den Dingen, die sich Fontane ersparen wollte. Zwei Tage nach der Exhumierung machte er sich kurz nach sieben Uhr auf den Weg zur Charité, um sofort nach der Leichenöffnung das Ergebnis zu erfahren. Sollte es keine Spuren geben, die einem Selbstmord widersprachen, würde er den Casus Schwartz fallen lassen, der ihn schon so viel Kraft und Zeit gekostet hatte.
Er hatte noch mit Emilie frühstücken wollen, dann aber nur einen Kaffee getrunken – trotz Emilies Bedenken, die Kaffee auf nüchternen Magen für lebensgefährlich hielt. Sein Magen rebellierte denn auch, wie er kurz nach dem Besteigen der Droschke zu spüren bekam. Sicher war nicht nur der Kaffee daran schuld, sondern auch seine große Nervosität.
Schon aus einiger Entfernung entdeckte er Aschinger: Er wartete vor dem Eingang zum Pathologischen Institut, wenn auch gewiss nicht auf Fontane, sondern auf den Professor. Aschinger war nicht allein. Neben ihm stand ein junger, gertenschlanker Mann mit kurz geschorenem blonden Haar und ebenso hellem, schütterem Backenbart. Als der Kommissar Fontane ausmachte, schien er nicht im Gerings-

ten überrascht zu sein. Er sagte etwas zu dem Jüngeren und deutete herüber.
Fontane trat näher.
»Sie gehören also auch dem Verein der Frühaufsteher an«, sagte Aschinger und stellte vor. Der schlanke Blonde war Kriminalschutzmann Wittlich, der seinen Chef nach Gnewikow begleitet hatte. »Wir sind es notgedrungen, aber Sie? Oder treiben Sie, wenn ich Sie zitieren darf, Schaulust und Wissbegierde?«
»Die Wissbegierde, nicht die Schaulust«, erwiderte Fontane.
Immer mehr Männer, wenig jünger als Wittlich und an ihren Uniformen als Studenten zu erkennen, strömten in das Institutsgebäude.
In der Tür erschien ein Grauhaariger mit eingefallenen Wangen und in abgeschabtem Rock, vermutlich der Pedell oder ein Faktotum, der sich ehrfürchtig an die Kriminaler wandte.
»Erlaube mir untertänigst zu melden: Der Herr Professor sind noch nicht da«, sagte er.
»Das haben wir auch nicht erwartet«, entgegnete Aschinger.
Fontane blickte ihn erstaunt an.
»Aber Professor Virchow wollte doch um acht mit der Sektion beginnen«, sagte er. Der Pedell zog sich zurück.
»Er hat für acht auch eine Vorlesung angesetzt, eine Zusammenkunft der Deutschen Gesellschaft für Anthropologie, Ethnologie und Urgeschichte sowie ein Treffen mit einem Lausitzer Burgwallforscher. Wenn wir es nicht mit einem so bedeutenden Manne zu tun hätten, würde ich sagen …«
»Und was heißt das für uns?«, fragte Fontane.

»Geduld, Geduld, Geduld! Man sagt, dass der Herr Professor sich auch daheim mit wissenschaftlichen Fragen beschäftigt und darüber die Zeit vergisst. Immerhin ist er also auch ein Frühaufsteher.«

Fontane schaute zu der Tür, als könne er sie allein durch Willenskraft dazu veranlassen, sich zu öffnen und Virchow erscheinen zu lassen, nach durchgearbeiteter Nacht, aber in wenigstens einer Stunde mit einem brillanten, vor allem aber ihn, Fontane, bestätigenden Resultat. Die Tür öffnete sich tatsächlich, aber nur, um den Hausmeister auszuspeien. Der hob bedauernd die Schultern. »Kann noch ein bisschen dauern«, sagte er trocken.

Sie hatten sich in der Zwischenzeit in das Institut begeben, wo sie der grauhaarige Bedienstete in einen Vorraum des Sektionssaales geleitet hatte. Allerlei wissenschaftliche Geräte wie Mikroskope und Bunsenbrenner, diverse Glaskolben und Keramikschälchen standen auf den drei Metalltischen, weiße Operationsschürzen hingen an den Wänden, ein paar Bücher waren in einem Regal aufgereiht. Und dann gab es da Instrumente, die Fontane eher beunruhigten: Skalpelle verschienener Größen, Scheren und Klemmen, Bohrer und Knochensägen.

Aschinger, Wittlich und Fontane hatten auf drei Drehstühlen Platz genommen und die beiden Beamten hatten von ihren Erlebnissen in Neuruppin und Gnewikow berichtet. Gerichtsdirektor Frölich, der von Amts wegen an der Exhumierung hatte teilnehmen müssen, war völlig verstört gewesen und hatte großen Abstand zu Schwartz' Grabstelle gehalten. Major von Blohm hingegen hatte männliche Größe gezeigt und sich wie ein Offizier verhalten. Keine

Bewegung seiner Miene habe verraten, was er dachte oder empfand, erzählte Aschinger. Nur an den Augen habe man es gesehen: Der Major sei fürchterlich wütend gewesen. Als Aschinger ihn dann um die Jagdpistole bat, habe man ihm angesehen, dass er unmittelbar vor der Explosion stand.

Als Virchow kurz nach halb zehn endlich erschien, eilte er sofort mit einem schuldbewussten Lächeln auf die drei Wartenden zu.

»Es ist fatal, die Herren, einfach nur fatal. Es gibt zu viel Arbeit und zu wenig Zeit auf dieser Welt. Sie sind doch Kriminalbeamte? Gehen Sie, verhaften Sie mir ein Schock Zeit.«

Während er noch sprach, legte er bereits Mantel, Jacke und Weste ab, nahm eine Operationsschürze vom Haken und band sie sich vor. »Franke!«, rief er.

Virchow hatte einen hohen Haaransatz, seine Stirn war tief gefurcht, seine Ohren auffallend groß. Er trug einen gepflegten Vollbart und eine Metallbrille mit runden Gläsern.

»Franke!«, wiederholte er.

Das Faktotum betrat geschäftig den Vorraum.

»Herr Professor befehlen?«

»Wo liegt der Schädel?«

»Auf Tisch drei, Herr Professor.«

»Die Instrumente sind gerichtet?«

»Wie immer, Herr Professor.«

»Voilà!« Virchow klatschte in die Hände. »Wünschen die Herren eine Schausektion?«

Fontane schüttelte den Kopf, Wittlich hob abwehrend die Hände. Virchows Blick blieb an Aschinger hängen. Der senkte den Blick.

Keine Minute später war der Professor im Sektionssaal verschwunden.

Die Zeit verrann zäh. Immer wieder einmal erschien ein Student mit den Farben seiner Korporation an der Mütze und einem kapitalen Schmiss, der sich ehrfürchtig erkundigte, wann man wohl mit dem Beginn der Vorlesung rechnen könne. Auch ein Gelehrter der Deutschen Gesellschaft für Anthropologie, Ethnologie und Urgeschichte ließ sich blicken, schwadronierte ein wenig über die Entdeckung Trojas, die in diesem Sommer die Öffentlichkeit beschäftigt hatte, lobte Virchow als Förderer Heinrich Schliemanns und verschwand. Am lästigsten war der Lausitzer Burgwallforscher. Seine Begeisterung für den Gegenstand seines Interesses war so groß, dass er – nachdem er Virchows exorbitante Leistung auf diesem Gebiet hervorgehoben hatte – Aschinger, Wittlich und Fontane einen kleinen Vortrag hielt. Nun war zwar Fontane sowohl an der Lausitz als auch an Burgwällen interessiert, aber der Moment war falsch gewählt. Sein Magen probte wieder den Aufstand, und er hörte nur mit halbem Ohr zu, den Blick auf die Tür gerichtet, hinter der Virchow verschwunden war. Wittlich dagegen widmete seine ganze Aufmerksamkeit seinen schönen, feingliedrigen Händen.

Aschinger sah aus dem Fenster.

»Als Erster unterschied unser hochverehrter Professor zwischen slawischer und bronzezeitlicher Keramik«, berichtete der Mann aus der Lausitz. Fontane presste beide Hände auf den Unterleib, in dem es immer stärker rumorte. Nie mehr würde er Kaffee trinken, ohne zugleich etwas zu essen, schwor er sich. Überhaupt würde er nie mehr auch nur eine Tasse Kaffee anrühren.

»Die slawische Keramik hat er dem sogenannten Burgwalltyp zugeordnet, die bronzezeitliche …«

Der Redner wurde abrupt unterbrochen, denn die Tür des Sektionssaales schwang auf. Virchow strahlte wie ein Kind, das eine aufregende Entdeckung gemacht hat. Auf seiner Operationsschürze hatten sich Flecken und Rinnsale von Flüssigkeiten gebildet, deren Farbe man in keinem Spektrum fand. Fontane musste sich abwenden.

»Oh, Herr Professor …«, stammelte der Wallforscher.

»Guten Tag, Doktor Blumenthal! Ich habe gehört, Sie sind nun Rektor in Cottbus geworden? Glückwunsch, mein Bester.« Virchow trat sogar zu dem Mann und legte ihm freundlich die Hand auf die Schulter. Der frischgebackene Rektor zucke zusammen und trat unwillkürlich einen Schritt zur Seite, um eine Berührung von seinem Rock und der Schürze zu vermeiden.

»Warten Sie, Dottore, einen Augenblick nur.« Virchow nahm endlich die Schürze ab, dann deutete er auf Fontane, Wittlich und Aschinger. »Ich habe mit diesen Herren noch … Wie gesagt, gleich bin ich bei Ihnen.«

Schicksalsergeben verließ Doktor Blumenthal den Raum.

»So!« Rudolf Virchow warf die Schürze achtlos auf einen der Tische und zog an einer Schnur, die Fontane bislang nicht bemerkt hatte. Mit diesem Zug wurde ein Bild aufgerollt: ein anatomischer Mensch. Ein anatomischer Mann, um genau zu sein.

»Schauen Sie, meine Herren.« Virchow griff nach einem Zeigestock. »Ein interessanter Fall!« Beinahe zärtlich berührte er mit der Stockspitze den Kopf des abgebildeten Körpers. »Das Geschoss ist in einem rechten Winkel in die linke Schläfe eingedrungen. Das war am Kanal des Schusses durch Schädel und Hirn klar zu erkennen. Die erste Schlussfolgerung also lautet: Unser Opfer war Linkshänder.

War es das?« Virchow schaute zu Fontane. Der konnte nur mit den Schultern zucken.

»Ist auch nur eine rein akademische Frage. Also, der Einschusswinkel spricht weder für noch gegen Selbstmord: Man kann sich auf diese Weise selbst töten, man kann so getötet werden. Aber, meine Herren …« Virchow legte eine bedeutungsvolle Pause ein, dann entrollte er ein zweites Schaubild: der anatomische Mensch von hinten. »Hier!« Er deutete mit dem Zeigestock auf den Hinterkopf des Mannes. »Ich habe in diesem Schädelbereich Bruchlinien gefunden. Sie sind nicht sehr schwerwiegend, deuten aber darauf hin, dass mit einem stumpfen Gegenstand auf den Kopf eingewirkt wurde. Und das kann ich Ihnen sagen: Niemand ist in der Lage, sich selbst von hinten aufs Haupt zu schlagen.«

»Was bedeutet?«, fragte Fontane, obwohl ihm die Antwort eigentlich klar war.

»Der Mann wurde niedergeschlagen und dann erschossen. Wir haben es also mit hundertprozentiger Gewissheit mit Mord zu tun.«

Zehntes Kapitel

29. Oktober 1873

Aschinger fuhr, von Wittlich kutschiert, mit Fontane erst einmal in die Potsdamer Straße, bevor es zum Molkenmarkt weitergehen sollte. Fontanes Rolle im Fall Schwartz hatte sich entschieden gewandelt. Der Kriminalkommissar hatte es ihm soeben erklärt: Jetzt war er Zeuge, und als solchen würde man ihn auch behandeln müssen. Was ihn erwartete, war ein Polizeiverhör.

Den Umweg über die Potsdamer Straße hatte Aschinger befohlen, weil er jetzt, nachdem feststand, dass Schwartz tatsächlich ermordet worden war, ein großes Interesse an den Porträts hatte. Fontane holte die Mappe, während Aschinger und Wittlich in der Kutsche zurückblieben.

Emilie war gerade damit beschäftigt, Weißwäsche auszubessern, als er in die Stube trat. Sie hob den Blick und schaute ihn höchst kritisch an.

»Hast du mittlerweile etwas gegessen?«, fragte sie.

Er schüttelte den Kopf. »Aber das ist momentan nicht wichtig. Willst du gar nicht wissen, was Professor Virchow bei der Sektion herausgefunden hat?«

»Du sprichst neuerdings fast nur noch von solch widerwärtigen Dingen«, meinte sie. »Aber gut: Was hat er herausgefunden?«

»Es war ein Mord! Schwartz wurde niedergeschlagen und dann erst erschossen!«

Emilie ließ Nadel und Faden sinken und starrte ihn an.

»Nein!«, rief sie.

»Doch! Emilie, es pressiert. Ich hole schnell Menzels Zeichnungen …« Fontane hetzte in sein Arbeitszimmer, klaubte die Mappe vom Schreibtisch und befand sich schon wieder im Entree, als Emilie ihn ermahnte: »Aber iss etwas, Théodore, wenn ich dich schon nicht bremsen kann. Versprich es mir, ja?«

»Versprochen!«, rief er und war bereits im Treppenhaus.

Während der Fahrt zum Molkenmarkt war Aschinger ernst und schweigsam und er blieb es auf den Gängen des Präsidiums. Der Raum, den sie aufsuchten, war das Dienstzimmer der Kriminalschutzleute von Aschingers Kommissariat: größer als dessen Kammer, allerdings mussten es sich auch fünf Beamte teilen. Drei von ihnen waren aus dem Haus, den vierten schickte Aschinger mit einem Ermittlungsauftrag zur BEFABAG und deren Verweser Krienstein.

Fontane empfand den Raum trotz seines größeren Zuschnitts als noch beengter als das Bureau des Kommissars. Gerade einmal ein Aktenschrank und drei Schreibtische fanden Platz, die sich die Beamten offenbar teilen mussten. Nachdem Wittlich ein paar Papiere beiseite geräumt hatte, wurde Fontane gebeten, an einem dieser Schreibtische Platz zu nehmen.

»So!« Aschinger klemmte sich die Mappe mit den Porträts unter den Arm. »Ich mache jetzt eine etwas größere Runde von Kommissar zu Kommissar. Wir wollen doch einmal sehen, ob nicht doch jemand bei der Berliner Kriminalpolizei diese Herrschaften kennt.« Sprach's und verließ den Raum.

Während sie auf seine Rückkehr warteten, schwiegen Fontane und Wittlich sich an. Der Kriminalschutzmann betrachtete angelegentlich seine Hände, und Fontane wusste einfach nicht, wie er in dieser Umgebung ein Gespräch beginnen sollte. Er fühlte sich durch und durch unwohl und sein Magen brannte.

Keine Viertelstunde war verstrichen, als Aschinger das Dienstzimmer wieder betrat, diesmal mit zwei Mappen unter dem Arm. Die zweite war kleiner als die von Menzel, ihr Pappdeckel hatte eine grünlich-graue Farbe und sie war mit grauen Bändern über Kreuz verschnürt. Aschinger legte beide Mappen sorgfältig auf den Tisch und setzte sich dann Fontane gegenüber. Sein Gesicht zeigte keine Regung, weder Triumph noch Enttäuschung.

»Wittlich, Sie führen das Protokoll?«, sagte er zu seinem Assistenten.

»Natürlich, Herr Kommissarius.«

Aschinger wandte sich an Fontane. »Sind Sie bereit?«

Fontane nickte. Wittlich spitzte Bleistifte.

»Wir beginnen dort, wo alles anfing«, sagte Aschinger. »Es ist der 26. September 1873. Wann und wo hörten Sie den Schuss?«

Das Verhör dauerte eine volle Stunde. Nachdem Fontane alles berichtet und jede Frage Aschingers beantwortet hatte, war sein Mund trocken, sein Hals ausgedörrt. Die Augen brannten ihm, sein Rücken schmerzte vom Sitzen auf dem Drehstuhl ohne Lehnen. Er war erschöpft.

»Wittlich, haben Sie alles?«, fragte Aschinger.

»Selbstverständlich, Herr Kommissarius.«

»Drunter das Übliche: Gelesen, gezeichnet … Sie wissen ja.«

Wittlich reichte seinem Chef die Blätter. Ein Dutzend war es mindestens.
»Unterschreiben müssen Sie bitte noch.« Aschinger blickte Fontane an. »Und jetzt haben wir uns eine Stärkung verdient.« Er schob das Protokoll in eine weitere Mappe. »Wittlich, beschaffen Sie uns einen Krug Wasser und einen Krug Bier. Dazu irgendetwas Essbares.«
»Bier?« Wittlich zögerte.
»Ja, in Gottes Namen, Bier.«
Der Assistent verschwand, ein Grinsen auf dem Gesicht.
Der Kommissar breitete einen Bogen Papier auf dem Tisch aus und angelte sich einen Bleistift. »Nun aber in medias res. Wer sind unsere Hauptverdächtigen?«
»Die beiden Prolétaires«, erwiderte Fontane.
»Das steht außer Frage. Wer sind sie?«
»Das wissen wir nicht.«
»Doch, mein lieber Herr Fontane, seit einer Stunde wissen wir es.« Nun zeigte sich doch Genugtuung in Aschingers Zügen. »Aber warten wir ab, bis Wittlich zurückkehrt, dann lasse ich die Katze aus dem Sack. Nächste Frage: Warum haben sie Schwartz erst zu Boden geschlagen und dann erschossen?«
Fontane konnte nicht an sich halten.
»Sie wissen, wer sie sind?«, fragte er aufgeregt.
Aschinger machte eine begütigende Geste. »Gemach, gemach! Also, was ist am späten Nachmittag des 26. September 1873 geschehen?«
Fontane überlegte kurz. »Es hat einen Kampf gegeben.«
»Aus welchem Grunde?«
»Ja, wenn wir das wüssten …«
»Ein anderer Aspekt: *Cui bono?* Da fällt uns doch einiges ein?«

»Mittlerweile, fürchte ich, haben die Täter oder ihre Hintermänner ...«
»Ha!«, rief Aschinger. Fontane fuhr zusammen. »Hintermänner also. Da haben wir's. Ich weiß übrigens, was Sie sagen wollten: Vermutlich zieht niemand Nutzen aus dem Tod von Schwartz, weil sein Imperium eine Trümmerwüste ist. Aber das wussten die Hintermänner zum Zeitpunkt des Mordes noch nicht.«
Er begann, ein paar Namen auf das Blatt zu notieren. »Wir haben die Freifrau Antonia Schwartz von Blohm und den Leutnant a. D. Graf Gensfleisch«, er verband die Namen mit einer Linie, »sowie das gefeuerte, aber gut abgefundene Dienstmädchen Martha Tassel. Ich verkoppele ... hm ... verkoppele Martha Tassel sowohl mit Antonia von Blohm als auch mit dem Leutnant, der sich so sehr für sie eingesetzt hat. Ob er wohl ein Verhältnis mit ihr hat?«
»Kann ich mir nicht vorstellen.«
»Aber warum denn nicht? In den Garnisonsstädten wimmelt es von unglücklichen Mädchen, die sich die Augen nach einem schmucken Leutnant ausweinen.«
»Gensfleisch und die Tassel?« Fontane schüttelte den Kopf. Der Offizier und das Mädchen, das war ja ein Thema für eine Tragödie. Nein, eher für eine Tragikomödie. Die Fallhöhe war zu gering, bei einem Gensfleisch existierte nicht mal eine ... Doch einen Romanstoff gab es allemal her. Fontane begann, Geschmack an dem Gedanken zu finden.
»Na, was meinen Sie?«, fragte Aschinger lauernd.
Fontane wiegte den Kopf. Wittlich erschien mit dem Bier.
»Ausgezeichnet, Wittlich. Setzen Sie sich, es gibt eine interessante, was sage ich, eine sensationelle Neuigkeit, die ihnen die langen Beine weghauen wird.« Aschinger löste

die Bänder von der grünlich-grauen Mappe und schlug den Deckel auf. »Eines muss man uns preußischen Polizeibeamten lassen, es herrscht Ordnung bei uns; bei manchen meiner Herren Collega sogar in den Köpfen. Es war kein weiter Weg, Kommissar Brunsberg hat unsere beiden Prolétaires auf Anhieb erkannt. Es sind …« Er tat, als müsse er die Namen erst nachlesen, dabei hatte er sie zweifelsohne im Kopf. Fontane hielt den Atem an. »Es sind Wolf Reuchlin, genannt Wölfi, und Gotthelf Schadewald alias ›Der Riese‹. Fragen Sie mich nicht, wie solche Spitznamen zustande kommen, denn Schadewald ist nicht sehr groß. Vielleicht, weil er ein riesiges Maul hat …« Er lehnte sich zurück und kreuzte die Arme vor der Brust. Sein Blick wanderte zwischen Fontane und Wittlich hin und her.

»Die Namen sagen mir nichts«, räumte Wittlich ein.

»Das sind zwei ganz gewöhnliche Schränker, wie man die Einbrecher im Milieu nennt. Keine besonders geschickten, wenn Sie mich fragen, andernfalls hätte sie wohl kaum eine so umfangreiche Akte bei uns. Schränker, Wittlich! Ich wüsste zu gern, warum sich zwei Einbrecher auf den Weg zu Schwartz nach Gnewikow gemacht haben. Oder, präziser ausgedrückt: Ich wüsste noch viel lieber, warum sich Schwartz mit zwei Schränkern abgab.«

»Tja, das ist mysteriös.« Der Kriminalschutzmann spielte mit einem der Bleistifte.

»Für die Polizei gibt es nichts Mysteriöses, Wittlich. Alles hat einen Grund außerhalb irgendwelcher Mysterien. Worum geht es Schränkern? Beschwören Sie irgendwelche Götter? Doch wohl nur den einen: Mammon. Also los, Wittlich, trommeln Sie die Truppe zusammen!«

Fontane machte sich auf den Weg nach Hause.

Er hatte zwar ein schlechtes Gewissen, weil er schon wieder den Kriminalkommissar Aschinger aufsuchte, der weiß Gott genug zu tun hatte, aber die innere Unruhe, die ihm den Schlaf raubte, trieb ihn dazu. Aschinger las gerade einen Bericht, als Fontane eher zögerlich dessen Bureau betrat, und auf seinem Schreibtisch häuften sich die Papiere. Der Kommissar wirkte jedoch höchst beschwingt und tatendurstig.

»Guten Morgen, Herr Fontane! Und bevor Sie fragen – nein, wir haben sie noch nicht.«

»Vielleicht sind sie untergetaucht«, sagte Fontane und lehnte sich an die Wand.

»Möglich. Aber der Mord liegt nun fast sechs Wochen zurück, die werden ihre Köpfen schon wieder aus dem Loch stecken.« Aschinger legte den Bericht zu den anderen. »Wir haben gestern unser Gespräch über Gensfleisch und Martha Tassel nicht zu Ende führen können. Also, was meinen Sie: Haben die beiden ein Verhältnis?«

»Sie kennen den Ladestock nicht …«

»Wen?«

»Gensfleisch. Ich habe ihn für mich Ladestock getauft, weil er sich hält, als hätte er einen verschluckt. Der Mann trägt die Nase dermaßen hoch, er kann ein Dienstmädchen gar nicht sehen.«

»Aber er hat sich für sie bei Antonia von Blohm eingesetzt. An diesem Faktum kommen wir nicht vorbei. Statten wir Martha doch noch einmal einen Besuch ab.«

»Dürfen Sie mich denn mitnehmen?«

»Ich bitte Sie!« Aschinger stand schon und warf sich den Mantel über. »Kommen Sie, lassen Sie uns keine Zeit verlieren.« Er riss die Tür auf und brüllte über den engen Gang: »Wittlich!«

Wenig später steckte der Kriminalschutzmann den Kopf aus der Tür gegenüber: »Der Herr Kommissar befehlen?«
»Fahren Sie uns in die Spandauer Vorstadt!«

Die Gipsstraße lag still und friedlich da wie eh und je. Vor der Wäscherei stand ein Handwagen, den gerade ein Junge von vielleicht fünf, sechs Jahren mit Wäschebündeln belud. Der Schuster, kenntlich an seiner Lederschürze, hielt einen Schwatz mit einer älteren Frau, die einen Korb über dem Arm trug, und über dem Lebensmittelgeschäft stand immer noch *Alimentation*.
Aschinger sprang als Erster aus der Kutsche. »Wussten Sie eigentlich«, fragte er, »dass wir in dieser Straße vor Jahren einen bizarren Mordfall hatten? Das war vor Ihrer Zeit, Wittlich, da waren Sie noch in Brieselang oder wo immer.«
»Breslau, Herr Aschinger ... woher auch unser Oberbürgermeister kommt.«
»Sag ich doch. Seien Sie stolz auf Ihre Herkunft!«
Der Kommissar fuhr mit seinem Bericht fort: »Es fing mit einem Kopf an. Damals gab es hier noch einen Metzger ... Der Metzger war es, der den Kopf verloren hatte. Dort lag er in der Gosse. Warum wurde der Kopf so demonstrativ abgelegt? Mörder verbergen doch normalerweise ihre Taten? Ich will keine Reden halten: Der Sohn war's. Er hat seinen Vater gehasst für jahrelange Demütigungen, nun wollte er es ihm zurückzahlen. Der Kopf musste in den Rinnstein, verstehen Sie? Mit dem Gesicht nach unten. Und alle sollten es sehen. Den Rest haben sie, Fleischerfrau und Fleischersohn, übrigens in der Wurst versteckt.«
Fontane schluckte.
Sie betraten das Haus.

Aschinger übernahm die Führung und stieg die Treppe hinauf. Fontane erwartete, dass die selbst ernannte Concierge jeden Moment die Wohnungstür aufreißen würde, doch nichts geschah. Dabei zweifelte Fontane nicht, dass sie die Ankunft der Kutsche beobachtet hatte. Wahrscheinlich roch die Frau die Polizei schon auf drei Meilen.

Im dritten Stock klopfte Aschinger an die linke Tür. Er klopfte einmal, zweimal, dreimal, dann warf er Wittlich, der eine halbe Treppe tiefer auf dem Absatz stehen geblieben war, einen Blick zu und zuckte mit den Schultern.

»Ja?«, fragte endlich jemand hinter der Tür.

»Das ist sie«, flüsterte Fontane Aschinger zu.

»Kriminalpolizei.«

»Oh, aber doch nicht ... zu mir?«

»O doch. Bitte öffnen Sie!«

Martha Tassel löste den Riegel, dann schob sie die Tür einen Spaltbreit auf. Aus großen Augen schaute sie den Kommissar an.

»Aber ich habe doch nichts ...?«

»Nein, nein«, sagte Aschinger nahezu väterlich. »Aber wenn Sie die Güte hätten ...«

»Ja, natürlich.« Martha öffnete die Tür nun ganz. Ihr Blick fiel auf Fontane und sie wurde blass. »Sie? Auch ... Polizei?«

»Sind Sie allein, Fräulein Tassel?«, erkundigte sich Aschinger. Sie nickte. Der Kommissar gab Wittlich einen Wink. »Kommen Sic mit hinein.«

Die kleine, behagliche Stube war so sauber, wie sie es bei Fontanes erstem Besuch gewesen war. Alles war an seinem Platz, nur auf der Chaiselongue lag eine Männerhose.

Aschinger bemerkte sie sofort.

»Hübsch haben Sie es, Fräulein Tassel«, sagte er.
Martha lächelte unsicher. »Man gibt sich Mühe, Herr … Herr Inspektor?«
»Kommissar. Aber lassen wir das. Wir dürfen uns setzen?«
»Ja. Ja, Verzeihung, Herr Kommissar. Bitte, setzen Sie sich.«
Aschinger wählte die Chaiselongue, Fontane den einzigen Sessel. Wittlich blieb an der Tür stehen.
»Ich kann aus der Küche noch zwei …«, begann Martha.
Aschinger unterbrach sie: »Sie kommen zu mir.«
Die junge Frau sah plötzlich ganz unglücklich aus. Wenn sie sich auf das Sofa setzen wollte, musste sie etwas mit der Hose unternehmen.
»Was ist, Fräulein Tassel?« Aschingers Lächeln wurde immer freundlicher.
»Ich dachte nur … der andere Herr Kommissar möchte vielleicht auch …?«
»Wir sitzen den lieben langen Tag in unseren Bureaus, er steht gerne.«
»Sehr gerne«, bestätigte Wittlich.
Martha Tassel ging kurz entschlossen zur Chaiselongue und nahm die Hose auf. »Ich nähe manchmal für Nachbarn«, sagte sie, faltete die Hose zusammen, legte sie mangels eines besseren Platzes auf den Teppich und setzte sich neben den Kommissar.
»Ja, was tut man nicht alles für den Lebensunterhalt.« Aschinger blickte versonnen auf den Spruch, der die Arbeit bis zum Tod pries. Martha nestelte nervös an ihrem kornblumenblauen Kleid.
Plötzlich fuhr der Kommissar herum und sah ihr ins Gesicht.
»Wie heißt der Nachbar?«

»Welcher …?«, fragte sie erschrocken.
»Für den Sie nähen?«
»Er heißt … er heißt … Kaminski.«
»Wittlich?«
»Ja, Herr Kommissar?«
»Erkundigen Sie sich doch einmal beim Nachbarn Kaminski, ob Fräulein Tassel für ihn Hosen näht.«
Martha gab auf. »Sie gehört meinem Freund«, sagte sie kleinlaut.
»Sie haben einen Freund?« Wieder die väterliche Stimme. »Dessen müssen Sie sich doch nicht schämen. Sorgt er für Sie, der Freund? Da Sie ja nun schon seit Monaten keine Anstellung mehr haben?«
»Ja, er sorgt … sehr gut.«
»Das freut mich.« Aschinger betrachtete die Bilder an der Wand, eines nach dem anderen. »Aber eigentlich haben Sie es gar nicht nötig, dass jemand für Sie sorgt, nicht wahr?«
»Ich verstehe nicht.« Marthas Stimme war nur noch ein Hauch.
»Warum erhalten Sie eine monatliche Zuwendung von Herrn Schwartz?«, fragte Aschinger scharf. »Besser ausgedrückt: Warum *haben* Sie eine bekommen?«
»Ich …«
»Antworten Sie!«
»Für das Kind.«
»Es gibt keins.«
»Nein, noch nicht. In ein paar Monaten …«
»Wird es auch keines geben. Jedenfalls wird sein Vater nicht Friedrich Georg Schwartz heißen.«
Jetzt hatte sie Tränen in den Augen. Zusammengesunken saß sie neben Aschinger.

»Geben Sie zu, dass Sie nicht in anderen Umständen sind?«
»Nein«, flüsterte Martha.
»Wie, nein? Geben Sie es nicht zu?«
»Ich bin nicht in anderen Umständen.« Sie war jetzt kaum noch zu verstehen.
Plötzlich riss Wittlich den Arm hoch und alle wandten ihm den Blick zu. Er legte einen Finger auf die Lippen. Martha sah ihn ängstlich an. Aschinger erhob sich.
In der Stille hörte Fontane es auch: Schritte auf der Treppe. Wenig später wurde ein Schlüssel in das Türschloss gesteckt. Wittlich trat einen Schritt zurück.
»Ich bin's!«, sagte laut ein Mann. Martha Tassel wirkte wie erstarrt.
Die Tür wurde mit Schwung aufgedrückt und ein junger Mann stand im Raum – ein Mann mit einer auffallend breiten Nase, weit in die Stirn reichenden Locken und merkwürdig krausen Ohren.
»Das ist … Reuchlin!«, rief Fontane.
Auch Aschinger und Wittlich hatten ihn erkannt und wollten sich auf ihn werfen, aber der Mann hatte die Situation sofort erfasst, drehte sich zur Treppe und war schon auf den Stufen. Wittlich und Aschinger stürzten ihm nach; aus dem Treppenhaus war ein Stakkato von Schritten zu hören. Nach einer Weile wurde es still.
Fontane war mit Martha Tassel allein.
Sie hielt den Kopf gesenkt und betrachtete das Muster des Teppichs.
»Das war Ihr Freund?«, fragte Fontane.
»Hm.«
»Wie heißt er denn?«
»Das wissen Sie doch schon.«

»Und wie nennen Sie ihn?«
»Wölfi«, hauchte sie.
»So rufen ihn auch seine Freunde, nicht wahr?«
»Hm.« Martha hob den Kopf und wischte sich mit dem Ärmel ihres Kleides eine Träne ab.
Fontane schüttelte den Kopf. »Der Schränker Wolf Reuchlin ist also Ihr Verlobter, Martha?« Er fand es erstaunlich, dass ihm das Wort Schränker so leicht über die Lippen ging.
»Wir sind nicht verlobt. Aber ich habe gehofft, dass er mir bald …« Sie verstummte.
»Einen Antrag macht?«
»Mir einen Ring schenkt.« Wieder liefen die Tränen. Martha Tassel gab es auf, sie fortzuwischen.
Fontane erhob sich und machte die Tür zu.
»Sie wissen, wovon Wölfi lebt, Martha?«
Martha schaute an ihm vorbei und nickte.
Schritte kamen die Treppe herauf. Martha Tassel hielt den Atem an. Es klopfte.
»Fontane, sind Sie noch da?«, fragte Aschinger, ganz außer Atem. Martha sank in sich zusammen.
Fontane öffnete.
»Mein Gott!« Der Kommissar lehnte sich an den Türrahmen. Schweißperlen glitzerten auf seiner Stirn. Er fuhr in eine Manteltasche, zog ein Taschentuch heraus und wischte sich den Schweiß ab. »Die Straße … ist nichts mehr … für unsereinen«, stieß er hervor. »Man bleibt besser immer … im Bureau.«
»Und Wittlich?«
Aschinger löste sich vom Türrahmen und ließ sich in den Sessel fallen. »Als ich ihn an der Ecke von Großer Hambur-

ger und Auguststraße sah, rannte er noch. Unser Bürschchen hatte ich da bereits aus den Augen verloren. Es ist verdammt flink.«
»Und kennt sich aus«, mutmaßte Fontane.
»Tut er das?« Aschinger fixierte Martha Tassel. »Hat das Häuflein Elend Ihnen etwas erzählt?«
»Nur, dass sie ihren Freund wie alle Wölfi nennt, dass sie noch nicht verlobt sind und dass sie weiß, wovon er lebt.«
»Na, das ist doch schon etwas.« Aschinger betrachtete das feuchte Tuch und steckte es achselzuckend wieder ein. »Sie werden uns viel zu berichten haben, nicht, Fräulein Tassel?«
»Wölfi«, jammerte sie. »Er hat nichts getan.«
Da erschien Wittlich in Begleitung eines uniformierten Schutzmannes.
»Entkommen?«, fragte Aschinger.
»Nein, wir haben ihn«, sagte Wittlich. Martha zuckte zusammen.
»Schutzmann, bringen Sie die Dame auf die Stadtvogtei!«, ordnete Aschinger an.
»Nein!«, schrie Martha Tassel und sprang auf. »Nicht ... nicht auf die Vogtei! Bitte!« In dem sinnlosen Bemühen, irgendwohin zu entkommen, versuchte sie, sich zwischen Chaiselongue und Tisch durchzuzwängen. Der Schutzmann ergriff ihren Arm und führte sie hinaus.
Erst als zu hören war, wie die beiden die Treppe hinabstiegen, sagte Wittlich: »Leider ist er mir entwischt. Er verschwand in einem offenen Durchgang, der zu Pferdeställen führte. Auf dem Hof muss er sich in Luft aufgelöst haben. Und natürlich will keiner etwas gesehen haben.«

»Verflucht!« Aschinger schlug die Handflächen zusammen. »Mein lieber Herr Fontane, jetzt heißt es Abschied nehmen. Wittlich und ich werden die Wohnung durchsuchen.«
»Brauchen Sie dabei keinen Zeugen?«, fragte Fontane noch, aber Aschinger schüttelte den Kopf. »Kommen Sie morgen aufs Präsidium«, sagte er. Dann machten Wittlich und er sich an die Arbeit.

Der Kommissar empfing Fontane am Morgen des folgenden Tages aufgeräumt in seinem Bureau. Auf seinem Schreibtisch häuften sich merkwürdige Utensilien: Steigeisen, starke Hanfseile und eine Brechstange. Aschinger betrachtete ein Papier mit einer Zeichnung.
»Vorsicht«, sagte er gut gelaunt und deutete auf mehrere undefinierbare Kapseln. »Das hier ist Sprengstoff.«
»Und das stammt alles aus der Wohnung der Tassel?« Fontane konnte es kaum glauben.
»So ist es. Treten Sie ruhig näher. Der Sprengstoff ist ohne Zünder harmlos wie Schokolade.« Aschinger tippte auf das Blatt Papier. »Was sehen Sie?«
Fontane erkannte die etwas unbeholfene Zeichnung eines Rechtecks, an dessen rechter Seite sich ein paar Wellenlinien befanden. Der Eindruck des Unbeholfenen entstand vor allem dadurch, dass die Seitenlinien des Rechtecks von Hand gezogen worden und daher nicht gerade waren. Das Rechteck war beschriftet: *50 Schriet*, stand an der einen, *45 Schriet* an der anderen Seite. Auf dem rechten Strich gab es genau in der Mitte ein Kreuz.
»Und?«
Fontane hob ratlos die Schultern. »Ich weiß nicht.«
»Schauen Sie noch mal hin.«

»Sieht wie die Kinderzeichnung eines Gebäudes aus«, sagte Fontane.
»Das denke ich auch. Es fragt sich nur, um welches Gebäude es sich handelt. Aber darauf komme ich später zurück.« Aschinger schob die Skizze beiseite. »Auf jeden Fall wissen wir jetzt, wer die Mörder des Geheimen Commerzienrates Freiherr Friedrich Georg Schwartz von Blohm sind, nämlich Reuchlin und Schadewald. Wir haben Martha Tassel bis in die frühen Morgenstunden verhört ...«
Die Tür wurde geöffnet und Wittlich schlüpfte herein. Er sah müde aus.
»Ah, Wittlich, gut dass Sie kommen. Herr Fontane fragte gerade, warum Reuchlin und Schadewald ihren Auftraggeber erst niederschlugen und dann erschossen.«
Fontane war verblüfft. »Auftraggeber?« Er sah darüber hinweg, dass er gar keine Frage gestellt hatte. »Schwartz war der Auftraggeber dieser beiden?«
»Wittlich, rapportieren Sie!«
Der Kriminalschutzmann hielt die Hand vor den Mund und gähnte heftig.
»Soweit wir aus Martha Tassels Worten klug geworden sind ...«, begann er schleppend.
Aschinger winkte ab.
»Mitte August wusste Friedrich Georg Schwartz von Blohm, dass sein Unternehmen früher oder später mangels Kapital zusammenbrechen würde«, berichtete er. »Als Schwartz klar wurde, wie es um seine Geschäfte stand, hat er es nicht seiner Frau, sondern seiner Geliebten gebeichtet. Martha Tassel. Vermutlich hat er sie für dumm angesehen und nichts befürchtet, als er sich ihr anvertraute. Doch Martha ist alles andere als dumm. Sie hat Schwartz auch etwas enthüllt, näm-

lich dass ihr Verlobter ein Schränker ist. Schwartz hatte Kapitalbedarf. Martha kannte einen Einbrecher. Verstehen Sie?«

»Ich sehe einen Schimmer am Morgenhimmel«, erwiderte Fontane.

»Immerhin.«

»Martha machte Schwartz und Reuchlin also miteinander bekannt?«

»Ja. Man traf sich in einer Kneipe in der Spandauer Vorstadt, im *Grünen Heinrich*. Schwartz kam nicht allein, er war in Begleitung.«

»In Begleitung?«

»Ja – halten Sie sich fest. Er brachte Gensfleisch mit. Der kam natürlich in vollem Wichs. Schwieg hochnäsig und fiel überhaupt nicht auf.« Aschinger grinste.

»Unmöglich!«, rief Fontane überzeugt. »Sie wollen doch nicht behaupten, dass Schwartz den Geliebten seiner Frau zum Komplizen gemacht hat?«

»So sagt es Martha Tassel. In dieser polizeibekannten Kneipe also wurde der Plan geschmiedet, in den Tresorraum einer Bank einzusteigen und das Geld umzuverteilen. Dass es sich um eine Bank handelt, ist aber vorerst nur Theorie – wir wissen nicht genau, was geplant war. Es sollte jedenfalls der ganz große Coup werden. Für Schwartz konnte ein Unternehmen ja nicht gigantisch genug sein. Wahrscheinlich hätte er am liebsten den Reichskriegsschatz im Juliusturm der Zitadelle Spandau gehoben. Fünf Milliarden Goldfrancs, man stelle es sich vor. Aber in den Juliusturm kann man nur mit einer Armee eindringen. Und die braucht man auch, um das Geld abzutransportieren. Haben Sie eine Vorstellung davon, wie schwer mehrere Milliarden Goldfrancs sind? Die kann man nicht einfach so forttragen!«

»Ein Einbruch in die Zitadelle war also offenbar nicht geplant«, stellte Fontane fest.
»Ich denke, das können wir ad acta legen. Schwartz war zwar größenwahnsinnig, aber so verrückt nun doch wieder nicht. Gehen wir daher mangels besseren Wissens von einer Bank aus. Martha Tassel muss Schwartz das Geschick ihres Liebsten und seines Kompagnons Schadewald in den glühendsten Farben geschildert haben, andernfalls hätte er wohl kaum angebissen. Nun muss man wissen, dass die beiden bisher nur in Wohnungen und Ladenlokale eingestiegen sind. Eine Bank hätte sie vollkommen überfordert.«
»Übrigens war das Reuchlin und dem Riesen von Anfang an klar«, ergänzte Wittlich. »Sie haben zwar so getan, als wären sie die besten Schränker Berlins. Um ihn bei der Stange zu halten, haben sie von seinem Geld Sprengstoff gekauft. Und diese Zeichnung angefertigt. Wahrscheinlich ist sie am Kneipentisch entstanden.«
»Für ihren Mangel an Geschick spricht obendrein, dass sie überall herumerzählt haben, sie hätten eine Melkkuh gefunden, die sie auszunehmen gedächten bis aufs Blut«, sagte Aschinger. »Sie ließen anschreiben, wo sie nur konnten. Aber die Melkkuh war nicht dumm. Als Schwartz die Skizze sah, wusste er, dass er sich mit den falschen Leuten eingelassen hatte. Er drehte den Geldhahn zu. Reuchlin und Schadewald saßen auf einem Berg von Schulden.«
»Das heißt, die Apanage, die Schwartz an Martha zahlte, war Schweigegeld?«, fragte Fontane.
»Ja. Er entließ sie, damit niemand seine Verbindung zu Reuchlin und Schadewald nachvollziehen konnte. Der angebliche Fehltritt war nur ein Vorwand. Damit sie den Mund hielt, bekam sie Geld.«

»Trotzdem verstehe ich nicht, warum sich der Leutnant für sie einsetzte«, sagte Fontane.
»Das ist doch ganz einfach. Als Schwartz tot war und die Zahlungen ausblieben, hat sie Gensfleisch die Pistole auf die Brust gesetzt«, sagte Aschinger. »Im übertragenen Sinne. Gensfleisch konnte nicht zahlen, also musste Antonia herhalten. Er präsentierte Schwartz' schriftliche Erklärung – und blitzte ab.«
»Aber warum wurde Schwartz getötet?«
»Gute Frage. Wittlich, tragen Sie Herrn Fontane Ihre Theorie vor.«
Wittlich räusperte sich. »Als Schwartz den beiden nichts mehr zahlte, standen sie dumm da. Angesichts ihrer Schulden konnten sie sich in der gesamten Spandauer Vorstadt nicht mehr sehen lassen. Von Martha wussten sie, wo Schwartz wohnte, also machten sie sich eines Septembertages auf den Weg nach Westend, um Schwartz zur Rede zu stellen und vielleicht auch zu erpressen. Aber sie hatten Pech, weder Schwartz noch seine Gattin waren zu Hause. Das Dienstmädchen öffnete und sagte ihnen, dass die Herrschaft verreist sei. So wie Martha Tassel es darstellt, gab sie ihrem Verlobten Geld für eine Fahrt nach Ruppin.«
Aschinger nickte seinem Assistenten aufmunternd zu.
»Die beiden tauchten also an der Gutspforte auf. Sie wissen, was dann geschah, Herr Fontane. Um keinen Skandal im Haus seines Schwiegervaters zu riskieren, folgte Schwartz den beiden. Aber er nahm die Waffe mit. Nach meiner Auffassung: Weil er sich verteidigen können wollte. Nach der Auffassung des Chefs: Er wollte Reuchlin und Schadewald abknallen wie räudige Hunde.«
Aschinger nickte.

»Ich glaube, er wollte es nicht«, sagte Wittlich ernst.

»Wie auch immer, seine Absichten werden auf ewig im Dunkeln bleiben. Fest steht, dass er erschossen wurde. Es gab eine Auseinandersetzung zwischen Schwartz und den Männern, wie wir wissen. Martha sagt, Schwartz habe sie verhöhnt und als Dilettanten beschimpft. Dann, da waren sie bereits im Wald, sagte er sinngemäß, dass er sich bessere Leute für seinen Plan gesucht hätte. Ob sie denn nicht in der Zeitung gelesen hätten, dass die berühmtesten Einbrecher Preußens soeben aus dem Zuchthaus entlassen worden seien. Damit hat er Schadewald schwer getroffen, denn der kann nicht lesen.«

»In diesem Augenblick hat der die Kontrolle über sich verloren«, sagte Wittlich. »Er nahm einen dicken Ast vom Boden auf und schlug Schwartz, der sich bereits abgewandt hatte, auf den Hinterkopf.«

»Das hat Martha alles erzählt?«, fragte Fontane nicht ohne Bewunderung.

»Wir haben sie tüchtig durch die Mangel gedreht«, erwiderte Aschinger. »Sie glaubt ja, dass wir Reuchlin geschnappt haben, er also ohnehin kaum noch eine Chance hat.«

»Nach dem Schlag auf den Kopf verlor Schwartz Waffe und Bewusstsein«, fuhr Wittlich fort. »Mehr muss ich gar nicht sagen …«

»Aber genau das ist einer der springenden Punkte«, sagte Aschinger. »Reuchlin hat sich Martha Tassel zwar anvertraut, von einem Schuss war aber nicht die Rede. Sagt sie. Martha betonte immer wieder, dass ihr Wölfi nicht auf Schwartz geschossen hat.«

»Und wer sind diese besseren Leute? Ich meine die, die im September aus Brandenburg entlassen wurden?«

»Wir mussten nicht einmal die Zeitungen vom September durchforsten. Brunsberg – wir nennen ihn auch: das Gedächtnis der Kriminalpolizei – wusste es auf Anhieb. Es könne sich nur um die Kaschke-Brüder handeln, meint er. Wittlich, haben Sie den Akt in Ihrem Bureau?« Der Kriminalschutzmann nickte. »Bringen Sie ihn mir bitte!«
»Zu Befehl, Herr Kommissar.« Wittlich verließ das Kabuff.
»Was Einbrecher betrifft, wurden nämlich nur die Kaschke-Brüder Mitte September aus dem Zuchthaus entlassen«, erklärte Aschinger. »Sie werden auch ›die zwei Seiten einer Medaille‹ genannt, weil es Zwillinge sind. Und sie gelten als die geschicktesten Fassadenkletterer weit und breit. Die kennen Sie nicht, Herr Fontane?«
»Ich kann mich nur flüchtig daran erinnern, von ihnen gelesen zu haben. Aber sind Sie denn sicher, dass Schwartz von ihnen gesprochen hat? Vielleicht wollte er Reuchlin und Schadewald nur aufs Glatteis führen.«
»Möglich. Nur, warum sollte er? Er wollte die beiden loswerden und hat sich über sie lustig gemacht. Insbesondere bei Reuchlin kam das nicht gut an.«
Wittlich kehrte mit einer jener grünlich-grauen Mappen zurück, die Fontane schon kannte. Sie war jedoch mindestens doppelt so stark wie die von Reuchlin und Schadewald.
»Da sehen Sie, Herr Fontane, was ein guter Ruf im Milieu wert ist«, sagte Aschinger mit einem Lächeln und schnürte die Mappe auf. »Ich meine, als Fassadenkletterer sind Anton und Werner Kaschke wohl durchaus passabel. Aber wir können auch etwas, wie Sie dem Umfang dieses Akts entnehmen können. Hm.« Für einen Moment vertiefte sich Aschinger in die Lektüre, dann hob er den Kopf und blickte Wittlich an. »Zwei Tage nach ihrer Entlassung hat Bruns-

berg sie sich zur Brust genommen und verwarnt. Er hat sogar mit dem Schafott gedroht, wenn sie rückfällig werden. Daraufhin haben sie erklärt, sie hätten ohnehin vor, sich ins Privatleben zurückzuziehen. Privatleben, dass ich nicht lache! Was wollen die denn ›privat‹ tun? Wertlose Kupons schneiden?« Aschinger schlug die Mappe mit Schwung zu. »Wer's glaubt, wird selig. Wollen Sie sich nicht einen Moment setzen, Herr Fontane?«
Fontane hob abwehrend die Hände. »Nein, nein, lassen Sie nur.«
»So weit, so schlecht.« Aschinger nahm sich abermals die Skizze vor. »Sehen wir uns noch einmal dieses Elaborat an. Was sehen wir?«
Auch Fontane und Wittlich beugten sich über die Zeichnung.
»Maßangaben, nehme ich an«, sagte Wittlich.
»Ja. *Schriet*, das bedeutet sicher Schritt. Viel zu taugen scheint die Volksschule ja nicht. Wir suchen also ein Gebäude, das fünfzig auf fünfundvierzig Schritt misst. Was könnte das Kreuz bedeuten?«
»Es markiert den Haupteingang«, vermutete Fontane.
»Ja, denkbar.«
»Alle neueren Bankgebäude sehen doch so aus«, ereiferte Fontane sich. »Lange Straßenfronten und ein repräsentativer Eingang genau in der Mitte.«
»Sie meinen, die Symmetrie wurde in Preußen erfunden?«
»Nein, in Frankreich. Schauen Sie sich Versailles an, sowohl Schloss als auch Park …«
Aschinger musste lachen. Wittlich verzog keine Miene.
»Wir bleiben also dabei, dass wir nach einer Bank suchen müssen?«, fragte der Kommissar.

Fontane nickte.
»Mit den Banken fangen wir an, und wenn das kein Ergebnis zeitigt, müssen wir uns andere Orte vornehmen, wo Geld zu holen ist: die Hauptpost, die Eisenbahnverwaltungen, die Münze etc. pp. – Wittlich?«
»Herr Kommissar?«
»Nehmen Sie die Kinderzeichnung mit in Ihr Bureau. Jeder unserer Leute soll sich ein Duplikat anfertigen – aber bitte mit Lineal! Und dann heißt es, alle in Frage kommenden Gebäude abzuschreiten.«
»Zu Befehl, Herr Kommissar!« Wittlich nahm die Skizze entgegen und verließ das Zimmer.
»Ich kann immer noch nicht glauben, dass der Ladestock mit Schwartz gemeinsame Sache gemacht hat«, sagte Fontane. »Ich weiß zwar, dass auch er dringend Geld brauchte, wie wohl alle in diesem Fall, und trotzdem ...«
»Wir haben bisher ja auch bloß die Aussage von Martha Tassel«, meinte Aschinger. »Vielleicht hat sie sich etwas ausgedacht, obwohl ich ihr so viel Phantasie wiederum nicht zutraue. Doch dass Gensfleisch sich so vehement um ihre Apanage kümmerte, spricht erst einmal dafür.«
Fontane nickte und schwieg eine Weile, während Aschinger Papiere ordnete. Dabei beobachtete der Kommissar sein Gegenüber jedoch ganz genau.
»Was haben Sie auf dem Herzen, Herr Fontane?«
»Warum befragen Sie den Leutnant nicht? Oder wissen Sie nicht, wo er sich aufhält?«
»Doch, das weiß ich. Wir haben eine gut funktionierende Politische Abteilung, die sich sehr gründlich mit allen Arten von Herbergen befasst, von der billigsten Absteige bis zum ersten Haus am Platze.«

»Also, Kommissar, warum knöpfen Sie sich Gensfleisch nicht vor? Er kann Ihnen doch sagen, welcher Coup vor Schwartzens Tod geplant war ... und vielleicht sogar noch ist?«

»Es wäre taktisch unklug«, erwiderte Aschinger. »Er wird alles abstreiten, und wir haben wenig bis nichts in der Hand. Wenn wir aber den Eindruck erwecken, wir wüssten bereits alles und er brauchte eigentlich nur noch zu nicken – wer weiß, dann fällt er vielleicht um.«

Wittlich steckte den Kopf zur Tür herein.

»Die Zeichnungen sind in Arbeit, Herr Kommissar«, meldete er.

»Ausgezeichnet. Kümmern Sie sich darum, wo sich die Gebrüder Kaschke momentan aufhalten. Vielleicht genügt ein Gang zu Brunsberg. Wenn nicht, werden Sie wohl oder übel ermitteln müssen.« Aschinger stand auf. »Ich mache derweil unseren lieben Freund, den Herrn Fontane, mit Kommissar Völker bekannt.«

»Na, dann viel Vergnügen«, sagte Wittlich und feixte.

»Völker leitet die Politische Abteilung und ist die permanente schlechte Laune in Person«, erklärte Aschinger auf dem Weg durchs Präsidium. »Schon wenn man bei ihm anklopft, erhält man eine Abfuhr.« In einem noch engeren und noch schlechter beleuchteten Arm des Gebäudes blieb Aschinger stehen. Er nickte Fontane aufmunternd zu und pochte an eine Tür.

»Wer?«, bellte der Beamte in dem Bureau.

»Aschinger.«

»Rein! Aber um es gleich zu sagen, ich habe keine Zeit!«

Der Kommissar öffnete die Tür und ließ Fontane den Vortritt. In einem kleinen Zimmer, das dem Aschingers ähnelte, saß ein Schrank von einem Mann, der eigentlich gar nicht in einen solchen Raum passte – er sprengte dessen Dimension. Hemdsärmlig, also nur in Weste, hockte er an seinem Schreibtisch und schaute Fontane feindselig an.

»Sie sind nicht Aschinger«, sagte er.

»Ich bin hier«, sagte der und trat ebenfalls ein.

Völker deutete auf Fontane: »Und wer ist das?«

»Theodor Fontane«, sagte Aschinger.

»Ach, der Schriftsteller, der sich in unsere Arbeit mengt.« Völker winkte ab. »Ich habe mir den Akt kommen lassen – interessehalber. 1848 waren Sie sehr umtriebig, Herr Fontane. Was verschafft mir die Ehre? Einen Sitzplatz kann ich Ihnen leider nicht anbieten. Aber Sie haben ja einen im Theater.«

»Das wissen Sie?«

»Sie sind hier im Zimmerchen des Chefs der Politischen Abteilung, Herrn Fontane. Hier weiß man alles über die Feinde des Staates.«

»Aber ich bin keiner.«

»Über die wissen wir auch Bescheid. Aschinger, was wollt ihr? Ich habe zwanzigtausend Fälle. Seitdem der Fürst die Katholiken zum Staatsfeind Nummer eins erkoren hat, kommen wir gar nicht mehr aus den Schuhen.«

»Ich weiß, ich weiß.« Aschinger hob begütigend die Hände. »Ich wollte auch nur um einen klitzekleinen Gefallen bitten. Ihr habt doch auch im Milieu eure Spitzel und …«

»Informanten!«, wies Völker seinen Kollegen zurecht. »Spitzel hat so etwas Pejoratives.«

»Wir können uns ja auf Patrioten einigen.«

»Aschinger, willst du mich auf den Arm nehmen? Patrioten! Unsere Informanten sind entweder geldgierig, oder es handelt sich um Gauner, bei denen wir ein Äuglein zugedrückt haben, damit sie für uns arbeiten. Schreiben Sie nicht mit, Herr Fontane, nicht einmal im Kopf! Also, was willst du?«

»Wir suchen zwei Schränker …«

»Ich suche Hochverräter!«

»Ja doch. Diese beiden Schränker heißen Wolf Reuchlin und Gotthelf Schadewald, auch als Riese bekannt. Bisherige Stammlokalität: *Grüner Heinrich*, dort werden sie sich aber wohl längere Zeit nicht mehr blicken lassen. Wir vermuten, dass sie untergetaucht sind, und wir hoffen, dass sie mit Hilfe deiner Informanten wieder auftauchen.«

Völker langte nach einem Bleistift. »Wie heißen die?«

»Wolf Reuchlin und Gotthelf Schadewald. Sie sind nicht nur Einbrecher, sie sind Mörder.«

Der Kommissar notierte die Namen auf den Rand einer Akte. »Ich will sehen, was ich für dich tun kann. Arrivederci, miei belli!«

»Hat er wirklich zwanzigtausend Fälle?«, fragte Fontane später auf dem Weg zurück in Aschingers Arbeitszimmer.

»Natürlich nicht. Er übertreibt gern, um seine schlechte Laune zu rechtfertigen.«

»Und warum hat er immer schlechte Laune?«

»Weil er eigentlich Leicheninspektor werden wollte. Aber der Präsident hat ihm die Politische Abteilung aufgedrückt. Die kommandiert er mit Verve, aber er mag diese Arbeit nicht.«

»Marie von Wangenheim ist auch katholisch«, sagte Fontane. »Gibt es denn im Hause Wangenheim …? Ich mag gar nicht weiterdenken. Man fragt sich dann sofort: Wer?«

»Ich denke, im Hause eines Geheimen Regierungsrates gibt es keinen Spitzel von den Politischen«, sagte Aschinger. »So weit gehen sie nicht.«

»Und wenn doch?«

»Sie könnten jetzt zu Völker zurückgehen und ihn fragen. Er wird Ihnen aber keine Antwort geben. Er ist die Spinne im Netz, verstehen Sie? Spinnen sprechen nicht. Sie warten.«

»Er ist schlau?«

»Er ist ein Gigant, Herr Fontane. Sie haben seine Körpermaße gesehen? So groß ist er auch im Kopf. Der Mann versteht sein ungeliebtes Handwerk. Und was er tut, das macht er auch mit Konsequenz.«

Elftes Kapitel

4. November 1873

Fontane und Aschinger gingen die Unterwasserstraße entlang und zählten Schritte. Zwei Tage hatten die Kriminalschutzleute gebraucht, um ein Bauwerk zu finden, das annähernd zu der Zeichnung passte. Eine Bank war es nicht – es war die Königliche Münze. Seit der Einführung der Goldwährung im Jahr 1873 wurde hier Tag und Nacht die Goldmark geprägt. Die Münze war damit auch in Zeiten der Krisis ein lohnendes Ziel für einen Überfall.

»Die Münze also«, murmelte Aschinger, als sie an der Ecke des Gebäudes angekommen waren. Es war nach Entwürfen des berühmten Schinkel-Schülers Stüler errichtet und erst vor zwei Jahren eingeweiht worden. »Gibt es noch eine Steigerung des Größenwahns?«

Fontane überlegte: »Megalomanie vielleicht? Aber nein, das ist ein und dasselbe.«

»Napoleon Buonaparte? Buonaparte, das heißt ja soviel wie gute Seite. Hatte Napoleon eine?« Aschinger schmunzelte, wurde aber sofort wieder ernst. »Wie es aussieht, existiert kein Bau in Berlin, der in den Maßen der Königlichen Münze gleichkommt. Exakter ausgedrückt: kein Bau, in dem man mit größeren Mengen Geldes rechnen kann. Außerdem passen die Gegebenheiten zur Skizze, denn die

Wellenlinien könnten die Spree darstellen. Nur wird die Münze streng von der Garde bewacht. Um einzudringen braucht man vielleicht keine so große Armee wie bei der Zitadelle, jedoch ... das Ganze ist einfach assolutamente impossibile.«

»Sie sprechen Italienisch?« Dieser Kommissar offenbarte immer neue überraschende Seiten.

»Sì, parlo l'italiano. Mein Großvater mütterlicherseits stammt aus Neapel. Zum Glück ist es die mütterliche Linie ... Stellen Sie sich bloß vor, ich würde Guglielmo Ich-weiß-nicht-wie heißen, ich hätte niemals eine Anstellung bei der preußischen Polizei bekommen.«

»Sind Sie denn sicher, dass man hier nicht einsteigen kann? Wenn die Kaschke-Brüder wirklich so geschickte Kletterer sind ...« Fontane schaute die Fassade hoch.

»Vielleicht kommt man hinein. Aber man bekommt das Geld nicht heraus. Überlegen Sie!« Aschinger legte einen Finger an den Nasenflügel. »Als der aberwitzige Coup geplant wurde, waren vier Personen beteiligt: Schwartz, Gensfleisch, die Kaschkes. Von Reuchlin und Schadewald sehe ich ab, die sind aus der Sache heraus. Ohne Hilfe wäre es den Kaschke-Brüdern nicht möglich, auch nur das Geringste zu bewerkstelligen, sie brauchen also weitere Komplizen. Eine ganze Bande, wenn Sie mich fragen. Zehn Personen? Mindestens. Wo sind wir?«

»Bei sechzehn«, sagte Fontane.

»Die Beute hätte also durch wenigstens sechzehn Personen geteilt werden müssen. Schwartz als Chef des Unternehmens beanspruchte sicher den Löwenanteil. Hunderttausend Goldmark sind das Mindeste, das sie hätten herausholen müssen. Und das ist fast eine halbe Tonne Gold.«

»Sie gehen von Fassadenkletterei aus. Womöglich ist das ein Denkfehler. Vielleicht haben sie einen bewaffneten Überfall erwogen.«

»Bei dieser Bewachung? Obwohl ...« Aschinger kratzte sich nachdenklich das Kinn. »Man hätte auf jeden Fall das Überraschungsmoment auf seiner Seite, und das ist manchmal mehr wert als eine Übermacht. Ich denke, es ist an der Zeit, dem Grafen Gensfleisch auf den Zahn zu fühlen. Nachdem ich mir den Akt der Kaschkes gründlich angeschaut habe, bin ich zu dem Schluss gekommen, dass der ... wie sagten Sie? ... dass der megalomanische Coup nicht unbedingt mit Schwartz gestorben sein muss. Diese Brüder sind zu allem fähig, selbst zu den größten Dummheiten. Kommen Sie, Herr Fontane. Da der Ladestock, wie Sie ihn nennen, Ihr besonderer Freund ist, sollen Sie bei seinem Verhör dabei sein. Wittlich!«

Der Kriminalschutzmann, der die Seitenfront der Münzstätte abgeschritten war, eilte herbei.

»Haben Sie die Schuhe geputzt?«, fragte Aschinger.

»Jeden Morgen vor dem Dienst.«

»Hervorragend. Wir wollen doch bei einem Mitglied des Preußischen Herrenhauses eine guten Eindruck machen.«

Nachdem Antonia von Blohm ihm den Laufpass gegeben hatte, war Leutnant a. D. Graf Gensfleisch in einem Hotel in der Dorotheenstadt abgestiegen, das zwar nicht zu den feinsten zählte, aber durchaus sauber und ansprechend war. Der Empfang war klein, aber die Ledersessel, in denen es sich die Gäste bequem machen konnten, waren weder abgeschabt noch aufgerissen. Nur der Teppich zeigte Spuren langjähriger Benutzung.

»Ich dachte, der Leutnant hätte keinen Pfennig mehr«, sagte Fontane.
»Vermutlich ist er ein Pumpgenie wie die Mehrheit der preußischen Leutnants«, meinte Aschinger, bevor er die Glocke an der Rezeption betätigte. Fontane musste sofort wieder an seinen Sohn George denken und seufzte.
An der Rezeption erschien ein älterer, aber durchaus stattlicher Mann, dessen Haarkranz zu ergrauen begann. Er trug ein am Kragen verschmutztes weißes Hemd und darüber eine schwarze Weste.
»Womit kann ich dienen, die Herren?«
»Welches Zimmer hat Graf Gensfleisch?«
»Ich muss bitten! Die Nummer kann ich Ihnen nicht so mir nichts, dir nichts geben. Man erwartet, dass wir Gäste melden.«
»Wir melden uns selbst. Kriminalpolizei!«
»Oh, Kriminal... Ja, äh ... Zweiundzwanzig. Zweite Etage.«
Aschinger lächelte. »Verbindlichsten Dank.«
Das Treppenhaus war eng und der Läufer noch verschlissener als der Teppich im Empfang. Aschinger ging voran, Fontane und Wittlich folgten.
»Wozu Schwartz den Gensfleisch wohl gebraucht hat?«, fragte Fontane mehr sich als die anderen.
»Ich habe da schon so eine Idee«, sagte Aschinger. »Außerdem kann es uns der Herr gleich selber sagen.« Er klopfte an die Tür von Zimmer 22.
»Ich empfange nicht!«, rief der Leutnant mit rauer Stimme.
»Aber die Kriminalpolizei werden Sie doch vorlassen, Herr Graf?«
Mehrere Lidschläge lang war kein Geräusch aus dem Zimmer zu vernehmen, dann ein Poltern. Aschinger wechselte

einen Blick mit Wittlich. Schließlich wurde die Tür entriegelt und geöffnet. Aus geröteten Augen stierte der Leutnant seine Besucher an.

»Ich darf mich vorstellen: Kommissar Aschinger. Kriminalschutzmann Wittlich. Herr Fontane ist Ihnen bekannt. Dürfen wir eintreten?«

»Bitte.« Gensfleisch trat zur Seite.

Das Zimmer war einfach, wenn auch nicht unbehaglich eingerichtet. Es gab ein recht breites, im Augenblick zerwühltes Bett, einen Sessel neben einem runden Tisch, eine Spiegelkommode und einen Schrank. Auf dem Tisch standen zwei Karaffen; eine war leer, in der zweiten befand sich noch ein Rest Rotwein.

»Ich kann Ihnen leider keinen Platz anbieten«, sagte der Leutnant.

Absurderweise trug er Uniform, der Uniformrock war allerdings schief geknöpft und fleckig. In dem Zimmer roch es wie in einer Weinstube.

»Dann müssen wir eben stehen«, sagte Aschinger. »Der Sessel ist für Sie, Herr Graf. Es ist Ihr Zimmer. Wir möchten Ihnen den Transport auf das Polizeipräsidium ersparen.«

»Transport auf das Polizeipräsidium?«, ächzte Gensfleisch. »Sie sind eine Zumutung. Ihr Besuch ist eine Zumutung. Ich werde mich …«

»Bei wem?«

»Wie?«

»Bei wem wollen Sie sich beschweren? Beim Präsidenten? Beim Innenminister?«

»Das behalte ich mir vor«, sagte Gensfleisch, bevor er sich in den Sessel warf. Demonstrativ griff er sich an die Stirn.

»Ich bin leidend.«
»Trotz der Medizin?«
Aschinger deutete auf die Karaffen.
»Was wollen Sie?«
»Wir haben Beweise dafür, dass Friedrich Georg Schwartz von Blohm ermordet wurde«, sagte Aschinger.
Die verquollenen Augen des Leutnants weiteten sich. »Unsinn, er hat Selbstmord begangen. Sie haben sich von diesem … Schriftsteller etwas einreden lassen.«
»Ich sprach von Beweisen, Herr Graf. Ihnen dürfte bekannt sein, dass wir den Leichnam exhumieren ließen. Kein Geringerer als Professor Virchow hat die Sektion vorgenommen. Das Resultat: Schwartz wurde niedergeschlagen und dann erschossen. Das sind Fakta, Herr Graf.«
»Ermordet!« Gensfleisch stierte auf den Teppich. »Und deshalb kommen Sie zu mir? Denken Sie, dass ich …? Eine Zu-mu-tung!« Er richtete sich auf und versuchte, seine unnahbare aufrechte Haltung wiederzugewinnen. Es gelang ihm nicht. »Ich bin Angehöriger des Preußischen Herrenhauses, Kommissar, ich schleiche nicht durch Wälder und erschieße bürgerliche Aufsteiger.«
»Das habe ich auch nicht behauptet. Wittlich?«
»Ja, Herr Kommissar?«
»Breiten Sie doch bitte die Tagesdecke über das Bett. Wir sollten uns doch setzen.«
Wittlich machte sich an dem Bett zu schaffen. Aschinger wandte seine Aufmerksamkeit wieder Gensfleisch zu.
»Wo haben Sie gedient, Herr Graf?«
Der Leutnant schreckte aus seinen Gedanken auf. »Bitte?«
»Wo Sie gedient haben?«
»Was geht Sie das an?«

»Bitte, Herr Graf, Contenance!«
»Das sagen Sie mir!? Wissen Sie überhaupt, was das ist?«
Aschinger wurde ernst, er machte einen Schritt auf Gensfleisch zu.
»Zum dritten und letzten Mal: Wo haben Sie gedient?«
Gensfleisch seufzte. »Beim 4. Garde-Regiment zu Fuß.«
»Ist das nicht die Truppe, die auch die Königliche Münze bewacht?«, wollte Aschinger wissen. Nun verstand Fontane, worauf er hinauswollte.
»Die Königliche Münze?« Gensfleisch war blass geworden. »Davon weiß ich nichts.«
Wittlich hatte die Tagesdecke ausgebreitet und Aschinger setzte sich. Er machte eine einladende Geste gegen Fontane, der neben ihm Platz nahm. Wittlich zog sich zur Tür zurück.
»Sie wissen nicht, dass die Truppe die Münze bewacht? Treffen Sie sich denn nicht mit alten Regimentskameraden? Machen das nicht alle Offiziere? Einen Krug heben und sich über die alten Zeiten austauschen ...«
»Ja, gewiss.« Gensfleisch strich sich nervös über den Uniformrock. »Natürlich ist mir bekannt, dass die Münze von meinem alten Regiment bewacht wird.«
»Wann haben Sie mit Schwartz den Plan ausgeheckt, die Münze zu berauben?«, fragte Aschinger. Gensfleisch krümmte sich wie unter einem Schlag, richtete sich aber sofort wieder auf. Doch seine Lider flatterten.
»Herr Kommissar, ich weiß nicht, wovon Sie sprechen. Hat er sich das ausgedacht, dieser Schmierfink an Ihrer Seite?«
Fontane zeigte keine Regung.
»Schmierfink sagen Sie? Herr Fontane könnte Sie fordern.«
»Ich duelliere mich nur mit meinesgleichen.«

»Beantworten Sie bitte meine Frage: Wann haben Sie denn mit Schwartz den Plan ausgeheckt, die Münze zu berauben?«

»Ein solcher Plan hat nie existiert.«

»O doch!« Aschinger beugte sich vor und schaute dem Leutnant direkt in die Augen. Gensfleisch wich seinem Blick aus. »Sie kennen doch den Reuchlin und den Riesen Schadewald?«

»Ich weiß nicht, von wem Sie sprechen.«

»Ich bitte Sie, Herr Graf, Sie haben sich doch mit beiden im *Grünen Heinrich* getroffen. Man hat Sie gesehen, Sie und Schwartz. Und wir haben eine Aussage von Martha Tassel …«

»Das ist ein Dienstmädchen!«, fuhr Gensfleisch auf.

»Wir haben die Aussage von Martha Tassel, in der sie alles über den geplanten Coup enthüllt. Auch Reuchlin und Schadewald haben uns ein Ständchen gegeben und wunderschön gesungen.«

Der Leutnant a. D. Graf Gensfleisch sank in sich zusammen.

»Es war um die Mitte des August«, flüsterte er. Sein Blick war auf den abgeschabten Teppich und die zerkratzten Dielen gerichtet. »Schwartz und ich tranken abends auf der Terrasse ein Glas Bordeaux …«

»Ich nehme an, Sie meinen die Terrasse seiner Villa im Westend?«

Gensfleisch nickte.

»Sie verkehrten also in seinem Hause?«

»Ich war der Geliebte seiner Frau.«

»Welcher Ehemann lässt zu, dass der Geliebte seiner Frau in seinem Hause verkehrt?«

»Antonia war ihm gleichgültig. Sie konnte ihm nicht verschaffen, was er erwartet hatte. Die bessere Gesellschaft hat sein Adelsprädikat nicht anerkannt. Er hatte seine eigenen Liebschaften. Manchmal habe ich gedacht, dass er froh darüber ist, dass ich ihn sozusagen bei Antonia vertrete.«

»Kehren wir zu jenem Augustabend zurück. Was geschah?«

»Wir unterhielten uns über unsere Erlebnisse beim Militär«, berichtete der Leutnant. »Die von Schwartz lagen Jahrzehnte zurück, ich hingegen habe erst vor drei Jahren meinen Abschied genommen. Irgendwann habe ich erzählt, dass einer meiner früheren Regimentskameraden als Offizier des 4. Garde-Regiments die Wachmannschaft der Münze befehligt.«

Gensfleisch schwieg. Für seine Verhältnisse hatte er mit dem Gesagten mehr als einen Vortrag gehalten. Fontane blickte Aschinger an. In der Miene des Kommissars stand unverhohlener Triumph.

»Vertraute Ihnen Schwartz an, wie es um seine Geschäfte stand?«, half Aschinger dem Leutnant auf die Sprünge.

»Ja. Er sagte mir, dass er eine Krisis nahen spüre und dass er nichts so dringend benötige wie frisches Kapital. Die Banken wollten ihm kein Geld mehr geben, im Gegenteil, sie forderten sogar Kredite zurück. Etwas in dieser Art …« Gensfleisch schielte zu der Karaffe.

»Und da wurde der Plan zu einem Überfall auf die Königliche Münze geboren?«

»Schwartz berichtete mir von der Tassel und ihrem Verlobten. Das sei doch wohl ein gutes Omen, meinte er: Der Liebste der Tassel ein Einbrecher, ich mit meinen Verbindungen zur Wachmannschaft der Münze … So in etwa.«

»Und dann packten Sie die Gelegenheit beim Schopfe?«
Gensfleisch schüttelte den Kopf.
»Ich hielt diesen Einfall für abwegig. Ein Überfall auf die Münze! Aber was Schwartz sich einmal in den Kopf gesetzt hatte, davon ließ er sich nicht abbringen.«
»Und Sie brauchten ja auch Geld, nicht wahr?«
»Wer braucht keines?«
»Da haben Sie recht.« Aschingers Stimme nahm einen wohlwollenden Klang an. »Schließlich konnte Schwartz Sie überzeugen?«
»Er versprach mir, dass er sich nach gelungenem Coup von Antonia wegen Ehebruchs scheiden lassen würde. Dann wäre der Weg für mich frei. Er wollte sie fürstlich abfinden. Nicht dass ich darauf spekuliert hätte ...«
»Natürlich nicht«, warf Aschinger ein.
»Bitte?«
»Fahren Sie fort!«
»Mir ging es vor allem um meine Ehre«, sagte Gensfleisch. »Es ist einfach ehrabschneidend, wenn man darauf angewiesen ist, dass andere einen aushalten. Aber was soll ich tun? Mein Gut wirft einfach nicht genug ab für ein standesgemäßes Leben. Der Geliebte einer reichen Frau zu sein, ist der Ehre auch nicht gerade zuträglich. Wenn ich mein Verhältnis zu Antonia hätte legalisieren können, wäre meine Ehre in jeder Hinsicht unangreifbar gewesen.«
»Hat Antonia Sie geliebt?«
Die Augen des Leutnants wurden schmal und sein teigiges Gesicht bedeckte sich mit einer dunklen Röte.
»Bezweifeln Sie das?«, fragte er knapp.
Aschinger hob abwehrend die Hände.

»Nicht im Geringsten«, log er.
Für einen Moment trat Schweigen ein.
»Lassen Sie uns weiter über die Münze sprechen«, sagte Aschinger dann.
»Schwartz glaubte, die richtigen Leute gefunden zu haben«, sagte Gensfleisch. »Aber gegen Mitte September eröffnete er mir, dass Reuchlin und Schadewald ihn nur hintergehen würden, er jedoch bessere Männer habe, sehr viel bessere Männer.«
»Kennen Sie deren Namen?«
»Nein.«
»Kaschke, das sagt Ihnen nichts?«
Der Leutnant hob die Schultern. »Bedaure.«
Aschinger drückte den Rücken durch. »Welche Aufgabe war eigentlich Ihnen bei diese Chose zugedacht?«
»Chose?«
»Bei diesem großartigen Coup?«
»Ich sollte mich um das Wachregime kümmern«, erklärte Gensfleisch. »Meinen ehemaligen Regimentskameraden auf den Zahn fühlen, die Zahl der Posten herausfinden, die Zeiten der Wachablösung und dergleichen. Am liebsten wäre es Schwartz gewesen, wenn ich ihm auch noch die Parolen hätte liefern können – für den Tag, an dem der Streich hätte stattfinden sollen.«
»Stand dieser Tag schon fest?«
»Nein. Als Schwartz starb, war noch nichts festgelegt. Er plante noch. Mit seinen neuen Leuten.«
»Nun gut, Herr Graf.« Aschinger sah kurz zu Wittlich. »Haben Sie noch Fragen?«
»Keine, Herr Kommissar«, entgegnete der Kriminalschutzmann.

»Herr Graf, dann werden wir Sie nicht mehr lange belästigen. Nur eines möchte ich noch wissen. Ist der Plan mit Schwartz gestorben?«
»Für mich: ja.«
»Und für die anderen?«
»Das vermag ich nicht zu sagen.«
»Herr Graf, ich danke Ihnen für Ihre Offenheit.« Aschinger stand auf und verbeugte sich.
»Aber«, stammelte Gensfleisch, »was wird denn jetzt aus mir?«
»Nichts. Ich kann Sie nicht einsperren für eine Tat, die nicht begangen wurde. Leben Sie so weiter wie bisher.«
»Das kann ich nicht!«, rief Gensfleisch.
»Gehaben Sie sich wohl, Herr Graf«, sagte Aschinger.

Vom Erfolg bei Gensfleisch beflügelt, schritt Aschinger sehr forsch aus; Fontane vermochte ihm kaum zu folgen. Erneut ging es in den hintersten Winkel des Präsidiums zu Kommissar Völker.
»Welch ein Abstieg!«, sagte Aschinger. »Von Ihrem Ladestock war nicht mehr viel übrig.«
»Man könnte ihn getrost den Junker von der traurigen Gestalt nennen«, erwiderte Fontane.
»Ja, aber diese Bezeichnung können Sie etlichen ostelbischen Edelleuten beilegen«, meinte der Kommissar.
»Und manchem Märker auch«, fügte Fontane hinzu.
Sie hatten Völkers Bureau erreicht und Aschinger klopfte.
»Hinaus!«, schnauzte Völker.
Aschinger öffnete die Tür. Der Chef der Politischen Abteilung hockte wie bei ihrem letzten Besuch in Hemdsärmeln an seinem Schreibtisch, der von Akten überquoll.

»Hast du nicht gehört, Aschinger? Komm am 1. Januar 1900 wieder. Was willst du?«
Aschinger trat an den Schreibtisch.
»Ich wollte nur fragen, ob du schon in den einschlägigen Einrichtungen …?«
»In denen bin ich praktisch zu Hause. Ich war noch nie dort, ich dirigiere alles vom Bureau. Täglich flattern tausend Papiere hier ein. Aber in deiner Sache gibt es noch nichts. Diese Schränker …«
»Reuchlin und Schadewald.«
»… halten sich offenbar zurück. Man kennt sie im Milieu, aber angeblich sind sie dort längere Zeit nicht aufgetaucht.«
»Ich sage dir mal, was sie vorhatten.«
»Daran bin ich furchtbar interessiert«, sagte Völker, ließ aber seine Akten Akten sein und schaute Aschinger aufmerksam an. »Sie wollten den Kanzler stehlen. Dann wäre es etwas für mich.«
»Sie planten einen bewaffneten Raubüberfall auf die Königliche Münze«, sagte Aschinger und verschränkte die Arme.
»Und im Himmel ist Jahrmarkt«, sagte Völker. »Bisher habe ich angenommen, das größte Narrenhaus der Stadt wäre das Polizeipräsidium. Nach deinen Worten reift in mir die Erkenntnis, dass die Stadt selbst ein Irrenhaus ist. Die Münze! Herrgott noch einmal, warum nicht gleich die Zitadelle? Fünf Milliarden Goldfrancs sind doch ein hübsches Taschengeld.«
»Man muss dazu sagen, dass Schwartz den Überfall unter Einsatz von Waffen nicht mit Reuchlin und Schadewald plante«, sagte Fontane. Erstaunt sah ihn Völker an.
»Aschinger, dein Schriftsteller hat ja auch Text«, sagte er.

»Nach Abschluss der Enquête müssen wir ihn wohl zum Kommissar honoris causa ernennen«, entgegnete Aschinger. »Wenn deine Informanten sich vielleicht auch nach den Kaschke-Zwillingen umhören könnten, wäre ich dir sehr verbunden. Anton und Werner Kaschke. Man nennt sie auch ›die zwei Seiten einer Medaille‹ und ...«
»Umhören oder auch umschauen?« Völker notierte die Namen auf den Rand der *Kreuzzeitung*. Da Fontane mit diesem Blatt sozusagen über Kreuz lag, sah er es nicht ohne Missbehagen.
»Völker, du machst mich wahnsinnig mit deiner preußischen Krümelei.«
»Das ist unmöglich, Aschinger, wahnsinnig bist du schon.«

Aschinger pochte mit dem Knöchel des rechten Zeigefingers auf das umfangreiche Konvolut, das vor ihm auf dem Schreibtisch lag. Es war beschriftet, aber Fontane konnte nicht erkennen, was auf dem Deckel stand.
»Da ich in der Nacht Kommissar vom Dienst war, habe ich mir den Akt Kaschke noch einmal gründlich angeschaut. Ich hatte Zeit, denn es gab keinen frischen Mord. Wissen Sie, woher die Kaschkes stammen? Aus Buch. Ihre Eltern – so etwas haben sogar Verbrecher – sind dort Bauern. Was ja nichts Ehrenrühriges ist. Die Landarbeit ernährt uns.«
Jemand klopfte an die Tür und einen Augenblick später stand Wittlich im Zimmer. Er sah ausgeschlafen aus.
»Guten Morgen, Herr Kommissar! Guten Morgen, Herr Fontane!«
»Guten Morgen, Wittlich. Es gibt Arbeit.«
»Das überrascht mich mitnichten, Herr Kommissar.«
»Wo ist Räder?«

»Im Bureau der Kriminalschutzleute«, sagte Wittlich.
»Er soll vorsprechen.«
»Ich hole ihn.« Wittlich verließ das Kabuff.
»Jetzt wird es nämlich aufregend, Herr Fontane!« Aschinger feixte. Wenig später kehrte Wittlich mit dem Schutzmann Räder zurück, einem untersetzten Mann, der nach gutem oder wenigstens üppigem Essen aussah.
»Ich weiß es schon«, sagte Fontane, der wie gehabt an der Wand lehnte.
»Trotzdem soll Räder berichten.«
»Zu Ihrem Befehl, Herr Kommissar!«
»Wo wurde der Geheime Commerzienrat Freiherr Friedrich Georg Schwartz von Blohm am 24. November 1816 geboren?«
»In Buch, Herr Kommissar.«
»Wer war oder ist der Vater?«
»Der Gutsinspektor, Herr Kommissar.«
»Sehen Sie, Herr Fontane? Ich habe gute Mitarbeiter.«
»Exzellente. Aber ich wusste es schon. Ich habe den Grabstein von Schwartz gesehen.«
»Und was machen wir jetzt, Wittlich?«
»Ich hole eine Droschke.«

»Ich verlasse Berlin nicht gern«, sagte Aschinger. Die Polizeikutsche rollte gen Norden. Räder führte sie. Es regnete. »Alles drum herum ist so dröge. Buch! Das gibt es doch gar nicht. Aber wir müssen. Pflicht ist Pflicht.«
Die Eltern der Kaschke-Brüder bewohnten ein kleines, schmuckes Bauernhaus inmitten von abgeernteten Äckern. Der Garten war gepflegt, weiße Tüllgardinen gaben dem Haus einen einladenden und wohnlichen Charakter. Dass

hier zwei geschickte Fassadenkletterer aufgewachsen waren, mochte man kaum glauben.
Der Besuch der Polizei überraschte die Eltern nicht. Das Ehepaar von Ende fünfzig machte einen ebenso sauberen Eindruck wie Garten und Haus.
»Sie kommen sicher wegen unserer Söhne«, sagte Emil Kaschke. »Wegen Anton und Werner.«
»Auch«, erwiderte Aschinger.
»Sie sind aus der Art geschlagen. Schon als Kinder haben sie uns nur Sorgen gemacht. Wir haben noch drei weitere Nachkommen, die sind ordentlich geraten. Nicht wahr, Mutter?«
Margarethe Kaschke nickte.
»Wo sind Ihre Söhne denn?«, erkundigte sich Aschinger.
»Soweit ich weiß, wollten sie sich nach ihrer Entlassung aus dem Zuchthaus hierher zurückziehen und anständig werden.«
»Ja, aber die Landarbeit ist nichts für sie. Es ist eine gute Arbeit, die einen wohl ernähren kann, wenn man sie mit Fleiß betreibt. Anton und Werner können ihr nichts abgewinnen. Sie sind wieder in Berlin. Die beiden brauchen die Großstadt.«
»Sagen Sie, Herr Kaschke, Sie kennen doch sicher den Herrn Schwartz?«
»Den verstorbenen Gutsinspektor? Sicher. Aber der ist vor … Mutter, wann ist er gestorben?«
»Vor etwa drei Jahren.«
»Ja. Und seine Frau folgte ihm wenige Monate später ins Grab. Das war ein feiner Mann, Herr Kommissar. Verstand sein Handwerk, war immer freundlich.«
»Und seinen Sohn? Den Friedrich Georg?«

»Ja, natürlich«, sagte Kaschke. »Das ist ja nun ein sehr feiner Herr geworden.«
»Er ist tot.«
»Ja.« Margarethe Kaschke seufzte. »Davon haben wir gehört. Er war so ein feiner Herr ...«
»Er wurde ermordet.«
»Ermordet? Aber doch nicht von unseren ...? O Gott, Vater!«
»Nein, da kann ich Sie beruhigen. Haben Sie denn Schwartz, also Friedrich Georg, in letzter Zeit einmal gesehen?«
»Er kommt ... er kam hin und wieder zum Grab seiner Eltern, die auf unserem Dorffriedhof begraben sind – er hat ihnen ein sehr schönes, fast königliches Grabdenkmal errichten lassen. Von unserem besten Steinmetz. Na ja, unserem einzigen. War ja auch ein reicher Mann geworden, der Friedrich. Und wir kennen ihn noch als Buben. Da waren wir selber noch Kinder. Nur ein paar Jahre älter.«
»Er hat uns besucht«, sagte Frau Kaschke, und ihre Augen leuchteten. »Mit einer sehr vornehmen Epi... Vater, wie nennt man solche Kutschen?«
»Ekwipaasche.«
»Genau. Das ganze Dorf hat später davon gesprochen. Dass ein dermaßen eleganter Herr zu uns kommt. Er hatte so einen feinen Zwirn an.«
Fein schien das Lieblingswort der Kaschkes zu sein.
»Und er trug Zylinder!«, fuhr Margarethe Kaschke fort. »So schick macht man sich bei uns auf dem Lande nur zur Kirchweih. Nicht mal der Patronatsherr schreitet derart stolz einher. Möchten die Herren vielleicht einen Kaffee? Wir trinken ihn allerdings mit Zichorie.«
»Ich nicht«, sagte Aschinger sofort. »Aber Sie vielleicht,

Wittlich? Oder Sie, Herr Fontane?« Räder war nicht mit hineingekommen, er hörte sich im Dorf um.
Fontane und Wittlich schüttelten den Kopf.
»Aber ich muss den Herren doch etwas anbieten. Vater, was meinst du? Ein Gläschen vom Selbstgebrannten?«
»Aber nein, bitte, machen Sie sich keine Umstände. Wir sind vollkommen zufrieden.«
Fontane und Wittlich pflichteten ihm bei.
»Wann war denn der Herr Schwartz ...«
»Er ist Freiherr!«, sagte Frau Kaschke und vergaß vor Begeisterung, dass der Freiherr das Zeitliche gesegnet hatte. »Das muss man sich einmal vorstellen. Ein Kind aus unserem Dorf. Ein Freiherr! Und so elegant!«
Und vor allem fein, dachte Fontane. Doch der Enthusiasmus der Frau rührte ihn.
»Wann, Frau Kaschke, war Freiherr Schwartz zum letzten Mal in Buch?«, insistierte Aschinger. »Wann hat er Sie besucht?«
»Wann war das, Vater?«
»Tja!« Emil Kaschke kratzte sich die Stirn. »Das muss ... Ich will aber vor der Behörde nichts Falsches sagen.«
»Wir werden nichts gegen Sie unternehmen, wenn Sie sich irren«, sagte Aschinger liebenswürdig.
»Mitte September? Mutter, kann das sein?«
»Ja. Er hat doch noch die Bohnensuppe mit uns gegessen. Und ich hatte doch einen extra großen Topf gekocht, weil die Zwillinge noch hier waren. Der Freiherr hat die Suppe sehr gelobt.«
»Mitte September also«, sagte Aschinger. »Er kam nach Buch, um pflichtschuldig das Grab seiner Eltern zu besuchen. Dann kehrte er bei Ihnen ein. Warum?«

»Weil er ein sehr guter Mensch ... war. Trotz seines Aufstiegs hat er uns nicht vergessen.«
»Anton und Werner waren beim Essen dabei?«, vergewisserte sich Aschinger.
»Ja, daran erinnere ich mich genau.«
»Und was geschah dann? Nach dem Essen?«
»Der Freiherr hat unsere Söhne noch auf ein Bier in den Gasthof eingeladen. Aber es wurden dann wohl zwei oder drei. Vielleicht sogar vier.«
»Danke, Frau Kaschke.« Aschinger stand auf. »Das war alles, was wir wissen wollten. Wir möchten Ihre Zeit nicht länger in Anspruch nehmen.«
»Aber einen Selbstgebrannten können Sie doch trinken?«
»Leider nicht. Wir sind im Dienst.«

»Ich will sofort eine Bohnensuppe«, sagte Wittlich auf der Rückfahrt und sprach damit Fontane aus der Seele. »Mit viel Fleisch und noch mehr Fettaugen.«
»Ja, aber wir sind hier auf dem Lande«, sagte Aschinger. »Selbst wenn ich Sie alle zu einer Bohnensuppe einladen wollte, wir müssten erst einmal ein Gasthaus entdecken.«
»Das findet sich«, meinte Räder. Er sollte recht behalten. In Pankow entdeckten sie eine Restauration, die nicht nur geöffnet war, sondern auch vertrauenerweckend aussah und sich als angenehm beheizt erwies. Die Lokalität war gut besucht, aber sie fanden einen Tisch am Fenster und setzten sich erwartungsvoll an den runden Eichentisch. Es gab keine Bohnen-, sondern nur Erbsensuppe. Aber auch damit war man zufrieden.
»Landluft macht eben hungrig«, sagte Aschinger amüsiert, als er seine Leute essen sah. »Tja, und diese Landpartie hat

uns sogar zu einigen Erkenntnissen verholfen. Räder, was spricht man denn über Schwartz in Buch?«

»Nur Gutes. Sein Vater war sehr beliebt. Und er selbst wird für seinen Aufstieg auf den Gipfel der Gesellschaft bewundert. Von seinem Tod weiß man teils aus der Zeitung, teils vom Hörensagen und hält ihn für eine große Tragödie.«

»Und er ließ sich hin und wieder in Buch sehen?«

»Er besuchte in unregelmäßigen Abständen das Grab seiner Eltern. Das hat übrigens auch zu seinem guten Ruf beigetragen. Ein dermaßen vielbeschäftigter Mann, meinen die Leute, und doch ist er so anhänglich und findet die Zeit, seinen verstorbenen Eltern eine Referenz zu erweisen. *War* er so anhänglich, muss man ja nun sagen.«

»Tja.« Aschinger sah Fontane an. »Das ist etwas für unseren Schriftsteller. Wie nennen wir es? Das menschliche Antlitz des Skrupellosen?«

»Er war am Ende wohl doch zu mittelmäßig«, sinnierte Fontane. »Seine Pläne waren kolossal, er hat – wenn mir dieses abgeschmackte Bild erlaubt ist – nach den Sternen gegriffen. Sozusagen nach kriminellen Sternen …«

»Das muss ich mir merken«, sagte Räder. »Kriminelle Sterne!«

»Räder, diesen eigentümlichen Humor«, sagte Aschinger, »den merken Sie sich besser nicht.«

»Ich meine nur«, fuhr Fontane fort, »wenn man nach den Sternen greift, braucht man einen ziemlich langen Arm.«

»Oder eine lange Leiter«, warf Wittlich ein.

Es war bereits dunkel, als sie ins Polizeipräsidium am Molkenmarkt zurückkehrten.

»Wittlich, Räder, vielen Dank!«, sagte Aschinger, als er sein Bureau aufschloss. »Es war für uns alle ein harter Tag, gehen Sie jetzt nach Hause.«
»Für Sie war der Tag doch am anstrengendsten«, entgegnete Wittlich. »In der Nacht Kommissarius vom Dienst und dann noch …«
»Wollen Sie mir schmeicheln?«
»Herr Kommissar …«
»Gehen Sie nach Hause. Gute Nacht!«
»Gute Nacht, Herr Kommissar!«, verabschiedete sich Wittlich, und Räder fügte hinzu: »Gute Nacht, Herr Fontane!«
Aschinger stieß die Tür zu seinem Bureau auf und trat ein.
»Ich bin jetzt wirklich rechtschaffen müde«, stöhnte er.
»Ich nicht minder«, seufzte Fontane.
»Das ist nun das Ende der Geschichte«, sagte der Kommissar und legte den Mantel ab.
»Die an einem wunderbaren Tag im Altweibersommer am Ruppiner See begann«, nahm Fontane das Stichwort auf.
»Ohne Sie wäre das Verbrechen nie aufgeklärt worden.« Der Kommissar warf seinen Hut auf den Schreibtisch. »Kompliment! Es wäre ohne Sie nicht einmal als Verbrechen erkannt worden …«
»Zu viel der Ehre«, sagte Fontane.
»Machen Sie sich nicht geringer, als Sie sind«, sagte Aschinger und gähnte schamlos. »Soll ich Ihnen eine Droschke bestellen?«
Ein junger Mann, schlank wie Wittlich, aber doch weit kleiner, begehrte Einlass.
»Herr Kommissar?«
»Ja?«

»Kriminalschutzmann Berg von der Politischen Abteilung. Der Chef möchte Sie sprechen. Aber ich warne Sie, er hat außerordentlich üble Laune.«

»*Nasse Ecke*«, knurrte Völker. »Habe gerade Rapport bekommen.«
»Wie?« Aschinger begriff so wenig wie Fontane.
»So heißt das Bierlokal, in dem sich Reuchlin und der Riese mit ihren zweifelhaften Freunden treffen. *Nasse Ecke.* Sehr phantasievoller Name. Man weiß sofort, worum es geht.«
»Und dort treffen sie sich? Wann?«
»Berg ist viel zu fleißig«, schimpfte Völker. »Ständig legt er mir Berichte auf den Tisch. Hat er denn keine Familie?«
»Du musst doch deine Leute besser kennen als ich«, erwiderte Aschinger.
»Ich habe dreißigtausend Casi«, sagte Völker. »Ich weiß nicht, wie ich hier überhaupt arbeiten soll. Aber Berg ist gut.«
»Wann kreuzen Reuchlin und Schadewald in der *Nassen Ecke* auf?«
»Laut Bergs Bericht jeden Abend.«
»Na, das ist doch schon etwas.« Aschinger rieb sich die Hände. »Wenn du mir jetzt noch sagst, wo sich diese Kneipe befindet, lassen wir dich in Frieden.«
»Im Krieg! Beim Rosenthaler Tor.«
»Danke.« Aschinger griff nach der Türklinke.
»Siebzehn«, sagte Völker unvermittelt.
»Was?«
»Ich habe siebzehn Fälle in der Mache, wie du dich auszudrücken beliebst«, sagte der Chef der Politischen. »Aber alles Hochverrat!«

Fontane öffnete die Tür zu seiner Wohnung, betrat das Entree, legte Hut, Schal und Mantel ab, band die Schnürsenkel auf und schlüpfte aus den Schuhen. Aus dem Wohnzimmer vernahm er ein Stimmengemurmel, das in ihm sofort ein schlechtes Gewissen weckte: Emilie unterhielt sich mit den Kindern. Er konnte nicht hören, was sie sagte, aber ihre Stimme klang sanft.

Fontane zog seine Pantoffeln an und ging in die Stube.

Emilie hatte einen Stickrahmen vor sich und versah Taschentücher mit einem Monogramm. Mete las in einem Buch, Friedrich und Theodor spielten Schach. Nach der Stellung der Figuren zu urteilen war Friedrich drauf und dran zu gewinnen.

Alle Blicke richteten sich auf Fontane.

»Papa!«, rief Mete, sprang auf und lief auf ihren Vater zu. Auch Friedrich stand auf. Der Sieg im Schach war ihm nicht mehr wichtig.

»Théodore Fóntan«, sagte Emilie streng. »Deine Familie fühlt sich geehrt durch deinen Besuch.« Sie deutete auf die Standuhr. Es war kurz nach halb neun.

Fontane strich Mete und Friedrich über das Haar und fühlte sich unter Emilies kritischem Blick wie ein Rabenvater.

»Wünschen der gnädige Herr zu speisen?«, fragte sie. »Wir haben schon gegessen.«

»Papa, du musst uns aber jetzt alles erzählen«, verlangte Mete.

»Mete«, befahl Emilie, »mach Papa ein paar Schmalzstullen.«

»Ja, Mama.« Metes Augen glänzten. »Wie viele möchtest du, Papa?«

»Ehrlich gesagt, ich habe schon gegessen«, sagte Fontane.

»Eine sehr gehaltvolle Erbsensuppe ...«
»Ach?« Emilie konnte nur mit Mühe ihre Wut unterdrücken. »Du isst also neuerdings auswärts? Ein Blick in meine Wirtschaftsbücher ...«
»Emilie!«, sagte Fontane. »Dieses Essen hat die preußische Polizei bezahlt.«
»Die Polizei hat dir ein Essen spendiert?«, fragte Friedrich, und ihm war anzusehen, wie sehr ihn dieser Umstand begeisterte.
»Nur eine Erbsensuppe und ein Glas Bier«, sagte Fontane.
»Mete macht dir trotzdem noch ein paar Schmalzbrote«, entschied Emilie.
Es schellte an der Tür. Mete kam ins Wohnzimmer.
»Da ist ein Kriminaler«, sagte sie. »Ein Herr Wittlich.«

»Tut mir leid, Herr Fontane, dass ich Ihren Familienfrieden stören musste«, sagte Wittlich, während eine Mietdroschke sie zum Molkenmarkt brachte. Es regnete und die Droschke trug ein Verdeck. »Der Kommissar möchte Sie aber unbedingt sehen.«
»Sie hatten doch Feierabend, Herr Wittlich?«, fragte Fontane.
»Der Kommissar hat alle Kriminalschutzleute seines Kommissariats zurückgepfiffen«, sagte Wittlich. »Wir sollten uns um die *Nasse Ecke* kümmern. Ich habe die Aktion geleitet.«
»Mit welchem Resultat?«
»Wir konnten Reuchlin und Schadewald dingfest machen«, sagte Wittlich nicht ohne Stolz. »Reuchlin wurde bei der Verhaftung verletzt. Er liegt im Hospital, natürlich bewacht. Der Kommissar will Schadewald noch heute Nacht

verhören und möchte, dass Sie dabei sind. Das ist eine große Ehre.«
»Die ich zu schätzen weiß«, sagte Fontane.

»So schnell sieht man sich wieder«, sagte Aschinger und legte sein Sakko ab. Zum Vorschein kamen eine dunkelblaue Weste und ein Paar breiter goldfarbener Hosenträger. Müde sah er nicht mehr aus. »Wittlich hat Ihnen sicher schon gesagt, dass wir sie haben: Reuchlin und Schadewald. Reuchlin ist derzeit unpässlich«, er lächelte flüchtig, »aber für den Riesen habe ich die ganze Nacht reserviert. Andiamo?«
»Sì«, sagte Fontane.
»Ah, parlate l'italiano perfettamente«, sagte Aschinger mit einem Schmunzeln.
»Na ja«, erwiderte Fontane.
Sie gingen in das Bureau der Kriminalschutzleute, weil dort mehr Platz für ein Verhör war als in Aschingers Kabuff. Wittlich und Räder wurden zur Stadtvogtei geschickt, um Schadewald vorzuführen. Während sie warteten, schlug Aschinger den Deckel des vor ihm liegenden Akts auf und zu: Seine Ruhe war nur vorgetäuscht.
»Jetzt geht es ums Ganze«, sagte er.
»Sie müssen Schadewald des Mordes überführen«, sagte Fontane.
Aschinger tippte mit dem Zeigefinger der rechten Hand in die Luft. »Exakt. Esatto. Exact ... Sind Sprachen nicht etwas Faszinierendes? Schliemann hat Troja ausgegraben ... Ich denke, das hat auch Folgen für die Sprache. Seitdem es Menschen gibt, sprechen sie. Und sie haben ein Gefühl für das Schöne. Rede ich Unsinn?«

»Nein, Herr Kommissar! Sie sind ein Philosoph.«
»Quatsch. Ich bin ein Greifer. Greiferei, so nennt man die Kriminalpolizei im Milieu …«
Wittlich und Räder brachten den Riesen. Er ähnelte der Zeichnung, die Menzel von ihm angefertigt hatte, aber seine Nasenflügel waren breiter, als der Diener Franz sie beschrieben hatte.
»Guten Abend, Schadewald«, sagte Aschinger scheinheilig. »Wie geht es denn?«
»Ich spreche nicht mit Greifern«, erwiderte der Riese.
»Das wäre mir neu. In Ihrem Akt sind lange Aussagen von Ihnen.« Aschinger berührte die grünlich-graue Mappe. »Und weil ich so verflucht gute Laune habe, dürfen Sie bestimmen, womit wir beginnen. Mit der Münze oder mit dem Mord?«
»Mord? Ich weiß von keinem Mord?«
»Ich werfe Ihnen vor, am späten Nachmittag des 26. September 1873 in einem Wald bei Altfriesack am Ruppiner See den Freiherrn Friedrich Georg Schwartz von Blohm mit einem stumpfen Gegenstand niedergeschlagen und anschließend durch einen Schuss in die Schläfe getötet zu haben. Was sagen Sie dazu?«
»Das ist Quatsch.« Schadewald war weiß geworden.
»Leugnen Sie, am 26. September mit Wolf Reuchlin am Ruppiner See gewesen zu sein?«
»Nein. Wir waren dort. Schwartz hatte uns ausgebootet. Wir wollten ihn zur Rede stellen.«
»Ging es nicht auch um Geld?«, wollte Aschinger wissen.
»Darum geht's immer.«
»Sie haben den Einbruch in die Münze – oder den Überfall – mehr als nachlässig vorbereitet. Sie wollten dort gar nicht

einsteigen, sondern haben Schwartz etwas vorgemacht, um ihn ausnehmen zu können. Habe ich recht?«

Schadewald nickte.

»Dann mussten Sie doch damit rechnen, dass Ihnen Schwartz früher oder später auf die Schliche kommt und den Geldhahn zudreht.«

»Ja, aber doch nicht so schnell.«

»Der Mann war kein Dummkopf! Ohne ein Fünkchen Geist hätte er sein Imperium nicht aufbauen können ... Also, was geschah am Ruppiner See?«

»Wir fuhren mit dem Pferde-Omnibus nach Ruppin und gingen von dort zu Fuß zu diesem Schloss.«

»Gnewikow?«

»Ja.«

»Woher wussten Sie, dass Sie dort Schwartz antreffen könnten?«

»Das Dienstmädchen in der Villa hat gesagt, die Herrschaften sind auf dem Land. Martha kam sofort auf das Gut des Schwiegervaters. Als sie noch bei Schwartz in Diensten stand, musste sie die Herrschaften öfter nach Gnewikow begleiten.«

»Wo sich Schwartz dann auch tatsächlich aufhielt.«

»Ja.«

»Was taten Sie in Gnewikow?«

»Wir läuteten am Tor. Dann kam dieser Diener. Er wollte uns abwimmeln, aber Schwartz kriegte das mit und erschien.«

»Sprach er schon am Tor mit Ihnen?«

»Wenig. Er sagte, wir sollten warten, und ging ins Haus. Meinte, wir sollten uns nicht auf dem Gut unterhalten, sondern anderswo. Ich hatte gleich ein schlechtes Gefühl ...«

»Warum?«
»Wegen der Pistole.«
»Welche Pistole?«
»Er hatte eine in der Tasche. In der Hose, unter seinem Frack.«
»Bedrohte er Sie?«
»Nein. Er machte sich lustig über uns. Nannte uns Anfänger, Stümper, Hochstapler. Er war so ...«
»Arrogant? Hochnäsig?«
»Ja, immer so von oben herab. Ich mag es nicht, wenn man mich auslacht.«
»Was geschah dann?«
»Schwartz sagte, dass er mit anderen, besseren Leuten arbeiten will. Ob wir denn nicht in der Zeitung gelesen hätten ... dass die bekanntesten Einbrecher Preußens ... oder des Reiches ... ich weiß nicht mehr genau. Dass die jedenfalls aus dem Zuchthaus entlassen worden sind. Das hat in der Zeitung gestanden. Aber ich wusste es auch so. Alle sprachen davon, dass die Kaschke-Brüder wieder da sind. Nach vier Jahren Brandenburg.«
Der Riese lächelte flüchtig.
»Das war Ihnen also bekannt?«
»Natürlich. Im Miljöh spricht sich so etwas schnell herum.«
»Wo fand dieses Gespräch statt, wenn ich es so nennen darf?«
»Wir waren da schon in diesem Wald bei ... Ich kenne die Örter nicht so genau.«
»Bei Altfriesack«, sagte Aschinger.
»Kann sein. So'n Fischerdorf ...«
»Altfriesack.«

»Sie müssen es wissen«, sagte Schadewald.
»Ich weiß es. Waren Sie wütend?«
»Was denn sonst? Er hat mich beleidigt …«
»Und da wollten Sie nur noch eines: ihn töten.«
»Nein!« Schadewald hob die Stimme.
»Aber Sie haben es getan«, sagte Aschinger kühl.
»Nein!«
»Was geschah bei der Wildschweinsuhle?«
»Schwartz wollte einfach gehen. Wie sagt man? Sang- und klanglos. Nachdem er uns so beschimpft hatte. Keinen Pfennig wollte er rausrücken.« Schadewald griff sich an den Hals, als spüre er schon den Strick.
»Da war ein Ast«, keuchte er.
»Wo?«
»Auf dem Boden. Lag da herum.«
»Und?«
»Ich hab ihn genommen. Ich war's. Wölfi hat nur angegeben.«
»Und?«
»Ihm auf den Kopf geschlagen.«
»Wem?«
»Schwartz, wem denn sonst?«
»War es ein harter Schlag?«
»Weiß nicht. Er fiel in den Dreck. Gesicht voran. Einfach so: bums! Lag da in seinem feinen Anzug mitten im Modder.«
»Das verschaffte Ihnen eine gewisse Genugtuung?«
»Nicht nur eine gewisse, Herr Kommissar.«
»Wo war die Waffe?«
»Die war ihm aus der Tasche gerutscht. Lag neben ihm.«
»Und Sie nahmen sie auf, schossen ihm in die linke Schläfe und täuschten einen Selbstmord vor. Oder irre ich mich?«

»Sie irren sich, Herr Kommissar.« Schadewald rang die Hände. »Wir sind sofort abgehauen. Nach dem Schlag. Keiner von uns hat geschossen.«
»Schadewald«, sagte Aschinger mit milder Stimme, »wer soll Ihnen das glauben? Sie hatten die Gelegenheit und die Mittel und ein Motiv hatten Sie auch. Drei Fakta sprechen gegen Sie.«
»Wir haben ihn nicht erschossen«, flüsterte Schadewald entsetzt.
»Natürlich haben Sie das!«, sagte Aschinger scharf. »Niemand sonst war in der Nähe, nur Sie beide und Schwartz, und eine Pistole. Die Frage ist nur, ob Sie oder Reuchlin abgedrückt haben. Aber das werden wir auch noch aus Ihnen herausbekommen.«
Schadewald verlor die Fassung. »Herr Kommissar«, sagte er bebend. »Wir waren's nicht. Ich schwöre, bei allem, was mir heilig ist!«
»Schade nur, dass Ihnen nichts heilig ist.«
Der Mann auf dem Stuhl vor ihm sank vollends in sich zusammen. »Wir waren's nicht. Ich schwöre es.«
»Abführen!«, sagte Aschinger.

»Der Fall ist gelöst«, sagte Aschinger. Er saß mit Emilie und Fontane in dessen Arbeitszimmer beim Wein. »Dank Völkers Informanten konnten wir am Nachmittag die Gebrüder Kaschke festnehmen. Drei Stunden haben wir sie verhört. Ich habe mich geirrt. Der große Coup ist doch mit Schwartz gestorben. C'est la vie.« Er breitete die Arme aus.
Fontane räusperte sich.
»Ich habe da noch etwas für Sie«, sagte er, stand auf und

ging zum Schreibtisch. Dort lag ein Brief des Generalmajors von Schweinitz, den er Aschinger übergab.
»Für mich?« Seine Augen glänzten. »Ist es das, was ich vermute?«
»Schauen Sie hinein!«
Aschinger riss den Umschlag auf.
»Ein Jahresabonnement für das Königliche Schauspielhaus!«, rief er voller Begeisterung. »Herr Fontane, Sie sind ein Genie.«

Zwölftes Kapitel

15. Dezember 1873

Auf dringende Einladung des Grafen und der Gräfin von Zieten-Schwerin weilten Fontane und Emilie in der Adventszeit noch einige Tage auf Gut Wustrau.

Emilie, die sich mit der Hausherrin gut verstand, war sofort begeistert gewesen, und nach anfänglichem Zögern hatte auch Fontane zugestimmt: Er bedurfte dringend der Erholung, um zu seinem gewohnten Arbeitsrhythmus zurückzufinden.

Seit einigen Tagen schneite es, aber während der Schnee in Berlin schnell schmutzig wurde, bedeckte er die Landschaft am Ruppiner See wie mit einem Brautkleid. Es war sehr kalt, aber die Luft war rein und klar. Fontane genoss die morgendlichen Spaziergängen, die er allein oder mit Emilie unternahm. Manchmal wurden sie von der Gräfin begleitet.

Die Abende verbrachte man mit einem kräftigen Port oder einem weichen Cognac vor dem Kamin. Fontane hatte gleich am ersten Abend von »seiner« Enquête berichten müssen – natürlich hatte auch die Neugierde den Grafen und seine Frau zu ihrer Einladung bewogen.

An diesem Dezembertag bekam die Gräfin Besuch aus Neuruppin. Pfarrer Bosmichel, der so hervorragend auf dem

Flügel konzertieren konnte, fand sich am Nachmittag ein, und die Gräfin zog sich mit ihm in ihr Kabinett zurück. Von Zieten-Schwerin erfuhren Fontane und Emilie, dass seine Frau seit Jahren schon das Weihnachtssingen in der Marienkirche unterstützte, indem sie Geld für die Ausbesserung alter und die Anschaffung neuer Kostüme stiftete. Der Pfarrer war gekommen, um das Geld in Empfang zu nehmen.

Fontane war mit sich zufrieden. Er hatte viele Stunden an den beiden neuen Kapitel der *Grafschaft Ruppin* gearbeitet und gönnte sich eine kleine Runde durch das Dorf. Der Ort machte einen beinahe verlassenen Eindruck. Die einzigen Lebewesen, die sich blicken ließen, waren Nebelkrähen. In großen Schwärmen hatten sie sich in den Kronen der kahlen Bäume niedergelassen und begleiteten Fontanes Rundgang mit ihrem wenig wohlklingenden Sprechgesang.

Fontane zog den Schal enger um den Hals. Er schritt noch einmal den Weg ab, den er am Tag nach dem Mord mit dem Major zurückgelegt hatte, und kehrte dann rasch um. Wie seinerzeit im September war der Himmel wolkenlos, allerdings von einem verwaschenen Blau, und die Sonne stand schon recht tief. Als er das Vestibül des Schlosses betrat, kam ihm die Gräfin mit einem untersetzten, grauhaarigen Mann entgegen.

»Ach, der Herr Fontane!«, sagte sie mit einem Lächeln. »Ich darf Ihnen den Pfarrer Bosmichel vorstellen?« Beide traten einen Schritt näher. »Das ist Herr Fontane aus Berlin, von dem ich Ihnen berichtet haben«, wandte sie sich an den Pastor. »Der Schriftsteller, der maßgeblich dazu beigetragen hat, dass die Mörder des Schwartz von Blohm hinter Schloss und Riegel sitzen.«

Bosmichel streckte Fontane die Hand entgegen. »Sehr angenehm«, sagte er. Seine Miene ließ zwar nicht erkennen, was er von Fontane hielt, aber seine Augen verrieten ein unverhohlenes Interesse.
»Das Vergnügen ist ganz meinerseits«, erwiderte Fontane, nahm die dargebotene Hand und drückte sie fest.
»Wissen Sie, Herr Pfarrer«, sagte die Gräfin, »Herr Fontane ist ein brillanter Erzähler. Und Sie wollen doch auch wissen, was sich im Herbst hier in unserer ansonsten beschaulichen Gegend zugetragen hat. Bleiben Sie doch zum Abendessen.«
»Nun ja …« Bosmichel war unschlüssig, er schwankte zwischen Wissbegier und dem Wunsch, noch vor Einbruch der Dunkelheit heimzukehren.
»Um Ihre Rückfahrt müssen Sie nicht besorgt sein«, sagte die Gräfin. »Mein Mann gibt Ihnen einen Begleiter mit. Oder Sie bleiben auf dem Gut.«
»Wenn das so ist: Gnädige Frau, ich nehme dankend an.«
Fontane war es eigentlich leid, die Geschichte von Größenwahn, Geldgier und Mord immer wieder zu erzählen, wenn überhaupt, hätte er sie lieber aufgeschrieben. Als man aber nach dem Abendessen gemütlich am Kamin saß und die Gräfin ihn fragend ansah, begann er doch zu berichten.
Pfarrer Bosmichel hörte ihm aufmerksam zu. Nachdem Fontane geendet hatte, leerte der Pfarrer sein Glas, dann seufzte er.
»Ich erinnere mich noch genau an jenen Abend«, sagte er, »Ich weiß zwar nicht mehr den genauen Tag …«
»Es war der 26. September«, sagte Fontane.
»Wenn Sie es sagen … Ein wahrhaft schrecklicher Tag.«
»Natürlich«, bemerkte die Gräfin, »er endete mit einem Mord.«

»Das meine ich nicht.« Der Pfarrer stellte seinen Schwenker auf einen Beistelltisch. Der Graf schenkte ihm nach. »Nun, das meine ich selbstverständlich auch und vor allem. Aber schon der Abendempfang, das Konzert ...« Er schüttelte sich. »Es war einfach scheußlich!«

»Aber was ist denn passiert?«, fragte die Gräfin voller Mitgefühl.

»Ich weiß nicht recht.« Bosmichel nahm sein Glas, trank aber nicht. »Der Freiherr war furchtbar nervös. Ich bin es gewöhnt, dass man bei einem Musikvortrag andächtig lauscht, doch Major von Blohm hatte weder Auge noch Ohr für meine Tochter und mich. Ständig blickte er zur Tür. Diese Nervosität übertrug sich auf uns. Ich habe mich manchmal in den Tasten vergriffen und meine Tochter traf hin und wieder den Ton nicht.«

»Mein lieber Bosmichel«, sagte der Graf, »es ist doch nur zu verständlich, dass der Major nicht bei der Sache war. Zwei seltsame Gestalten, die sich später als Mörder erwiesen, haben seinen Schwiegersohn am Tor zur Rede gestellt, er ging mit ihnen und kehrte nicht zurück. Die Jagdpistole war verschwunden. Da würde auch ich mir Sorgen machen.«

»Ach, ich glaube, um Herrn Schwartz ging es gar nicht«, sagte der Pfarrer. »Offen gestanden, jeder hat gespürt, wie gering er diesen Aufsteiger schätzte. Nein, er vermisste Antonia.«

Fontane glaubte sich verhört zu haben. »Antonia? Wieso Antonia?« Er schaute zu Emilie. »Sie war nicht bei der Soirée?«

»Nein«, sagte der Pfarrer. »Wussten Sie das nicht?«

»Sagen Sie, was gaben Sie an jenem Abend?«

»*Der Rose Pilgerfahrt* von Robert Schumann. Ein durchaus anspruchsvolles Stück«, sagte Bosmichel nicht ohne Stolz. Er hätte es wissen können, wäre das Gedächtnis nicht manchmal wie ein Sieb. Bei ihrem Gang durch Wustrau hatte der Major genau dieses Stück erwähnt. Antonia aber hatte später von Chopin gesprochen.

Der Schnee lag nicht so hoch, dass man eines Schlittens bedurfte, und so war Fontane in der Equipage des Grafen unterwegs. Krage kutschierte ihn, sein Ziel war Gnewikow. Während der im Übrigen kurzen Fahrt schwieg der Jagdpächter, sicher weil er spürte, wie angespannt sein Fahrgast war.

Sie erreichten das Schloss, Fontane sprang vom Wagen.

»Es tut mir leid, Krage«, sagte er, »ich kann Sie leider nicht mit hineinnehmen. Aber bei dieser Kälte kann ich Sie auch nicht sich selbst überlassen …«

»Keine Sorge, Herr Fontane.« Krage winkte ab. »Ich kenne Leute im Ort, da findet sich ein warmer Platz. Ich schaue dann immer mal, ob Sie schon zurück sind.«

»Danke, Krage, herzlichen Dank.«

Das schmiedeeiserne Gutstor war verschlossen. Neben ihm war jedoch ein Zug angebracht, mit dem sich eine Glocke betätigen ließ. Von Bosmichel hatte Fontane erfahren, dass Antonia von Blohm vor einigen Wochen auf das väterliche Gut zurückgekehrt war. Beide wollte er nun dringend sprechen, sie und auch den Major.

Fontane betätigte den Zug. Die Glocke gab einen durchdringenden Ton von sich. Schon nach kurzer Zeit erschien der Diener Franz in der Tür und kam zum Tor geeilt.

»Der Herr wünschen?«, fragte er mit ausdrucksloser Miene.

»Sie erinnern sich doch meiner noch, Franz? Ich war mit dem Herrn Menzel ...«
»Selbstverständlich. Der gnädige Herr wünschen?«
»Ich muss dringend den Herrn Major und seine Tochter sprechen«, sagte Fontane hastig.
»Die Herrschaften empfangen nicht.«
»Aber es pressiert! Im Zusammenhang mit dem Mord an Schwartz ...«
»Dem Geheimen Commerzienrat Freiherrn Schwartz von Blohm«, berichtigte Franz.
»Ja, genau. Im Zusammenhang mit diesem Verbrechen ...«
Franz fiel ihm ins Wort.
»Die Herrschaften empfangen nicht«, wiederholte er.
»Aber wenn es doch sehr wichtig ist!«
»Bedaure. Ich habe meine Anweisungen.«

Der Jagdpächter hatte gerade sein Pferd angebunden und wollte eben die Glocke an der Tür des Bauerngehöfts betätigen, da hörte er schon Fontane rufen. Mit dem Besuch wurde es nun nichts. Zusammen machten sie sich auf den Weg zurück nach Wustrau.
»Krage?«
»Ja, Herr Fontane?«
»Dieser Fischer in Altfriesack, der Schwartz und seine Mörder gesehen hat – können Sie mich zu ihm bringen?«
»Selbstverständlich, Herr Fontane.«
Der Fischer Alfons Bachler war ein alter Mann, der aber immer noch ausfuhr. Er saß am blank gescheuerten Küchentisch, einen Becher Kaffee und ein Butterbrot vor sich, während seine nur wenig jüngere Frau mit den Küchengeräten hantierte. Bachler, der in Fontane sofort den Städter erkannt

hatte, musterte ihn skeptisch. Nur Krages Fürsprache war es zu verdanken, dass er überhaupt bereit war, Auskunft zu geben.

»Sie haben also an dem gewissen Septembertag einen vornehmen Herrn gesehen, der sich mit zwei weniger vornehmen Burschen stritt? Die Sie sogar ›schräge Vögel‹ nannten?«

»Jo«, sagte Bachler gedehnt. Er betrachtete das Butterbrot und stellte sich offenbar die Frage, ob es erlaubt war, es vor einem Gast aus der Stadt zu verschlingen.

»Und Sie meinten auch, der Herr habe sich über die Burschen lustig gemacht? Sie ausgelacht?«

»Jo.«

»Haben Sie sonst noch etwas bemerkt?«

Bachler blickte zu seiner Frau. Sie wandte den Männern am Küchentisch den Rücken zu, ohne dass zu erkennen war, was sie gerade tat. Ihren Bewegungen nach zu urteilen schabte sie etwas.

»Nö«, sagte Bachler. »Nur dass sie gestritten haben.«

»Das meine ich nicht. Ich spreche nicht von diesen dreien.«

»Nee?«

»War noch etwas zu sehen?«

»Tja …« Dieses einfache Wort dehnte der Fischer so sehr, dass man fürchten musste, es könne reißen. »Ich war ja beim Holzhacken …«

»Und was soll das heißen?«

»Man guckt ja dann nicht so …«

»Sie meinen, dass man seine Umgebung mehr aus den Augenwinkeln wahrnimmt?«

»Ja!« Bachler strahlte, weil Fontane das richtige Wort gefunden hatte. »Genau so!«

»Und was haben Sie aus den Augenwinkeln wahrgenommen?«
»Das gnädige Fräulein von Blohm.«

Er ging zu Fuß am See entlang, um seine Erregung im Gleichmaß der Schritte niederringen zu können. Es schneite leicht, der See zu seiner Linken war grau wie Blei. Beachtliche Wellen schlugen ans Ufer.
Fontane ging rasch, und davon wurde ihm warm. Dann blieb er unvermittelt stehen: Hinter einer kleinen Krümmung des Sees erschien Antonia von Blohm. Gegen das Schneegeriesel schützte sie sich durch einen großen Parapluie.
Nachdem sie Fontane erkannt hatte, lächelte sie charmant und kam entschlossenen Schrittes auf ihn zu.
»Der Herr Fontane, wie schön!«, sagte sie. »Sie haben gestern schon nach mir verlangt?«
»Allerdings.«
»Wir empfangen nicht jeden Tag«, sagte sie leichthin. »Womit hätten wir Ihnen denn dienen können?«
»Gnädige Frau ...« Fontane schluckte.
»Ja?«
Er entschied sich für den direkten Angriff. »An dem Abend, als Ihr Mann ermordet wurde, waren Sie nicht bei der Soirée.«
Antonia von Blohm stutzte für einen Augenblick. Ihr Lächeln erstarb, kehrte aber gleich wieder, und es war noch charmanter als zuvor.
»Das herauszufinden war keine große Kunst«, meinte sie. »Bosmichel, nehme ich an.«
»Bosmichel«, bestätigte Fontane. »Aber damit nicht genug:

Sie sind Ihrem Mann gefolgt. Sie haben zugesehen, wie man ihn erst niederschlug und dann erschoss.«

»Nein, Herr Fontane, Sie irren sich.« Antonia von Blohm war ernst geworden. »Ich habe ihn erschossen.«

»Sie?« Unwillkürlich trat Fontane einen Schritt zurück. »Das glaube ich nicht.«

Das Lächeln, das über ihr von der Kälte gerötetes Gesicht huschte, war beinahe schamhaft. Unversehens jedoch wurde ihr Ausdruck hart. »Ja. Ich bin ihnen gefolgt und habe beobachtet, was bei der Wildschweinsuhle geschah«, stieß sie hervor. »Ich habe Schwartz die beiden verhöhnen, ich habe sein hämisches Grinsen gesehen. Als es ihm reichte, zog er die Pistole und tat, als ob er abdrücken würde. Schließlich wollte er die Männer einfach stehen lassen. Da hatte plötzlich einer von ihnen einen starken Ast in der Hand. Er schlug ihm auf den Hinterkopf …« Antonia von Blohm atmete heftig und schloss die Augen. »Mein Mann … er strauchelte … und stürzte in die Grube. Die beiden …«

»Sie müssen sie auf Menzels Zeichnungen erkannt haben!«

Sie sah ihn mit kalten blauen Augen an. »Ja …« Sie nickte. »Er fiel. Die Männer sind sofort geflüchtet, mitten durchs Unterholz. Ich wartete und trat dann näher. Und da lag er, der große Bau-Entrepreneur, kopfüber im Morast. Er bewegte sich, er war nur bewusstlos. Und neben ihm: die Waffe …«

Antonia von Blohm verstummte. Ihr Blick war, an Fontane vorbei, irgendwohin oder ins Nirgendwo gerichtet. Das wässrige Blau ihrer Augen, so schien es ihm, war dunkler geworden. Keine Träne war zu sehen.

»Nur ein Schuss, dachte ich. Nur ein Schritt und ein Schuss, und du bist erlöst. Also tat ich es. Ich hob die Pistole meines

Vaters auf, setzte sie ihm an die Schläfe, schaute weg und drückte ab. Es war so einfach. Verstehen Sie? Ein Schuss genügte, und ich war frei.«

»Ja, ja«, stammelte Fontane, »aber haben Sie es nur um Ihrer Freiheit willen getan?«

»Warum sonst?«

Fontane schwieg. Der Schnee fiel jetzt stärker.

»Hören Sie, Herr Fontane, Sie sind Schriftsteller, Sie kennen die menschliche Seele. Ich war gezwungen, diesen Mann zu heiraten, den ich verachtete. Um des Geldes willen! Und dann musste ich begreifen, dass es kein Geld mehr gab.«

»Sie wussten, wie es um Ihren Mann stand?«

»Was denken Sie!? Ich habe an seiner Seite gelebt. Leben müssen. Ich habe die Veränderungen bemerkt, die mit ihm vorgingen. Dass er plötzlich mit hängenden Schultern durch seine scheußliche Villa schlich. Dass er nicht mehr zum Frühstück erschien, weil er keinen Appetit hatte. Er, der sonst so üppig aß, dass einem übel werden konnte. Was denkt man da? Und ich hatte einen Informanten: den Grafen Gensfleisch.«

»Sie haben Ihren Mann so sehr gehasst, dass Sie ...?«

»Dass ich die Gelegenheit beim Schopfe packte.« Sie schüttelte entschlossen etwas Schnee von ihrem Schirm. Fontane bemerkte nicht, dass sein Mantel allmählich weiß wurde.

»Er hat mich erniedrigt, nachdem ihm klar geworden war, dass er durch mich nicht den erhofften Aufstieg in die bessere Gesellschaft erreichen konnte. Ich war ihm dermaßen gleichgültig, dass er sogar mit meinem Liebhaber paktiert hat. Auch damit wollte er mich verhöhnen.«

»Und Ihr Vater?«

»Ich habe ihm am nächsten Tag gebeichtet. Er hat dann alles Weitere arrangiert.«
»Mein Gott, Frau von Blohm!« Fontane fühlte sich seltsam müde. »Sie haben gerade ein Geständnis abgelegt.«
»Aber wer hat uns zugehört, Herr Fontane? Die Bäume, der See, sie sind stumm. Niemand wird Ihnen Glauben schenken. Und ich werde alles abstreiten. Ich war nicht bei der Soirée wegen einer Unpässlichkeit.«
»Man hat Sie gesehen.«
»Wer? Jemand von Stand?«
Fontane schüttelte den Kopf.
Sie lächelte. »Ich bitte Sie! Wo immer man mich gesehen hat: Ich machte einen Spaziergang an der frischen Luft – wegen meiner Migräne.«
»Hören Sie ... wie ...?«
»Mein lieber Herr Fontane – gehaben Sie sich wohl!«
Antonia von Blohm machte auf dem Absatz kehrt und ging zurück nach Gnewikow.
Fontane starrte ihr nach, bis sein dunkler Mantel weiß geworden war.

»Herr Fontane?«, fragte der Graf. Man saß beim Tee im Salon.
»Théodore?«, fragte Emilie besorgt.
»Ja?« Fontane kam von weither.
»Du hast eben geseufzt«, sagte sie.
»Geseufzt? Ja, dieses Kratzen im Hals ...«
»Du solltest endlich den Holundertee ...«
Ein Schuss ertönte. Fontane sprang auf.
»Keine Sorge!« Der Graf legte ihm eine Hand auf den Arm. »Das ist Krage. Er erlegt gerade unser Abendmahl.«

Glossar

Akzisemauer (Zollmauer)
Die Berliner Akzisemauer, ab 1705 errichtet, diente dem Schutz vor Schmuggel in die Stadt, da bei der Wareneinfuhr Abgaben zu entrichten waren, sie sollte aber auch die Flucht von Deserteuren verhindern. Als sie zum Hindernis der Stadtentwicklung wurde, riss man sie von 1866 bis 1869 ab. Sämtliche noch heute gebräuchlichen Ortsbezeichnungen, die sich auf Tore beziehen, z. B. Oranienburger, Hallesches oder Schlesisches Tor, meinen die Akzise- und nicht die Stadtmauer.
Einziges noch existierendes Tor der Zollmauer ist das Brandenburger Tor.

Antichambre
Vorzimmer

Arnheim
Bekannte Berliner Geldschrankfabrik

Charlottenburger Knie
Der heutige Ernst-Reuter-Platz in Berlin

Privatbeamte
So nannte man die Angestellten der Privatwirtschaft.

Roentgen-Schreibtisch
David Roentgen (1743 bis 1807), einer der bedeutendsten deutschen Kunstschreiner seiner Zeit; sein Unternehmen genoss internationalen Ruf, und fast alle europäischen Fürstenhöfe zählten zu seinem Kundenkreis. Berühmt waren seine Möbel für ihre farbigen Einlegearbeiten. Führte das Mahagoni in die deutsche Möbelkunst ein.

Wimperg
Giebelartige Bekrönung in der gotischen Bau- und Schnitzkunst

Anmerkungen zu diesem Roman

Fontanes Zeitroman *Allerlei Glück*, der Mitte der Siebzigerjahre in Berlin spielen und seine Gesellschaft, besonders die Mittelklassen, darstellen sollte, wurde nie vollendet. Das Zitat auf Seite 158 stammt daraus.

Bis drei konnte man in Preußen immerhin zählen. Ein 4. Garde-Regiment zu Fuß hat es nie gegeben. Es ist eine Erfindung des Autors.

Foto: privat.

FRANK GOYKE

Geboren 1961 in Rostock, arbeitete nach dem Studium der Theaterwissenschaften in Leipzig als Lektor und Dramaturg in Berlin. Seit 1997 ist er freischaffender Schriftsteller. Goyke verfasste zahlreiche Kriminalromane, darunter die erfolgreichen historischen Hanse-Krimis. Sein Roman »Dummer Junge, toter Junge« wurde 1996 von der Raymond-Chandler-Gesellschaft mit dem »Marlowe« als bester deutschsprachiger Kriminalroman ausgezeichnet. Zuletzt erschienen von ihm im berlin.krimi.verlag die Theodor-Fontane-Romane »Altweibersommer«, »Schneegestöber« und »Nachsaison«.